ଆମେ ଯେଉଁମାନେ

ଆମେ ଯେଉଁମାନେ

ଜଗନ୍ନାଥ ପ୍ରସାଦ ଦାସ

ବ୍ଲାକ୍ ଇଗଲ୍ ବୁକ୍ସ

ଭୁବନେଶ୍ୱର, ଓଡ଼ିଶା

BLACK EAGLE BOOKS
Dublin, USA

ଆମେ ଯେଉଁମାନେ / ଜଗନ୍ନାଥ ପ୍ରସାଦ ଦାସ

ବ୍ଲାକ୍ ଇଗଲ୍ ବୁକ୍ : ଭୁବନେଶ୍ୱର, ଓଡ଼ିଶା ● ଡବ୍ଲିନ୍, ଯୁକ୍ତରାଷ୍ଟ୍ର ଆମେରିକା

 BLACK EAGLE BOOKS

USA address:
7464 Wisdom Lane
Dublin, OH 43016

India address:
E/312, Trident Galaxy, Kalinga Nagar,
Bhubaneswar-751003, Odisha, India

E-mail: info@blackeaglebooks.org
Website: www.blackeaglebooks.org

First International Edition Published by
BLACK EAGLE BOOKS, 2023

AME JEUNMANE
by **Jagannath Prasad Das**

Cover & Interior Design: Ezy's Publication

ISBN- 978-1-64560-433-4 (Paperback)

Printed in the United States of America

ସୂଚିପତ୍ର

ଚିଠି

ସକାଳେ ଉଠି ଖଟରୁ ଓହ୍ଲାଇଲାବେଳେ ଉମାପତି ଝୁଣ୍ଟିପଡ଼ିଲା ଓ ଜାଣିଲା ଯେ ଆଜି ସାରା ଦିନଟା ଖରାପ ଯିବ। ମୁହଁ ହାତ ଧୋଇ ଖବରକାଗଜ ପଢ଼ିଲାବେଳେ ସେ ସ୍ତ୍ରୀକୁ ପଚାରିଲା, ରୀତାର ହଷ୍ଟେଲ ପାଖରେ କ୍ୟୁ.ଏମ୍.ଏସ୍. ବାକ୍ସ ଅଛି କି ନାହିଁ, କଣ କହୁଥିଲା କି?

ସ୍ତ୍ରୀ କଣ କାମ କରୁଥିଲା। କହିଲା, କ୍ୟୁ.ଏମ୍.ଏସ୍. କଣ?

ବିରକ୍ତ ହୋଇ ଉମାପତି ଜବାବ ନ ଦେଇ ଖବରକାଗଜ ପଢ଼ିବାକୁ ଲାଗିଲା; କିନ୍ତୁ କାଗଜରେ ତାର ମନ ଲାଗିଲା ନାହିଁ। ସ୍ତ୍ରୀକୁ କହିଲା, ଗଲା ଥର ଦିଲ୍ଲୀରେ ପହଞ୍ଚି କେତେ ଦିନ ପରେ ରୀତା ଚିଠି ଲେଖିଥିଲା?

ଏଥରକ ସ୍ତ୍ରୀ ବିରକ୍ତ ହୋଇ କହିଲା, ତା ଯିବାର ତ ଏଇ ଚାରି ପାଞ୍ଚ ଦିନ ହେଲା। ଚିଠି ଲେଖିଥିଲେ ଆସୁଥିବ।

ଉମାପତି କହିଲା, ଚାରି ପାଞ୍ଚ ଦିନ ନୁହଁ। ଆଜି ଦିନ ଚାରିଟାବେଳକୁ ଛ'ଦିନ ପୂରି ସାତଦିନ ଚାଲିବ। ଗଲାବେଳକୁ ସେ କଣ କହୁଥିଲା?

ସ୍ତ୍ରୀ ପଚାରିଲା, କୋଉ ବିଷୟରେ?

ସ୍ତ୍ରୀ ସହିତ ଆଉ ଏ ବିଷୟରେ କଥାବାର୍ତ୍ତା କରି ଲାଭ ନାହିଁ, ମନେ ମନେ ଭାବିଲା ଉମାପତି। ରୀତା ବିଷୟରେ ସେ ଯେତିକି ଚିନ୍ତିତ ଥିଲା, ସେତିକି ନିଶ୍ଚିନ୍ତ ଥିଲା ତାର ସ୍ତ୍ରୀ। କେବଳ ରୀତା ବିଷୟରେ ହିଁ ନୁହେଁ, ଦୁନିଆର ସବୁ ଚିନ୍ତା ଥିଲା

ଉମାପତିର ମୁଣ୍ଡ ଭିତରୋ   ଥରେ ଖବରକାଗଜରେ ବାହାରିଥିଲା ଆକାଶରୁ ରକେଟ ଭାଙ୍ଗି ପୃଥିବୀ ଉପରେ ପଡ଼ିବ। ଉମାପତିର ଏ ବିଷୟରେ କୌଣସି ସନ୍ଦେହ ନ ଥିଲା ଯେ ରକେଟର ଗୋଟିଏ ଜଳନ୍ତା ଅଂଶବିଶେଷ ତାଙ୍କ ଘର ଉପରେ ପଡ଼ିବ ଏବଂ ସେଇଟି ତାଙ୍କର ରୋଷାଇଘର, ଅଗଣା ଇତ୍ୟାଦି ସାଧାରଣ ଜାଗାକୁ ଛାଡ଼ି ଦେଇ ସେମାନେ ଶୋଇଥିବାବେଳେ ଆସି ତାଙ୍କର ଶୋଇବାଘର ଉପରେ ହିଁ ପଡ଼ିବ। ଏ ବିଷୟରେ ସେ ବେଶ୍ କିଛି ଦିନ ଅବସନ୍ନ ରହିଲା ଏବଂ ତାର ସହକର୍ମୀ ଯଦି ତାକୁ କହି ନ ଥାନ୍ତା ଯେ ଚାରି ଦିନ ଆଗରୁ ରକେଟ ସମୁଦ୍ର ଭିତରେ ପଡ଼ିସାରିଥିଲା, ସେ ଆହୁରି କିଛିଦିନ ଚିନ୍ତିତ ରହିଥାନ୍ତା।

ଏହିଭଳି ବିଶେଷ ଉଦ୍‌ବେଗମାନଙ୍କ ବ୍ୟତୀତ ସେ ସାରାଦିନ ଛୋଟ ଛୋଟ ଦୁଶ୍ଚିନ୍ତା ନେଇ ରହୁଥିଲା। ଏହି ଚିନ୍ତାର କାରଣ ଥିଲେ ତାର ପିଲାମାନେ। ସମୟ ଅସମୟରେ ସେମାନେ ରାସ୍ତା ଉପରକୁ ଦଉଡ଼ିଯାଉଥିଲେ ଏବଂ ଉମାପତିର ଆଖି ଆଗରେ ଗାଡ଼ି ଦୁର୍ଘଟଣା, ହରଣଚାଲ ଇତ୍ୟାଦିର ଭୟଙ୍କର ଦୃଶ୍ୟମାନ ନାଚି ଯାଉଥିଲା। ଦିନେ ରବିବାର ସକାଳେ ତାଙ୍କ ଘର ଆଗରେ ଗୋଟିଏ ଗାଡ଼ି କାହା ଦେହରେ ଧକ୍କା ଖାଇବାର ଶବ୍ଦ ହେଲା ଓ ପାଟିଗୋଲ ଶୁଭିଲା। ଲୁଙ୍ଗି ପିନ୍ଧି ଅଧାଖିଆର ଓ ଗାଲରେ ସାବୁନ ଲାଗିଥିବା ଅବସ୍ଥାରେ ଉମାପତି ବାହାରକୁ ଦଉଡ଼ିଗଲା ଓ ଭିଡ଼ ଭିତରେ ପଶି 'କୁନା, କୁନା' ବୋଲି ଡାକିଲା। କୁନା, ଯେ କି ବାପା ପଛରେ ଦଉଡ଼ି ଦଉଡ଼ି ବାହାରକୁ ଆସିଥିଲା, କହିଲା, ମୁଁ ତମ ପଛଦରେ ଅଛି। ଏ କଥା ଶୁଣି ଉମାପତିର ଛାତିରେ ଜୀବନ ପଶିଲା। ଯଦିଓ କୁନା ସକାଳୁ ଘରୁ ବାହାରି ନଥିଲା, ଉମାପତି ତାକୁ ଚାପୁଡ଼ା ମାରି କହିଲା, କାହିଁକି ଘରୁ ବାହାରିଥିଲୁ?

ଆଜି ସକାଳୁ ତାର ଚିନ୍ତାର କାରଣ ଥିଲା ରୀତା ପାଖରୁ ଏ ପର୍ଯ୍ୟନ୍ତ ଚିଠି ନ ଆସିଥିବା। ରୀତା ଦାୟିତ୍ୱସମ୍ପନ୍ନ ଝିଅ ଥିଲା ଏବଂ ତିନି ବର୍ଷ ଧରି ଦିଲ୍ଲୀରେ ପାଠ ପଢ଼ୁଥିଲା। ଉମାପତିର ସ୍ତ୍ରୀ ଜାଣିଥିଲା ଯେ ନିଜ କଥା ବୁଝିବାରେ ରୀତା ସଂପୂର୍ଣ୍ଣ ଭାବରେ ସକ୍ଷମ; କିନ୍ତୁ ଉମାପତି ନିଜର ପିଲାମାନଙ୍କର ଦାୟିତ୍ୱହୀନତା ବିଷୟରେ ନିଃସନ୍ଦେହ ଥିଲା। ରୀତା କିପରି ଦିଲ୍ଲୀର ଯାନବାହନ, ଲୋକଗହଲି ଭିତରେ ରାସ୍ତା

ପାର ହେଉଥିବ, ଏହା ଥିଲା ଉମାପତିର ଶୋଚନାର କାରଣ । ଖବରକାଗଜରେ ଦିଲ୍ଲୀର ଯେଉଁ ଘଟଣାମାନ ପ୍ରକାଶିତ ହେଉଥିଲା ସେଗୁଡ଼ିକ ମଧ୍ୟ ଉମାପତି ପାଇଁ ବିଶେଷ ଆଶ୍ୱାସନାଦାୟକ ନଥିଲୋ। ସେ ମନ ଭିତରେ ଯେଉଁ ଦୃଶ୍ୟମାନ କଳ୍ପନା କରୁଥିଲା, ସେଗୁଡ଼ିକ ଥିଲା —ସ୍କୁଟର ଚଢ଼ି ଯାଉଥିବା ବଦ୍‌ମାସ ଲୋକ ରୀତାର ବେକରୁ ସୁନାହାର ଛିଣ୍ଡାଇନେବା, ଅସାବଧାନ ବସ୍‌ଚାଳକ ନିଜର ଗାଡ଼ିକୁ ରୀତା ଉପରେ ମଡ଼ାଇଦେବା, ରୀତା ରାସ୍ତାରେ ଯାଉଥିବାବେଳେ ବିଲ୍ଲା ଓ ରଙ୍ଗା ବୋଲି ଦୁଇଜଣ ଲୋକ ତାକୁ ଟାଣି ନେଇ ଫିଆଟ୍‌ ଗାଡ଼ିରେ ବସାଇନେବା ଇତ୍ୟାଦି। ଖବରକାଗଜରେ ବାହାରି ଥିବା ଛୋଟ ଛୋଟ ବିବରଣୀମାନଙ୍କୁ ସେ ମନ ଭିତରେ ବିସ୍ତାରିତ କରି ଘଟଣାକୁ ଆହୁରି ପ୍ରାଞ୍ଜଳ ଭାବରେ ଦେଖୁଥିଲା। ଡାକ୍ତରଖାନାର ଏମର୍‌ଜେନ୍‌ସି ୱାର୍ଡ, ନାରୀନିକେତନର କରୁଣ ପରିବେଶ, ନିର୍ଜନ ରିଜ୍‌ ରୋଡ୍‌ର ଜଙ୍ଗଲ ଏସବୁ ତାକୁ ଆଶ୍ୱସ୍ତ କରିବାରେ ଆଦୌ ସହାୟକ ନ ଥିଲୋ।

ଆଜି ଖବରକାଗଜରେ ଦିଲ୍ଲୀର ସବୁ ଖବର ପଢ଼ିସାରିବା ପରେ ବି ଉମାପତି ରାଜଧାନୀର କେଉଁଠାରେ କୌଣସି ବିପଦ-ଆପଦ ଅଥବା ଦୈବ-ଦୁର୍ବିପାକ ହୋଇ ଥିବାର ଖବର ପାଇଲା ନାହିଁ। ଏକଥା ଅସମ୍ଭବ, ମନେ ମନେ ଭାବିଲା ଉମାପତି । ପୁଣି ଥରେ ଦିଲ୍ଲୀର ଖବର ସବୁ ପଢ଼ି ସେଥିରୁ ସମ୍ମେଳନ, କଳାସମାରୋହ, ସାହିତ୍ୟ ଉତ୍ସବ, ଆଲୋଚନା ସଭା, ସେମିନାର, ୱାର୍କ‌ସପ ଓ ମନ୍ତ୍ରୀମାନଙ୍କ ଭାଷଣ ବ୍ୟତୀତ ଉମାପତିକୁ ଆଉ କୌଣସି ଖବର ଦୃଷ୍ଟିଗୋଚର ହେଲାନାହିଁ। ସେ ମନେ ମନେ ଭାବିଲା, ଆଜିକାଲି ଖବରକାଗଜବାଲା ବି ଖରାପ ଖବର ଛାପିବାକୁ ଡରୁଛନ୍ତି । ଗୋଟିଏ ଦିନ ଚାଲିଗଲା, ଅଥଚ ସହରରେ ଚୋରି, ଜନାକାରୀ, ଦୁର୍ଘଟଣା ହୋଇନାହିଁ ଏ କିପରି ହୋଇପାରେ। ନିଶ୍ଚୟ କୌଣସି ବିରାଟ ଦୁଃସମ୍ବାଦ ଯଥା ଭୂମିକମ୍ପ, ବହିରାକ୍ରମଣ ସଂବାଦ ଜାଣିଶୁଣି ଖବରକାଗଜରେ ପ୍ରକାଶିତ ହୋଇନାହିଁ । ଏପରିଭାବରେ ଖବରକାଗଜରେ କୌଣସି ଖରାପ ଖବର ବାହାରି ନ ଥିବା ମଧ୍ୟ ବର୍ତ୍ତମାନ ଉମାପତିର ଦୁଶ୍ଚିନ୍ତାର କାରଣ ହେଲା ।

ଖାଇବାବେଳେ ଉମାପତି ସ୍ତ୍ରୀକୁ କହିଲା, ମୁଁ ମୂଳରୁ କହୁଥିଲି ରୀତା ଏଠି ପଢୁ । ତାକୁ ଏତେଦୂର ପଠାଇ କୌଣସି ଲାଭ ନାହିଁ । ତମ ଯୋଗୁ ... ।

ସ୍ତ୍ରୀ କହିଲା, ମୁଁ କୋଉ ଦିନ ତାକୁ ଦିଲ୍ଲୀ ପଠାଅ ବୋଲି କହିଲି? ତମେ ବରଂ କହିଲ ଯେ ଦିଲ୍ଲୀରେ ପାଠପଢ଼ା ଭଲ ବୋଲି ।

ଉମାପତି ଟିକିଏ ଦବିଯାଇ କହିଲା, ସେ ଯାହାହଉ ତାକୁ ପଠାଇବା ହିଁ ଭୁଲ ହେଲା। ତା ଛଡ଼ା ତାର ଦାୟିତ୍ୱଜ୍ଞାନ ଆଦୌ ନାହିଁ । ଦିଲ୍ଲୀରେ ପହଞ୍ଚି ଚିଠି ଖଣ୍ଡେ ପଠାଇପାରନ୍ତା ନାହିଁ!

ସ୍ତ୍ରୀ କହିଲା, ତମେ କାହିଁକି ବ୍ୟସ୍ତ ହଉଚ? ସବୁବେଳେ ତ ଏମିତି ଦିଲ୍ଲୀକୁ ଯିବା ଆସିବା କରୁଛି। ଆଜିକାଲି ପିଲାମାନଙ୍କର କଣ ଆଉ ଚିଠି ଲେଖିବାକୁ ସମୟ ଅଛି?

ଉମାପତି କହିଲା, ତା ସାଙ୍ଗରେ ଯେଉଁ ପିଲାମାନେ ଯାଇ ପାଠ ପଢୁଚନ୍ତି, ତାଙ୍କର ଏଠାକାର ଘର ଠିକଣା ତମ ପାଖରେ ଅଛି? ଯାଇ କାହା ପାଖରୁ ବୁଝନ୍ତି ତାଙ୍କ ପିଲାମାନେ ଚିଠି ଲେଖୁଛନ୍ତି କି ନାହିଁ ।

ସ୍ତ୍ରୀ କହିଲା, ମୋ ପାଖରେ କାହାରି ଠିକଣା ନାହିଁ ।

ଉମାପତି ବିରକ୍ତ ହୋଇ କହିଲା, ତମର ଟିକିଏ ବି ବୁଦ୍ଧି ହେଲା ନାହିଁ। ଏଥର‍କ ରୀତାକୁ ଚିଠି ଲେଖୁଲାବେଳେ ଲେଖିଦବ ଯେ ତାର ସାଙ୍ଗମାନଙ୍କର ଘର ଠିକଣା ଲେଖିବ; କେତେବେଳେ କଣ ଦରକାର ହୋଇପାରେ ।

ଉମାପତି ଖରକାବାଟେ ବାହାରକୁ ଅନାଇଲା। ଆଜି ପାଗଟା ବି ଭଲ ଜଣା ପଡୁ ନଥିଲା। ବର୍ଷା ହୋଇପାରେ ଯଦିଓ ଏତେବେଳକୁ ତାର ଅଫିସକୁ ବାହାରିଯିବା ଉଚିତ ଥିଲା, ସେ ଡାକବାଲାକୁ ଅପେକ୍ଷା କରୁଥିଲା। ଏ ଡାକବାଲାମାନେ ବି ଅଦ୍ଭୁତ! ଯାଙ୍କର ଚିଠି ବାଣ୍ଟିବାରେ କୌଣସି ଠିକ ସମୟ ନାହିଁ କେତେବେଳେ ସକାଳେ ଆସିଲେ ତ କେତେବେଳେ ଉପରବେଳା । ଖାଇସାରି ବାରଣ୍ଡାରେ ବସି ଡାକବାଲାକୁ ଅପେକ୍ଷା କରିବାବେଳେ ସ୍ତ୍ରୀ କହିଲା, କଣ ଆଜି ଅଫିସ ଯିବନାଇଁ?

ଉମାପତି ତାକୁ ଡାକବାଲା କଥା ନକହି କହିଲା, ରଘୁବାବୁ ଆସିବାର ଥିଲା । ଆସିଲେ ସାଙ୍ଗ ହୋଇ ଯିବୁ ।

ଡାକବାଲାମାନେ ଆଜିକାଲି ଆଉ ଆଗଭଳି ଇଉନିଫର୍ମ ପିନ୍ଧୁ ନ ଥିଲେ । ସେଥିପାଇଁ ଉମାପତି ମନେ ମନେ ଡାକବିଭାଗକୁ ଗାଳିଦେଲା । ସେ ତାଙ୍କ ଅଞ୍ଚଳରେ ଡାକ ବାଣ୍ଟୁଥିବା ଡାକବାଲାର ଚେହେରା ମନେପକାଇବାକୁ ଚେଷ୍ଟା କଲା; କିନ୍ତୁ କୌଣସି ଚେହେରା ତାର ମନେପଡ଼ିଲା ନାହିଁ । ଶେଷରେ ଡାକ ଆସିଲା ନାହିଁ ଏବଂ ଆଉ ବେଶୀ ସମୟ ଅପେକ୍ଷା କରିବା ତା ପକ୍ଷରେ ସମ୍ଭବ ନଥିଲା । ସେ ସ୍ତ୍ରୀକୁ କହିଲା, ରଘୁବାବୁ ବୋଧହୁଏ ଆଉ ଆସିବେ ନାହିଁ, ମତେ ଛତାଟା ଦିଅ ।

ରାସ୍ତାରେ ଓହ୍ଲାଇ ସେ ଦେଖିଲା ଯେ ସମସ୍ତେ ଆଜି ତା ପାଇଁ ଅନାମ୍ୟୀୟ ଥିଲେ । ସେ ସତର୍କ ହୋଇ ନଥିଲେ ମଟରସାଇକେଲବାଲା ତାକୁ ଧକ୍କା ଦେଇ ତଳେ ପକାଇ ଦେଇଥାନ୍ତା । ଜୋରରେ ଆସୁଥିବା ମଟରଗାଡ଼ି ତା ଉପରେ କାଦୁଅ ଛିଟା ପକାଇ ଚାଲିଗଲା । ଅଫିସ ଯିବା ଡେରି ହେଉଥିବାରୁ ସେ ଜୋରରେ ଚାଲିବାକୁ ଚାହୁଁଥିଲା; କିନ୍ତୁ ତା ଆଗରେ ଚାଲି ଚାଲି ଯାଉଥିବା ଦିଜଣ ଲୋକ ତାକୁ ଜାଣି ଜାଣି ରାସ୍ତା ଛାଡୁ ନଥିଲେ । ଏପରି ଭାବରେ ସେ ଯେତେବେଲେ ଅଫିସରେ ପହଞ୍ଚିଲା, ତାର ମନେହେଲା ଅନ୍ୟ ଲୋକମାନେ ତାକୁ ଡେରିରେ ଆସିଥିବାରୁ ଅଭିଯୋଗପୂର୍ଣ୍ଣ ଆଖିରେ ଦେଖୁଥିଲେ । ସେ ନିଜ ଚଉକିକୁ ଯାଇ ଫାଇଲରେ ମନ ଦେଲା । ସାହେବଙ୍କ ପାଖରୁ ଫେରି ଆସିଥିବା ଫାଇଲମାନଙ୍କରେ ସାହେବଙ୍କର ସମସ୍ତ ମନ୍ତବ୍ୟ ତାକୁ କଟୁତାପୂର୍ଣ୍ଣ ମନେହେଲା । ବିରକ୍ତ ହୋଇ ସେ ତଳୁ ଆସିଥିବା ଫାଇଲ ଖୋଲି କାମରେ ମନୋନିବେଶ କଲା । ଆଜିର ଫାଇଲସେବୁ ତାକୁ ଜଣାଗଲା ଅତ୍ୟନ୍ତ ଜଟିଲ, ସମୟସାପେକ୍ଷ ତଥା ଭୁଲଭ୍ରାନ୍ତିରେ ପରିପୂର୍ଣ୍ଣ ।

ଉମାପତି ଝରକା ବାହାରକୁ ଅନାଇ ଦେଖିଲା ଯେ ଆକାଶ ପୂର୍ବପରି ମେଘାଚ୍ଛନ୍ନ ରହିଥିଲା, ଯେପରିକି ଯେକୌଣସି ମୁହୂର୍ତ୍ତରେ ବର୍ଷା ହୋଇପାରେ ।

ଉମାପତିର ଫାଇଲରେ ମନ ଲାଗିଲା ନାହିଁ । ଫାଇଲ ବନ୍ଦ କରି ପାଖରେ ବସିଥିବା ସହକର୍ମୀଙ୍କୁ ପଚାରିଲା, ମୋ ନାଁରେ କିଛି ଚିଠିପତ୍ର ଆସିଥିଲା କି?

ସହକର୍ମୀ ତାକୁ ଓଲଟୋ ପଚାରିଲା, କଣ କୋଉ ଅଫିସରୁ ଚିଠି ଆସିବାର ଥିଲା।

ଉମାପତି କହିଲା, ନା, ଅଫିସ ଚିଠି ନୁହଁ, ମୋର ବ୍ୟକ୍ତିଗତ ଚିଠି।

ସହକର୍ମୀ କହିଲା, ଘରୋଇ ଚିଠି କେବେ ଅଫିସ ଠିକଣାରେ ମଗାଇବେ ନାହିଁ। ଏଠି ଦେଖୁନାହାନ୍ତି କାଗଜପତ୍ରର କିଛି ଠିକଠିକଣା ନାହିଁ।

ଲୋକଟି ଠିକ କହୁଥିଲା। ରୀତା ଆଗରୁ କୋଉ ଠିକଣାରେ ଚିଠି ଲେଖୁଥିଲା, ଉମାପତିର ସେକଥା ମନେପଡ଼ିଲା ନାହିଁ ଏବଂ ଏକଥା ଅନ୍ୟ ଏକ ଉଦ୍‌ବେଗର କାରଣ ହେଲା। ସେ ଭାବିଲା, ଥରେ ଥରେ ଅଫିସ ଠିକଣାରେ ବି ତ ତାର ଚିଠି ଆସିଥିଲା। ଆଉ ଥରେ ଥରେ ଘର ଠିକଣାରେ ବି। ଦି ଦିଟା ଠିକଣାରେ ଚିଠି ଲେଖିବା କଣ ଦରକାର? ରୀତାତ ଆଉ ବୁଦ୍ଧିଶୁଦ୍ଧି ହେବ ନାହିଁ।

ଏଇପରି ପୂରା ସକାଳବେଲାଟା ଅତି ମାନସିକ ଅଶାନ୍ତିରେ କଟିଲା ଉମାପତିର। ଫାଇଲର ସମସ୍ୟାମାନଙ୍କ ଭିତରେ ଆଜି ଯେମିତି ତାର ବ୍ୟକ୍ତିଗତ ଉଦ୍‌ବେଗସବୁ ପ୍ରତିଫଳିତ ହୋଇ ରହିଥିଲେ। ଜଣେ କର୍ମଚାରୀର ଶୃଙ୍ଖଳାବିଧାନ ଫାଇଲ ଦେଖିବାବେଳେ ଲୋକଟିର ଦୋଷତ୍ରୁଟିସବୁ ଉମାପତିକୁ ରୀତାର ଦାୟିତ୍ଵହୀନତା ଭଳି ମନେହେଲା। ଖାଇବା ଛୁଟିବେଳେ ସେ କେବଳ ଚା କପେ ପିଇ ନୂଆ ଫାଇଲଟା ଖୋଲିଛି, ଡକାଇ ପଠାଇଲେ ସାହେବ। କଣ ପୁଣି ତାର ତ୍ରୁଟି-ବିଚ୍ୟୁତି ହେଲା ବୋଲି ଉମାପତି ବ୍ୟସ୍ତ ହୋଇ ପଡ଼ିଲା। ସାହେବ କେବଳ ଗୋଟିଏ ପୁରୁଣା ଫାଇଲ କଥା ପଚାରିଲେ। ଆଜି କିନ୍ତୁ ଏଇ ସାମାନ୍ୟ ପ୍ରଶ୍ନ ଭିତରେ ଉମାପତି ଦେଖିବାକୁ ପାଇଲା ସାହେବଙ୍କର ତା ପ୍ରତି ବିତୃଷ୍ଣା, କ୍ରୋଧ, ଅନାମ୍ନୟତା ଇତ୍ୟାଦିର ପ୍ରଚ୍ଛନ୍ନ ମନୋଭାବ। ଦୁଃଖ ବିରକ୍ତିରେ ସାହେବଙ୍କୁ ମନେ ମନେ ଗାଳି ଦେଇ ସେ ଆସି ତା ଚଉକିରେ ବସିଲା ଓ ପିଅନକୁ ଆଉ କପେ ଚା ଆଣିଦେବା ପାଇଁ କହିଲା।

ଉମାପତି ଫାଇଲ ଖୋଲି ପୁଣି ରୀତାକୁ ସଂପର୍କୀୟ ଦୁର୍ଯୋଗମାନଙ୍କର ତାଲିକା କରିବାରେ ମନ ଦେଲା। ଏଇ ସମୟରେ ପିଅନ ଆସି ତା ହାତରେ ଚା

କପ ଓ ଗୋଟାଏ ପୋଷ୍ଟକାର୍ଡ ଦେଲା। କହିଲା, ଚିଠିଟା ସକାଳୁ ଆସିଥିଲା—ଦବାକୁ ଭୁଲି ଯାଇଥିଲି।

ଚିଠିଟି ଅତ୍ୟନ୍ତ ସଂକ୍ଷିପ୍ତ ଥିଲା । ରୀତା ଲେଖିଥିଲା, ମୁଁ ଭଲରେ ଆସି ପହଞ୍ଚିଲି। ରାସ୍ତାରେ ଆଉ କିଛି ଅସୁବିଧା ହୋଇ ନାହିଁ। ଆଜିଠାରୁ ଆମର କ୍ଲାସ ଆରମ୍ଭ ହେଲା । ମୁଁ ଭଲ ଅଛି। ମୋ ପାଇଁ ବ୍ୟସ୍ତ ହେବ ନାହିଁ ।

ଚିଠିକୁ ହାତରେ ଧରି ଉମାପତି ହଠାତ୍ ଠିକ୍ କରି ପାରିଲା ନାହିଁ ସେ କଣ କରିବ। ଚା କପ ପିଅନ ମୁହଁକୁ ଫିଙ୍ଗିବ, ନା ପୋଷ୍ଟ ଅଫିସର ବଂଶୋଦ୍ଧାର କରିବ, ନା ଘରକୁ ଯାଇ ସ୍ତ୍ରୀକୁ ରୀତାର ଚିଠିକଥା କହିବ ।

କିଛି ବି କଲାନାହିଁ ଉମାପତି। ସେ ଧୀରେ ସୁସ୍ଥେ ଚା ପିଇଲା ଏବଂ ଫାଇଲ କରିବାରେ ମନଦେଲା।

ଏଥର ଫାଇଲର ବିଷୟମାନ ତାକୁ ସରଳ ଓ ନିଷ୍କପଟ ଜଣାଗଲା।

ସାହେବଙ୍କୁ ସେ କ୍ଷମା କରିଦେଲା ଏବଂ ପିଅନକୁ ଖାଲି କପ ଫେରାଇବାବେଳେ ଭଲରେ କଥା କହିଲା ।

ପୁରୁଣା ଫାଇଲମାନଙ୍କରେ ସାହେବ ଦେଇଥିବା ମନ୍ତବ୍ୟକୁ ତାକୁ ଆଉ କଟୁ ଜଣାଗଲା ନାହିଁ ।

ଏପରିକି ସେ ସେଇ ଦାୟିତ୍ବହୀନ କର୍ମଚାରୀର ଶୃଙ୍ଖଳାବିଧାନ ଫାଇଲରେ ତା ପାଇଁ ଅନୁକୂଳ ମନ୍ତବ୍ୟ ଦେଲା ।

କିଛି ଫାଇଲ କରିସାରିବା ପରେ ସେ ଚଉକିରୁ ଉଠିଯାଇ ଝରକା ପାଖରେ ଠିଆ ହେଲା ଏବଂ ଝରକା ପାଖରେ ବସି କାମ କରୁଥିବା ଯୁବକକୁ ଉଦ୍ଦେଶ୍ୟ କରି କହିଲା, ଆକାଶ ବର୍ତ୍ତମାନ ପରିଷ୍କାର ହୋଇଗଲାଣି; ଆଉ ବର୍ଷା ହେବ ନାହିଁ ।

ଯୁବକଟି ଅନେକ ଦିନ ତଳେ ଉଚ୍ଚ ଚାକିରି ପାଇଁ ଇଷ୍ଟରଭିଉ ଦେଇଥିଲା; କିନ୍ତୁ ଆଜି ଡାକରେ ବି ତାର ନିଯୁକ୍ତିପତ୍ର ଆସି ନଥିଲା। ସେ ଝରକା ବାହାରକୁ ଅନାଇ ବିରକ୍ତିରେ କହିଲା, ଦେଖୁନାହାନ୍ତି କେମିତି ଆରପାଖରୁ ମେଘ ଘୋଟି ଆସୁଛି? ଏବେ ନିଶ୍ଚେ ବର୍ଷା ହେବ।

ବାଘ

ସତ୍ୟକାମର ଫ୍ଲାଇଟ ଠିକ ସମୟରେ ପହଞ୍ଚିଲା ଏବଂ ସେ ଭାବିଥିଲା ଯେ ଶୀଘ୍ର ହୋଟେଲରେ ପହଞ୍ଚି ବିଶ୍ରାମ ନେବ। ତାର ଦିନଟି ବଡ଼ ବ୍ୟସ୍ତତାରେ କଟିଥିଲା। ସେ କ୍ଲାନ୍ତ ବୋଧ କରୁଥିଲା ଏବଂ ରାତିରେ କିପରି ଭଲଭାବେ ଶୋଇବ ତାର ଅପେକ୍ଷା କରୁଥିଲା।   କିନ୍ତୁ ତାର ଦୁର୍ଭାଗ୍ୟକୁ ଭୀଷଣ ବର୍ଷା ଆରମ୍ଭ ହେଲା ; ଏତେ ବର୍ଷା ଯେ ଏୟାରପୋର୍ଟରୁ ବାହାରିବାର ଉପାୟ ନଥିଲା। ମନରେ କ୍ଲାନ୍ତି, ବିରକ୍ତି ଓ ଶୂନ୍ୟତା ନେଇ ସେ ଏୟାରପୋର୍ଟ ଲାଉଞ୍ଜରେ ବସି ଅଧା ପଢ଼ିଥିବା ବହିଟିକୁ ପଢ଼ିବାକୁ ଆରମ୍ଭ କଲା; କିନ୍ତୁ ସେଥିରେ ତାର ମନ ଲାଗିଲା ନାହିଁ ।

ବର୍ଷା ଯେମିତି ହଠାତ୍ ଆରମ୍ଭ ହୋଇଥିଲା, ସେମିତି ବନ୍ଦ ହୋଇଗଲା ହଠାତ୍ । ବାହାରକୁ ଆସି ସତ୍ୟକାମ ଟ୍ୟାକ୍ସି ନେଲା ଏବଂ ତାକୁ ହୋଟେଲର ଠିକଣା ଦେଲା। ବର୍ଷା ପରେ ରାସ୍ତା ଜନଶୂନ୍ୟ ହୋଇଯାଇଥିଲା, ପାଗ ବେଶ୍ ଥଣ୍ଡା ଥିଲା ଏବଂ ସତ୍ୟକାମ ପୁଣି ଭାବିବାକୁ ଲାଗିଲା ରାତିରେ ହୋଟେଲରେ ପହଞ୍ଚି କିପରି ଶାନ୍ତିରେ ନିଦ ଯିବ, ସେ କଥା। ଟ୍ୟାକ୍ସିବାଲାକୁ ସେ ପଚାରିଲା, ଏ ସମୟରେ ଏତେ ବର୍ଷା କାହିଁକି ହେଲା ବୋଲି, କିନ୍ତୁ ଟ୍ୟାକ୍ସିବାଲା ଗମ୍ଭୀର ପ୍ରକୃତିର ଲୋକ ଥିଲା ବୋଧହୁଏ, ତା କଥାର କୌଣସି ଜବାବ ଦେଲା ନାହିଁ । ଆଖି ବନ୍ଦକରି ସତ୍ୟକାମ ତାର କର୍ମବ୍ୟସ୍ତ ଦିନଟିର କଥା ଭାବିବାରେ ଲାଗିଲା ।

ହଠାତ୍ ଟ୍ୟାକ୍ସି ବନ୍ଦ ହୋଇଯିବାରୁ ସତ୍ୟକାମ ଆଖି ଖୋଲିଲା। କୌଣସି ବଡ଼ ଛକ ଉପରେ ଲାଲ ବତି ଥିବାରୁ ଗାଡ଼ି ଅଟକିଥିଲା । ଏ ରାସ୍ତାଟି ସଂପୂର୍ଣ୍ଣ

ଜନଶୂନ୍ୟ ଥିଲା ଏବଂ ଚାରିପାଖର ଦୋକାନ ବଜାର ଘର ସବୁ ବନ୍ଦ ଥିଲା । ରାସ୍ତାରେ ସେମାନଙ୍କର ଟ୍ୟାକ୍ସି ବ୍ୟତୀତ ଆଉ କୌଣସି ଯାନବାହନ ନଥିଲା । ବର୍ଷା ପରର ଶୀତଳ ପରିବେଶରେ ବତି ସବୁ ନିସ୍ତବ୍ଧ ଦେଖାଯାଉଥିଲେ । ଚାରିପାଖର ଧୂସରତା ଭିତରେ ଏକମାତ୍ର ରଙ୍ଗ ଆଣିଦେଉଥିଲା ଟ୍ରାଫିକ ବତିର ଲାଲ ଆଖ୍ । କେତେବେଳେ ବତି ପୁଣି ସବୁଜ ହେବ ସତ୍ୟକାମ ଅନାଇଛି, ଏଇ ସମୟରେ ଫୁଟପାଥ ଉପରୁ ବାଘଟି ଟ୍ୟାକ୍ସି ସାମନା ଜେବ୍ରା କ୍ରସିଂ ଉପରକୁ ଓହ୍ଲାଇଲା । ଅଚଞ୍ଚଳ ପାଦ ପକାଇ ବାଘ ରାସ୍ତାକୁ ଅତିକ୍ରମ କରି ଡାହାଣ ପାଖ ଫୁଟପାଥରେ ପହଞ୍ଚିଲା ଏବଂ ମୋଡ଼ରେ ଅଦୃଶ୍ୟ ହୋଇଗଲା ।

ପୁଣି ଆଖ୍ ବନ୍ଦକରି ସତ୍ୟକାମ ତାର କାମ କଥା ଭାବିବାରେ ଲାଗିଲା । ଏଇ ସହରରେ ଅନେକ କାମ ଥିଲା ତାର । କିପରି ସବୁ କାମ ସାରି ଫେରିଯିବ, ତାହାହିଁ ଥିଲା ତାର ଚିନ୍ତାର ବିଷୟ । ଟ୍ୟାକ୍ସିରୁ ଓହ୍ଲାଇ ସେ ହୋଟେଲକୁ ଗଲା ଏବଂ କିଛି ସମୟ ପରେ ନିଜର କୋଠରୀରେ ନିଦ ଯାଉ ଯାଉ ତାର ମନେପଡ଼ିଲା ବାଘଟି କଥା। ବର୍ଷା ଛାଡ଼ିଯାଇଥିବା ରାତି, ଶୂନଶାନ ରାସ୍ତା ଏବଂ ଅବସନ୍ନ ମାନସିକ ସଙ୍ଗତିରେ ଯେଉଁ ଦୃଶ୍ୟଟି ତାକୁ ଆଦୌ ଅସଙ୍ଗତ ଜଣାଯାଇନଥିଲା, ବର୍ତ୍ତମାନ ବିଛଣାର ବାସ୍ତବତା ଭିତରୁ ସେ ଘଟଣାଟି ତାକୁ ଅତ୍ୟନ୍ତ ବିଚିତ୍ର ଓ ତର୍କରହିତ ମନେହେଲା ।

ତା ଆଖ୍ରୁ ହଠାତ୍ ନିଦ ଚାଲିଗଲା ଏବଂ ସେ ବାରମ୍ବାର ବିଛଣାରେ କଡ଼ ବଦଲାଉ ବଦଲାଉ ଭାବିଲା, ଏ କଥାଟିର ନିଶ୍ଚୟ କୌଣସି ତର୍କସଙ୍ଗତ ବ୍ୟାଖ୍ୟା ଅଛି । ବାଘଟିକୁ ଯେ ସେ ନିଶ୍ଚିତ ଭାବରେ ଦେଖିଥିଲା, ସେ ବିଷୟରେ କୌଣସି ସନ୍ଦେହ ନ ଥିଲା। ବାଘଟି ଦେହରେ ଉଜ୍ଜ୍ୱଳ ହଳଦିଆ ପଟା ପଟା ଦାଗ ଥିଲା ଓ ଏ କଥାର ସ୍ମରଣ ସତ୍ୟକାମ ପାଇଁ ରୋମାଞ୍ଚ ଆଣିଦେଲା। ହୋଇପାରେ, ସହରର ଚିଡ଼ିଆଖାନାରୁ ବାଘଟି ବାହାରି ଆସିଛି। ଦେଶବିଦେଶର ସମ୍ବାଦରେ ଏ ପ୍ରକାର ଖବର କେବେ କେବେ ପଢ଼ିଥିବାର ତାର ମନେପଡ଼ିଲା । ଆଉ ମଧ ହୋଇପାରେ,

ସହରକୁ ସର୍କସ ଆସିଛି। ବାଘର ଖୋଲାରେ ବୁଲୁଥିବା ହୁଏତ ଏକ ଦୁର୍ଘଟଣା, ଅଥବା ଏକ ନୂଆ ପ୍ରକାରର ବିଜ୍ଞପ୍ତି

ସେ ଟେଲିଫୋନରେ ପୋଲିସର ନମ୍ବର ମିଲାଇଲା। ପୋଲିସକୁ ବାଘଟିର ସହରରେ ଅନୁପ୍ରବେଶ ବିଷୟରେ ଜଣାଇବା ପାଇଁ; କିନ୍ତୁ ଯେତେବେଳେ ଥାନାରେ କିଏ ଜଣେ ଫୋନ ଉଠାଇଲା, ସତ୍ୟକାମ ଟେଲିଫୋନ ରଖିଦେଲା; କାରଣ ସେ ଠିକ କେଉଁ ଜାଗାରେ ବାଘଟିକୁ ଦେଖିଥିଲା ସେକଥା ତାକୁ ଜଣା ନଥିଲା ଏବଂ ଦ୍ୱିତୀୟରେ, ରାତି ଏଗାରଟାରେ ଟେଲିଫୋନ କରି ପୋଲିସକୁ ଏକ ବାଘର ସନ୍ଧାନ ଦେବା ତାକୁ କେଜାଣି କାହିଁକି ଅଭୂତ ଓ ଅତିରଞ୍ଜିତ ଜଣାଗଲା। ଟେଲିଫୋନକୁ ରଖିଦେଇ ସେ ପୁଣି ଆଖି ବନ୍ଦକଲା ଏବଂ ବାଘଟି କଥା ଭାବିଲା। ନା, ତାର ଦେଖିବାରେ କୌଣସି ଭୁଲଭ୍ରାନ୍ତି ନଥିଲା। ବାଘ ଠିକ ଟ୍ୟାକ୍ସି ସାମନାରେ ରାସ୍ତା ଉପରକୁ ଓହ୍ଲାଇଲା ଏବଂ ଧୀର ଅଥଚ ବଳିଷ୍ଠ ପଦପାତରେ ରାସ୍ତାକୁ ଅତିକ୍ରମ କରି ଆରପାଖ ମୋଡ଼ରେ ଅଦୃଶ୍ୟ ହୋଇଗଲା।

ସକାଳର ଖବରକାଗଜରେ ବାଘ ବିଷୟରେ କୌଣସି ସମ୍ବାଦ ନଥିଲା। ସହରରେ କେଉଁଠାରେ ସର୍କସ ଚାଲୁଥିବାର ବିଜ୍ଞପ୍ତି ମଧ୍ୟ ନଥିଲା ଖବରକାଗଜରେ। ରାତିରେ ଶୋଇବାକୁ ଗଲାବେଳେ ପୁଣି ବାଘଟି ଲାଞ୍ଜ ପିଟି ନିଶ ଫୁଲାଇ ତା ଆଖି ଆଗରେ ରାସ୍ତା ପାରହୋଇ ବାହାରିଗଲା। ଘଟଣାଟି କେବେହେଡ଼େଲ ତାର କଳ୍ପନାପ୍ରସୂତ ନଥିଲା, ଏ ବିଷୟରେ ସେ ନିଃସନ୍ଦେହ। ଶୋଉ ଶୋଉ ସତ୍ୟକାମ ନିଶ୍ଚୟ କଲା ଯେ ସେ ଏଇ ରହସ୍ୟର ସମାଧାନ କରିବ ହିଁ କରିବ।

ପରଦିନ ସକାଳର ଖବରକାଗଜରେ ମଧ୍ୟ ଏ ବିଷୟରେ କୌଣସି ଉଲ୍ଲେଖ ନ ଥିଲା। କେବଳ ପ୍ରବଳ ବର୍ଷାରେ ହୋଇଥିବା କ୍ଷୟକ୍ଷତିର ବିବରଣ ଥିଲା, କିନ୍ତୁ କେଉଁଠାରେ ହେଲେ ନଥିଲା ବଣ୍ୟ ଅଥବା ସର୍କସ ବାଘର ଅନଧିକାର ପ୍ରବେଶର ଚର୍ଚ୍ଚା। ଏୟାରପୋର୍ଟକୁ ଯାଉ ଯାଉ ଟ୍ୟାକ୍ସି ବାହାରକୁ ଅନାଇ ସତ୍ୟକାମ ଚେଷ୍ଟାକଲା ଠାବ କରିବ ସେଦିନ ରାତିରେ ଦେଖିଥିବା ଛକଟିକୁ। କିନ୍ତୁ ସକାଳର ଲୋକାରଣ୍ୟରେ ତାକୁ ପ୍ରତିଟି ଛକ ଏକାପରି ଦେଖାଗଲା ଏବଂ କୌଣସି ଛକର

ସେଦିନ ରାତିର ବର୍ଷା ଥମଥମ ଅବସ୍ଥାରେ ଦେଖୁଥିବା ଛକ ସହିତ କୌଣସି ସାମଞ୍ଜସ୍ୟ ନଥିଲା ।

ନିଜ ସହରକୁ ଫେରି ସତ୍ୟକାମ ସୁସ୍ଥ ମସ୍ତିଷ୍କରେ ଘଟଣାଟିର ବିଶ୍ଳେଷଣ କରିବାକୁ ଚେଷ୍ଟା କଲା । ସେ ଠିକ କଲା ଏଇ ରହସ୍ୟଜନକ ବିଷୟଟିରେ ସେ ନିଜର ବନ୍ଧୁମାନଙ୍କୁ ଅଂଶୀଦାର କରି ସେମାନଙ୍କର ମତାମତ ନେବ । ଅନେକ ଭାବିଚିନ୍ତି ସେ ପ୍ରଥମେ ତାର ଏପରି ଜଣେ ବନ୍ଧୁକୁ ବାଛିଲା, ଯେ କି ଅତି ଶାନ୍ତଶିଷ୍ଟ ଓ ଧୀର ପ୍ରକୃତିର ଥିଲେ ଏବଂ ଯାହାଙ୍କୁ ସମସ୍ତେ ନିର୍ବୋଧ ବୋଲି ଭାବୁଥିଲେ । ଘଟଣାଟିକୁ ସିଧାସଳଖ ନକହି ସତ୍ୟକାମ ତାଙ୍କୁ କହିଲା, ଯଦି ଆପଣଙ୍କୁ କିଏ କହେ ଯେ ସେ ଦିନେ ରାତିରେ ଶୂନଶାନ ସହରର ଛକ ଉପରେ ଗୋଟିଏ ବାଘକୁ ରାସ୍ତା ପାରିହେଉଥିବାର ଦେଖିଲା, ଆପଣ କଣ ଭାବିବେ?

ସତ୍ୟକାମ ଭାବିଥିଲା ଯେ ଭଦ୍ରବ୍ୟକ୍ତି ଏ କଥାକୁ ସ୍ଥିରଚିତ୍ତରେ ଅନୁଧ୍ୟାନ କରିବେ ଏବଂ ତାଙ୍କର ସୁଚିନ୍ତିତ ମନ୍ତବ୍ୟ ଦେବେ । କିନ୍ତୁ ଭଦ୍ରବ୍ୟକ୍ତି ସାମାନ୍ୟ କାଳବିଳମ୍ବ ନକରି କହିପକାଇଲେ, ମୁଁ ଭାବିବି ଲୋକଟି ସଂପୂର୍ଣ୍ଣ ନିର୍ବୋଧ ।

ଏପରିଭାବରେ ପ୍ରତିହତ ହୋଇ ସତ୍ୟକାମ ନିଜର ଘନିଷ୍ଟ ବନ୍ଧୁ ପାଖକୁ ଗଲା ଏବଂ ତାକୁ ତାର ଯାତ୍ରାର ସଂପୂର୍ଣ୍ଣ ବିବରଣୀ ଦେଇ ଏୟାରପୋର୍ଟରେ ବର୍ଷା, ନିର୍ଜନ ରାସ୍ତାରେ ଟ୍ୟାକ୍ସି ଏବଂ ବାଘର ରାସ୍ତା ପାରିହେବା କଥା କହିଲା । ତା କଥା ଶୁଣି ବନ୍ଧୁ ସାମାନ୍ୟ ଚିନ୍ତାରେ ପଡ଼ିବା ଭଳି ଜଣାଗଲା। କହିଲା, ଏଇଟା ଗୋଟାଏ ଭଲ କଥା ନୁହେଁ । ଏଥିପାଇଁ ପୂଜାପାଠ କରିବାକୁ ପଡ଼ିବ ।

ସତ୍ୟକାମ ଧାର୍ମିକ ମନୋବୃତ୍ତିର ନ ଥିଲା; ତେଣୁ କଥାକୁ ଏଡ଼ାଇ ଦେଇ କହିଲା, ପୂଜାପାଠ କଥା ଦେଖାଯିବ; କିନ୍ତୁ ମତେ କହ, ବାଘ ଆସିଲା କୋଉଠୁ, ପୁଣି ଗଲା କୁଆଡ଼େ?

ବନ୍ଧୁ କହିଲା, ଅନେକ ଦିନ ତଳେ ଦିନେ ଦିନ ଦିପହରେ ମୋ ଘର ଉପରେ ପେଚା ଆସି ବସିଲା । ତମେ ପଚାରିବ, ସହର ଭିତରେ ଖରାବେଳେ ପେଚା କୋଉଠୁ କେମିତି ଆସି ପହଞ୍ଚିଲା। ତାର କଣ କିଛି ଜବାବ ଅଛି? ମୁଁ ମୋ ସ୍ତ୍ରୀକୁ

ଡାକିଆଣି ଦେଖାଇଲାବେଳକୁ ପେଟ୍ରା ଉଭାନ। ସାତଦିନ ଭଜନ କୀର୍ତ୍ତନ କରି ରିଷ୍ଟ କାଟିଲୁ।

ଲେଖକ ବନ୍ଧୁ କହିଲେ, ସହରଟା ଗୋଟାଏ କଂକ୍ରିଟର ଜଙ୍ଗଲ। ଏଥିରେ ବାଘ ଭାଲୁ ଆତ୍ମଘାତ ହେବେ ନାହିଁ ତ ଆଉ କଣ? ରାତିରେ ଯେଉଁ ଚୋର ଡକ୍ର ଗୁଣ୍ଡା ବଦ୍‌ମାସ ଯିବାଆସିବା କରୁଛନ୍ତି, ସେମାନେ ଗୋଟିଏ ଗୋଟିଏ ହିଂସ୍ର ଜନ୍ତୁ। ଆପଣ ସିନା ଗୋଟିଏ ବାଘ ମାତ୍ର ଦେଖିଲେ, ଆଉ ଟିକିଏ ଏପାଖ ସେପାଖ ଦୃଷ୍ଟି ପକାଇଥିଲେ ଦେଖିଥାନ୍ତେ ସହରର ଗଳିକନ୍ଦିରେ କିପରି ଭୟଙ୍କର ସାପ, ଲୋମହର୍ଷକ ବଣୁଆହାତୀ, ରକ୍ତପାୟୀ ସିଂହସବୁ ଛପି ରହିଛନ୍ତି ।

ଇଂରେଜୀ ପ୍ରଫେସର କହିଲେ, ଏ କିଛି ନୂଆ କଥା ନୁହେଁ। ଆପଣ ଜୁଲିଅସ ସିଜାର ପଢ଼ିଥିବେ। ସିଜାରଙ୍କ ହତ୍ୟା ପୂର୍ବରୁ କାସ୍କା ସିସେରୋକୁ କହୁଛି, ଆଜି କ୍ୟାପିଟଲ ସାମନାରେ ମୁଁ ଗୋଟିଏ ସିଂହକୁ ଭେଟିଲି; ସିଂହ ମୋ ଆଡ଼କୁ କଟମଟ କରି ଅନାଇଲା, ପୁଣି ମୁହଁ ବୁଲାଇ ଚାଲିଗଲା ।

କ୍ଲବ୍‌ର ବାର୍‌ରେ ତା କଥା ଶୁଣି ଲୋକଟି ହୋ-ହୋ କରି ହସିଲା ଏବଂ ଟେବୁଲ ଉପରେ ସଶ୍ଚଦ୍‌ରେ ଗ୍ଲାସକୁ ରଖୁ ରଖୁ କହିଲା, କେତେ ରାତିରେ ଦେଖିଲେ ବୋଲି କହିଲେ? କେତେ ପେଗ୍ ପରେ? କିଛି ଆଶ୍ଚର୍ଯ୍ୟ ହେବାର ନାହିଁ କିଛି ସମୟ ପରେ ଆପଣଙ୍କୁ ଗୋଲାପୀ ହାତୀ ବି ନଜର ଆସିଥାନ୍ତା।

ସତ୍ୟକାମ ଜାଣିଲା ଯେ ତା କଥାକୁ କେହି ବିଶ୍ୱାସ କରୁନାହାନ୍ତି ଅଥବା ତାର ସମସ୍ୟାକୁ କେହି ଗୁରୁତ୍ୱ ଦେଉନାହାନ୍ତି ।

ସେ ଠିକ କଲା ଆଉ ଏକଥା କାହାରିକି ହେଲେ କହିବ ନାହିଁ; କିନ୍ତୁ ସେ ନିଜେ ଯେମିତି ହେଲେ ଏ କଥାର ମର୍ମ ଉଦ୍‌ଘାଟନ କରିବ ।

କିଛି ଦିନ ପରେ ସେ ପୁଣି ସେଇ ସହରକୁ ଯିବାର ଟିକେଟ କଲା । ଏଥରକ ବି ତାର ଫ୍ଲାଇଟ ଠିକ ସମୟରେ ପହଞ୍ଚିଲା। ପାଗ ଆଜି ମଧ୍ୟ ପ୍ରସନ୍ନ ଥିଲା ଏବଂ ସାଙ୍ଗେ ସାଙ୍ଗେ ଟ୍ୟାକ୍ସି ନେଇ ସେ ହୋଟେଲକୁ ବାହାରିଲା ।

ସଂଧ୍ୟା ବେଶୀ ଡେରି ହୋଇ ନଥିବାରୁ ରାସ୍ତାଘାଟରେ ବେଶ୍ ଭିଡ଼ ଥିଲା । ଟ୍ୟାକ୍ସି ଭିତରେ ସତ୍ୟକାମ ସଜାଗ ହୋଇ ବସିଲା ଓ ଅତିକ୍ରମ କରି ଯାଉଥିବା ଛକମାନଙ୍କ ଉପରେ ନଜର ରଖିଲା । ଆଗରେ ପଛରେ ଅନେକ ଯାନବାହନ ଯିବା ଆସିବା କରୁଥିଲେ ଏବଂ ଛକରେ ଲାଲ ବତି ଥିବାବେଳେ ଅନେକ ଲୋକ ରାସ୍ତା ପାରିହେଉଥିଲେ ।

ସବୁ କିଛି ବିଧିବଦ୍ଧ, ତର୍କସଙ୍ଗତ କିନ୍ତୁ ସାଧାରଣ ଥିଲା ।

ଶୋଇବାକୁ ଗଲାବେଳେ ସତ୍ୟକାମ ଅଧା ପଢ଼ିଥିବା ବହିଟିକୁ ନପଢ଼ି ପକେଟରୁ ଶୁଭ ସମ୍ବାଦର ବାର୍ତ୍ତାବହ ଚିଠିଟିକୁ ଆଣି ଆହୁରି ଥରେ ପଢ଼ିଲା । ତା ପରେ ବିଛଣା ଉପରେ ପଡ଼ିରହି ସେ ଛାତଆଡ଼କୁ ଅନାଇଲା ।

ଅନ୍ଧାର କୋଠରୀ, ଏୟାର କଣ୍ଡିସନର ମୃଦୁ ଗୁଞ୍ଜନ, ନିଦ ଔଷଧର ଲୋଭନୀୟ ପରିବେଶ ଭିତରୁ ସେ ପ୍ରଥମେ ବାଁପାଖେ ଗଛର ଡାଳଟିଏ ଦେଖିଲା । ପତ୍ରଗହଳ ସବୁଜତା ଭିତରୁ ପକ୍ଷୀଟି ବାହାରିଲା ଏବଂ ଧୀର ମନ୍ଥର ଅଳସ ଗତିରେ ଉଡ଼ିବାକୁ ଆରମ୍ଭ କଲା ।

ଆଖି ବନ୍ଦ ହୋଇଯିବା ପୂର୍ବରୁ ସତ୍ୟକାମ ଡାହାଣ ପାଖକୁ ଅନାଇଲା, ଯେଉଁଠାରେ ଆଉ ଏକ ଗହଳ ସବୁଜତା ପକ୍ଷୀଟିକୁ ଅପେକ୍ଷା କରୁଥିଲା ।

ପକ୍ଷୀ

ଛୋଟ ପକ୍ଷୀଟି ତାର ବସା ଭିତରୁ ବାହାରି କିଛି ସମୟ ଡାଳ ଉପରେ ବସିଲା; ପୁଣି ନିଜର ଭାରସାମ୍ୟ ରଖ୍ ନପାରି ତଳକୁ ଖସିପଡ଼ିଲା। ଆକାଶରେ ତାର ଏଇଟି ନୂଆ ଅଭିଜ୍ଞତା ଥିଲା ଏବଂ ତାର ଛୋଟ ଛୋଟ ଡେଣାର ପ୍ରଥମ ପ୍ରୟୋଗ। ସାହସର ସହିତ ପକ୍ଷୀଟି ଖଣ୍ଡିଉଡ଼ା ଦେଇ ତଳକୁ ଓହ୍ଲାଇଲା ଓ କ୍ଲାନ୍ତ ହୋଇ ଗୋଟିଏ ବୁଦାତଳେ କିଛି ସମୟ ବସିଲା।

ସ୍କୁଲକୁ ଯାଉଯାଉ ବାବୁଲି ଆଖ୍ରେ ପଡ଼ିଲା ଏଇ ରଙ୍ଗବେରଙ୍ଗ, ଛୋଟ ଛୋଟ ଡେଣା, ଭଲଭାବରେ ଉଡ଼ି ପାରୁ ନଥିବା ଚଢ଼େଇଛୁଆଟି। ଗାଁରୁ ସ୍କୁଲକୁ ଗଲାବେଳେ ମଝିରେ ଅଳ୍ପ ଦୂରତ୍ୱର ଯେଉଁ ଅରମା ଜଙ୍ଗଲ ଓ ଆମ୍ବତୋଟା ପଡ଼ୁଥିଲା, ସେଇଟି ଥିଲା। ବାବୁଲି ପାଇଁ ଅସୀମ ରହସ୍ୟରେ ଭରପୂର ଏକ ପରୀ ରାଇଜ। ଯଦିଓ ଏଇଟି ଡଗାଟାଏ ଅବହେଳିତ ତୋଟା ଓ କଣ୍ଟାବୁଦାର ଛୋଟ ଜଙ୍ଗଲ ଥିଲା, ବାବୁଲି ଏହାକୁ ଏକ ରୂପକଥାର ସ୍ୱତନ୍ତ୍ର ସାମ୍ରାଜ୍ୟ ବୋଲି ମନେକରୁଥିଲା, ଯେଉଁଥିରେ ଭୂତପ୍ରେତ, ଅସୁରୁଣୀ ବୁଢ଼ୀ, ମନପବନ ଘୋଡ଼ା ଇତ୍ୟାଦି ବସବାସ କରୁଥିଲେ। ପ୍ରତିଦିନ ସ୍କୁଲକୁ ଯିବାବେଳେ ବାବୁଲି ଏଇ ଦେଶଟିର କିଛି କିଛି ଆଶ୍ଚର୍ଯ୍ୟ ଭଦ୍ୟଘାଟନ କରିବାକୁ ଚେଷ୍ଟା କରୁଥିଲା; କିନ୍ତୁ ସେ ଏପର୍ଯ୍ୟନ୍ତ ଏଇ ଦେଶର ସୀମାନାରେ ଏଣ୍ଡୁଅ, ଓଧ, ଚମ୍ପେଇ ନେଉଳ, ଗୋଧି, ପ୍ରଜାପତି, ମାଙ୍କଡ଼ ଓ ଗୁଣ୍ଡୁଚିମୂଷା ବ୍ୟତୀତ ଆଉ କୌଣସି ଅଭୁତ ଜୀବ ଦେଖ୍ବାକୁ ପାଇନଥିଲା। ତାର ବିଶ୍ୱାସ ଥିଲା ଯେ ଏଇ ଚଲାବାଟକୁ ଛାଡ଼ି ତୋଟା ଭିତରକୁ

ପଶିଲେ ତା ପାଇଁ ସବୁ ରହସ୍ୟର ସମାଧାନ ହୋଇଯିବ। କିନ୍ତୁ ସ୍କୁଲକୁ ଯିବାଆସିବା ବେଳେ ସାଙ୍ଗମାନଙ୍କୁ ଛାଡ଼ି ଅଲଗା ହୋଇ ଯିବା ସମ୍ଭବ ହେଉନଥିଲା ଏବଂ ପ୍ରକୃତରେ କହିବାକୁ ଗଲେ ବାବୁଲି ଏଇ ଜଙ୍ଗଲ ଭିତରକୁ ଏକୁଟିଆ ପଶିବା ପାଇଁ ଭୟ ମଧ କରୁଥିଲା ।

ଆଜି କିନ୍ତୁ ଛୋଟ ଚଢ଼େଇଟିକୁ ଦେଖିବାପରେ ବାବୁଲି ମନ ଭିତରେ ଏକ ଅଭୁତ ପ୍ରତ୍ୟୟ ଜନ୍ମିଲା । ସେ ନିଶ୍ଚୟ କରିନେଲା ଯେ ସେ ଯେମିତି ହେଉ ଏ ଚଢ଼େଇଟିକୁ ଧରିବ; ତାକୁ ସେଥିପାଇଁ ଜଙ୍ଗଲ ଭିତରେ ପଶିବାକୁ ପଡ଼ୁ ନା କାହିଁକି । ଯଦିଓ ତା ପାଖରେ କେବେ କୌଣସି ଚଢ଼େଇ ନଥିଲେ, ପୁରୁଣା ଟିଣ ଡବା କାଟି ସେ ଚଢ଼େଇ ରଖିବା ପାଇଁ ଗୋଟିଏ ବାକ୍ସ ତିଆରି କରିଥିଲା । ଏଥିରେ ଚଢ଼େଇର ନିଃଶ୍ୱାସ ନେବା ପାଇଁ କଣା ଥିଲା, ମଝିରେ ଗୋଟିଏ କାଠି ଦିଆହୋଇ ଦାର ବସିବା ପାଇଁ ବ୍ୟବସ୍ଥା ଥିଲା ଏବଂ ରାତିରେ ଚଢ଼େଇ ଯେପରି ଆରାମରେ ଶୋଇପାରିବ, ସେଥିପାଇଁ ତଲେ ତୁଲା ବିଛା ହୋଇଥିଲା । କିନ୍ତୁ ଏ ବାକ୍ସଟିରେ ରଖିବା ପାଇଁ ତାକୁ କୌଣସି ଚଢ଼େଇ ମିଳିନଥିଲେ । ଥରେ କେତୋଟି ପ୍ରଜାପତି ଆଣି ବାକ୍ସ ଭିତରେ ରଖିଥିଲା; କିନ୍ତୁ ଏତେ ସୁନ୍ଦର ବାକ୍ସରେ କେବଳ ଚାରିଟି ପ୍ରଜାପତି ରହିବା ତାକୁ ଠିକ ଲାଗିଲା ନାହିଁ ଏବଂ ସେ ସେମାନଙ୍କୁ ଉଡ଼ାଇ ଦେଇଥିଲା । ଆଜି ଏଇ ସୁନ୍ଦର ଚଢ଼େଇଟିକୁ ଦେଖିବା ପରେ ବାବୁଲି ଠିକ କଲା ଯେ ତାକୁ ନେଇ ସେ ନିଶ୍ଚୟ ତାର ପଞ୍ଜୁରିରେ ରଖିବ ଏବଂ ତାର ବହିରେ ଯେତେ ସବୁ ଛୋଟ ଛୋଟ ଚିତ୍ର ଅଛି, ତାକୁ କାଟି ଡବାର ଚାରିପାଖେ ଲଗାଇ ତାକୁ ଆହୁରି ସୁନ୍ଦର କରିଦେବ ।

ସେ ଜାଣିଶୁଣି ତାର ସାଙ୍ଗମାନଙ୍କ ପଛରେ ରହିଗଲା ଏବଂ ଚଲାରାସ୍ତାକୁ ଛାଡ଼ି କିଆଗୋହିରୀ ଭିତରକୁ ଓହ୍ଲାଇଲା । ସାଙ୍ଗମାନେ ଅଦୃଶ୍ୟ ହୋଇଯିବା ପରେ ପୁଣି ରାସ୍ତା ଉପରକୁ ଆସି ବାବୁଲି ଯେତେବେଳେ ବୁଦା ଆଢ଼କୁ ଅନାଇଲା, ଚଢ଼େଇ ଆଉ ଦେଖାଗଲା ନାହିଁ। ଏଇତକ ସମୟ ଭିତରେ ଚଢ଼େଇ କୁଆଡ଼େ ଚାଲି ଯାଇଥିଲା। ଯୋଉ ଗଛ ଉପରୁ ଚଢ଼େଇ ଖସି ପଡ଼ିଥିଲା, ତା ଚାରିପାଖେ ବୁଲି

ବାବୁଲି ଅନେକ ଖୋଜିଲା; କିନ୍ତୁ ତାକୁ ପାଇଲା ନାହିଁ ସେ ଭାବିଲା। ଚଢ଼େଇ ବୋଧହୁଏ ପୁଣି ଉଡ଼ିଯାଇ ଦାର ବସା ଭିତରକୁ ଚାଲିଗଲାଣି । ସେ ଉପରକୁ ଅନାଇଲା; କିନ୍ତୁ ଘଞ୍ଚ ଡାଳପତ୍ର ଭିତର ଦେଇ ତାକୁ କୋଉଠାରେ ଚଢ଼େଇର ବସା ଦେଖାଗଲା ନାହିଁ। ଶେଷରେ ସେ ଠିକ କଲା ଯେ ଗଛ ଉପରେ ଚଢ଼ି ଚଢ଼େଇର ବସା ଠାବ କରିବ ଏବଂ ସୁବିଧା ହେଲେ କେବଳ ସେଇ ଗୋଟିଏ ଛୋଟ ଚଢ଼େଇ ହିଁ ନୁହେଁ, ବସା ଭିତରୁ ଅନ୍ୟ ଚଢ଼େଇ ଓ ଅଣ୍ଡା ସଂଗ୍ରହ କରି ଆଣିବ ଓ ନୂଆ ନୂଆ ବାକ୍ସ ତିଆରି କରି ସେଥିରେ ତାକୁ ରଖିବ। ସେ କାନ୍ଧରୁ ବସ୍ତାନି ବାହାର କରି ତଳେ ରଖିଲା ଏବଂ ଏଇ ବଡ଼ ଗଛଟିକୁ କୋଉଆଡ଼ୁ କିପରି ଚଢ଼ିବ, ସେଇ ସମସ୍ୟାରେ ମନଦେଲା ।

ଗଛଟି ତା ପାଇଁ ବେଶ ବଡ଼ ଥିଲା ଏବଂ ଧରିବାକୁ ତାର କୁଣ୍ଡ ପାଉନଥିଲା । ଗଛଟିର ଡାଳ ସବୁ ବି ତାର ହାତପାହାନ୍ତାର ଉପରେ ଥିଲେ । ତାଙ୍କ ଘର ବାରି ପଛପାଖେ ଯେଉଁ ନିଶୁଣିଟି ଥିଲା, ସେଇଟିକୁ ପକାଇ ସେ ସ୍ୱଚ୍ଛନ୍ଦରେ ଗଛ ଉପରକୁ ଚଢ଼ିପାରନ୍ତା। ଅନେକ କଷ୍ଟରେ ସେ ନିଶୁଣି ଚଢ଼ିବା ଆୟତ୍ତ କରିଥିଲା। ପ୍ରଥମେ ପ୍ରଥମେ ସେ କେବଳ ତଳ ଚାରିଟି ଧାପ ଉପରକୁ ଯାଇପାରୁଥିଲା । ଏତିକି ଚଢ଼ିବାବେଳକୁ ତାକୁ ଜଣାଯାଉଥିଲା ନିଶୁଣିଟି ଯେମିତି ତା ସମେତ ପଛକୁ ଓଲଟିପଡ଼ିବ ! କିନ୍ତୁ ସେ କ୍ରମେ କ୍ରମେ ଉପରକୁ ଚଢ଼ିଥିଲା ଏବଂ ଶେଷରେ ଦିନେ ଘରେ କେହି ନଥିଲାବେଳେ ସାହସ କରି ପୂରା ନିଶୁଣି ଚଢ଼ି ଚାଲ ଉପରେ ଯାଇ ବସିଥିଲା। ତଳକୁ ଓହ୍ଲାଇବା ଯଦିଓ ଆହୁରି କଷ୍ଟସାଧ୍ୟ ଓ ଭୟପ୍ରଦ ଥିଲା, ନିଶୁଣି ପ୍ରତି ତାର ଭୟ ଭାଙ୍ଗି ଯାଇଥିଲା। କିନ୍ତୁ ଏଇ ଜଙ୍ଗଲ ଭିତରେ ନିଶୁଣି ବା ମିଳିବ କେଉଁଠାରୁ?

ନିଶୁଣି ନଥିଲେ ବି ପାଖରେ ଆଉ ଗୋଟିଏ ଛୋଟ ଗଛ ଥିଲା, ଯାହା ବାବୁଲିକୁ ତାର ଆୟତ୍ତ ଭିତରେ ଜଣାଗଲା । ଏଇ ଗଛ ଉପରକୁ କିଛି ବାଟ ଚଢ଼ିଲେ ସେ ବଡ଼ ଗଛର ଅନେକ ଅଂଶ ଦେଖିପାରିବ, ଏଇ ଆଶା ନେଇ ସେ ଆର ଗଛଟିରେ ଚଢ଼ିବାକୁ ଗଲା । ଯଦି ପାଖରେ ଛୋଟ ଦଉଡ଼ିଟିଏ ଥାନ୍ତା, ସେ ତାକୁ

ଫାଶ କରି ଗୋଡ଼ରେ ଛନ୍ଦି, ତାଙ୍କ ଗାଁର ନଡ଼ିଆତୋଳାଲି ଯେମିତି ନଡ଼ିଆ ଗଛ ଉପରେ ଚଢ଼େ, ସେମିତି ଚଢ଼ି ପାରିଥାନ୍ତା । କିନ୍ତୁ ଏ କଥା ବି ସମ୍ଭବ ନଥିଲା। ସେ ହାତ ବଢ଼ାଇ ଗୋଟିଏ ଛୋଟ ଡାଲକୁ ଧରିଲା ଏବଂ ଗଛ ଉପରେ ପାଦ ରଖିଲା। ଗୋଟିଏ ଭଙ୍ଗା ଡାଲର ଅଗ ବାଜି ତାର ଆଣ୍ଠୁ ପାଖ କଟିଯାଇ ସେଥିରୁ ରକ୍ତ ବୋହିଲା; କିନ୍ତୁ ବାବୁଲି ସେଥିପ୍ରତି ଭୃକ୍ଷେପ କଲା ନାହିଁ ।

ଉପରକୁ ଉଠି ସେ ଗଛଟିର ଗୋଟିଏ ବଡ଼ ଡାଳ ଉପରେ ବସି ନିଜର ଚାରିଆଡ଼କୁ ଅନାଇଲା । ସେ ଯାହା ଆଶା କରିଥିଲା ଯେ ଏଇ ଗଛ ଉପରୁ ବଡ଼ ଗଛ ଆଡ଼କୁ ଅନାଇ ସେ ଚଢ଼େଇବସା ଠାବ କରିବ, ସେ କଥା ସମ୍ଭବ ନଥିଲା । ବଡ଼ ଗଛର ଡାଳ ସବୁ ଆହୁରି ଉପରେ ଥିଲା ଏବଂ ସେ ବସିଥିବା ଜାଗାରୁ ଘାଲ ପତ୍ରଦେଇ କିଛି ଦେଖା ଯାଉନଥିଲା। ବାବୁଲି ତାର ଆଣ୍ଠୁ ପାଖରୁ ବହୁଥିବା ରକ୍ତକୁ ହାତରେ ପୋଛିଲା ଏବଂ ଜାମାରୁ ଧୂଳି ଝାଡ଼ିଲା। ଯାହାହଉ, ଭଙ୍ଗାଡାଲ ଲାଗି ତାର ଆଣ୍ଠୁ ଛିଣ୍ଡି ଯାଇଥିଲା, ଜାମା ନୁହେଁ।

ଗଛଟି ରାସ୍ତା ପାଖରେ ଥିଲା ଏବଂ ବର୍ତ୍ତମାନ ଏ ରାସ୍ତାରେ କେହି ଯିବାଆସିବା କରୁନଥିଲେ। ଖରା ହୋଇ ଆସୁଥିବାରୁ ପକ୍ଷୀମାନଙ୍କର କିଚିରିମିଚିରି ଶଢ ବି ବନ୍ଦ ହୋଇଯାଇଥିଲା। ସବୁଆଡ଼ ଶୂନଶାନ ଥିଲା ଏବଂ ବାବୁଲି ଭାବିଲା, ଯଦି ବଡ଼ ସାପଟିଏ ବର୍ତ୍ତମାନ ଗଛ ଉପରେ ଚଢ଼ି ତାକୁ କାମୁଡ଼ିବାକୁ ଗୋଡ଼ାଏ, ସେ କଣ କରିବ? ସାପ ତା ଆଡ଼କୁ ଆସିଲେ ସେ ପ୍ରଥମେ କୋଉ ଡାଲଟିକୁ ଧରି ତଳକୁ ଓହ୍ଲାଇବ, ସେ କଥା ସ୍ଥିରକଲା । ତଳ ବୁଦାମାନଙ୍କ ଆଡ଼କୁ ଅନାଇ ସାପ କେଉଁଠାରୁ ଆସୁଥାଇପାରେ, ସେ କଥା ଅନ୍ଦାଜ କରିବାକୁ ଚେଷ୍ଟାକଲା । ବୁଦାମାନଙ୍କରେ ସାପ ଭଳି ଅନେକ ଲତା ଗୁଡ଼େଇ ହୋଇ ରହିଥିଲେ, ଯାହା ବାବୁଲି ଭାବିଲା ହଠାତ୍ ଜୀବନ୍ତ ହୋଇ ତା ପାଖକୁ ଧାଇଁ ଆସିବେ। ଏହି ସମୟରେ ଗୋଟିଏ ବଣକୁକୁଡ଼ା ଗୋଟିଏ ବୁଦାରୁ ବାହାରି ଅନ୍ୟ ବୁଦା ଆଡ଼କୁ ଧାଇଁଗଲା । ତା ପଛରେ ସାପ ଧାଇଁପାରୁଥାଏ ଭାବି ବାବୁଲି ସତର୍କ ଦୃଷ୍ଟିରେ ଅନାଇ ରହିଲା; କିନ୍ତୁ କିଛି ସମୟ

ପରେ ବୁଦା ଖଡ଼ ଖଡ଼ ହୋଇ ତା ଭିତରୁ ସାପ ନୁହେଁ, ସେଇ ଛୋଟ ଚଢ଼େଇଟି ବାହାରି ଆସିଲା।

ଚଢ଼େଇ ବୁଦା ଛାଇରୁ ବାହାରି କିଛି ଚାଲି କିଛି ଖଣ୍ଡ ଉଡ଼ାଦେଇ ଖୋଲା ଜାଗାର ଖରା ଉପରକୁ ଆସି ବସିଲା ଓ ଏପାଖ ସେପାଖ ଚାରିଆଡ଼କୁ ଅନାଇଲା। ମାଟିକୁ ଖୁମ୍ପି ସେଠାରେ କିଛି ଖାଇବା ଜିନିଷ ଅଛି କି ନାହିଁ ପରଖିଲା। ପୁଣି ଥଣ୍ଟରେ ନିଜର ଡେଣାକୁ ଖୁମ୍ପିଲା, ଗୋଟିଏ ଗୋଡ଼ରେ ଆଉ ଗୋଟିଏ ଗୋଡ଼କୁ ଘଷିଲା, ଥଣ୍ଟକୁ ଖୋଲା ବନ୍ଦ କରି ଉପରକୁ ଅନାଇଲା ଏବଂ ହଠାତ୍ ଯେମିତି କିଏ ତାକୁ ଗୋଡ଼ାଉଛି, ତରତର ହୋଇ ବଣକୁକୁଡ଼ା ଯାଇଥିବା ବୁଦାଭିତରକୁ ପଶିଗଲା।

ବାବୁଲି ତରବରରେ ତଳକୁ ଓହ୍ଲାଇବାରେ ଲାଗିଲା ଓ ଶେଷରେ ଅଳ୍ପ ଉଚ ଡାଲ ଉପରୁ ତଳକୁ ଡେଇଁ ପଡ଼ିଲା। ଚଢ଼େଇକୁ ଦେଖିବା ପରେ ତାର ସାପର ଭୟ ଚାଲି ଯାଇଥିଲା ଏବଂ କିପରି ଚଢ଼େଇଟିକୁ ଧରିବ, ତାହାହିଁ ତାର ପ୍ରଧାନ ଲକ୍ଷ୍ୟ ଥିଲା। ବୁଦା ପାଖରେ ପହଞ୍ଚି ସେ କଣ୍ଟାଗଛରେ ଲାଲ ଟକଟକ ପାଚିଲା କୋଳି ଦେଖିଲା, ଯାହାକୁ ସେ ଅନ୍ୟ ସମୟରେ ଆଗ୍ରହର ସହିତ ତୋଳି ଖାଇଥାନ୍ତା; କିନ୍ତୁ ସେ କୋଳି ଆଡ଼କୁ ନ ଅନାଇ ନଇଁ ନଇଁ ବୁଦା ଭିତରେ ପଶିଲା। ଚଢ଼େଇ ଅଳ୍ପ ଦୂରରେ ଥିଲା; କିନ୍ତୁ କଣ୍ଟା-ଝଣ୍ଟା ଅରମା ଚେରବୁଦା ଦେଇ ତା ପାଖରେ ପହଞ୍ଚିବା ଅତ୍ୟନ୍ତ କଷ୍ଟସାପେକ୍ଷ ଥିଲା। ବାବୁଲି ତଥାପି ଆଶା ହରାଇଲା ନାହିଁ। ଶବ୍ଦ ଶୁଣି କାଳେ ଚଢ଼େଇ ପୁଣି ଉଡ଼ି ଚାଲିଯିବ, ସେଥିପାଇଁ ଅତି ସତର୍କତାର ସହିତ ସେ ଆଶ୍ଛୋଇ ଆଶ୍ଛୋଇ ଧୀରେ ଧୀରେ ତା ଆଡ଼କୁ ଆଗେଇଲା।

ଏଇ ସମୟରେ ହଠାତ କୁଆଡ଼ୁ ଖଣ୍ଟିଆଭୂତ ଆସି ଧୂଲି ଉଡ଼ାଇ ତା ପାଖଦେଇ ଚାଲିଗଲା। ଭାଗ୍ୟକୁ ବାବୁଲି ବୁଦା ତଳେ ଥିଲା, ତଥାପି ତାର ଆଖ ନାକ ଧୂଲି ଭର୍ତ୍ତିହୋଇଗଲା ଏବଂ ସାମାନ୍ୟ ଭୟ ମଧ୍ୟ ତା ମନକୁ ଛୁଇଁଲା। ଖଣ୍ଟିଆଭୂତ ଗୋଟାଏ ଧୂଲିଝଡ଼ ବୋଲି ଜାଣିଥିଲେ ମଧ୍ୟ ଏଇ ଭୂତ ନାଁଟା ତାକୁ ଅନ୍ୟ ଭୂତମାନଙ୍କ କଥା ମନେ ପକାଇଦେଲା, ଯଥା ବ୍ରହ୍ମରାକ୍ଷସ, ଡାହାଣୀ, ଚିରଗୁଣୀ, ବାବନାଭୂତ ଇତ୍ୟାଦି। ରାତିରେ ସମସ୍ତେ ଶୋଇସାରିବା ପରେ

ବିଛଣାରେ ପଡ଼ି ରହିଥିବାବେଳେ ଚାରିପାଖର ଅନ୍ଧାର ଭିତରୁ ଯେଉଁ ଅଜଣା ଭୟମାନ ତା ଦେହରୁ ଝାଳ ବୁହାଇ ଦେଇଯାଉଥିଲେ, ଦିନ ଦିପହରର ଖରାବେଳେ ସେ ଭୟସବୁ ଏତେ ଭୟଙ୍କର ନଥିଲେ ମଧ ଆଶ୍ୱସ୍ତିଜନକ ନଥିଲେ । ତଥାପି ସେମାନଙ୍କୁ ଭ୍ରୁକ୍ଷେପ ନ କରି ବାବୁଲି କଣ୍ଟାବୁଦା ତଳୁ ବାହାରି ଚଲାବାଟରେ ପହଞ୍ଚିଲା, ଯାହାକୁ ସହଜରେ ପାରହୋଇ ଚଢ଼େଇ ବର୍ତ୍ତମାନ ତୋଟାର ନିଘଞ୍ଚ ଭାଗରେ ପଶିଯାଇଥିଲା ।

ବାବୁଲିକୁ ଶୋଷ ଲାଗିଲା; କିନ୍ତୁ ଏଠାରେ ପାଖଆଖରେ କୋଉଠି ପାଣି ମିଲିପାରିବ, ସେକଥା ସେ ଭାବିପାରିଲା ନାହିଁ । ତେଣୁ କୋଲିଗଛ ପାଖକୁ ଫେରି ସେ କିଛି କୋଲି ତୋଲି ଖାଇଲା । ଏ କୋଲି କି ପ୍ରକାରର କୋଲି, ସେ ଜାଣି ନଥିଲା ଏବଂ ତାକୁ ହଠାତ୍ ମନେହେଲା ଏଗୁଡ଼ିକ ବିଷକୋଲି ହୋଇ ଥାଇପାରେ । ତେଣୁ ଥୁ ଥୁ କରି ସେ ପାଟିରୁ ଅଧା ଚୋବାଇଥିବା କୋଲି ବାହାର କରି ତଳକୁ ପକାଇଦେଲା ଏବଂ ଗୋଟିଏ ଛୋଟ ତେନ୍ତୁଲି ଗଛରୁ କଅଁଳ ପତ୍ର ଆଣି ତାକୁ ଚୋବାଇଲା । ପାଖରେ ଗୋଟିଏ କାଇଁଚ ଗଛରେ ଶୁଖିଲା ଫଳକୁ ଭାଙ୍ଗି ତା ଭିତରୁ ଲାଲ ଲାଲ ମଂଜି ବାହାରକରି ତାକୁ ପକେଟରେ ରଖିଲା। ସେ ମାତ୍ର ନ'ଟି ମଂଜି ପାଇଥିଲା । ଆଉ ଗୋଟିଏ ମଂଜି ମିଲିପାରେ, ସେଇ ଆଶାରେ ସେ ଆଖପାଖରେ କେଉଁଠି କାଇଁଚ ଗଛ ଥିବ, ଖୋଜିଲା ।   ଏଇ ସମୟରେ ଗୋଟିଏ ପ୍ରଜାପତି ଉଡ଼ିଆସି ଗୟସ ଫୁଲ ଉପରେ ବସିଲା । ପ୍ରଜାପତିର ଡେଣା ସଂପୂର୍ଣ୍ଣ ନୀଳରଙ୍ଗର ଥିଲା ଏବଂ ଏ ପ୍ରକାରର ପ୍ରଜାପତି ବାବୁଲି କେବେହେଲେ ଆଗରୁ ଦେଖିନଥିଲା । ସେ କିଛି ସମୟ ପ୍ରଜାପତି ପଛରେ ଦଉଡ଼ିଲା ଏବଂ ତାକୁ ଧରିବାକୁ ଚେଷ୍ଟାକଲା । କିନ୍ତୁ ପ୍ରତିଥର ଠିକ ଧରିବାକୁ ଯିବାବେଳେ ପ୍ରଜାପତି ଉଡ଼ି ଚାଲି ଯାଉଥିଲା ଏବଂ ଶେଷରେ ବାବୁଲି ବିରକ୍ତ ହୋଇ ତାକୁ 'ଯା' ବୋଲି କହି ରାସ୍ତା ଉପରକୁ ଚାଲିଆସିଲା ।

ଏତେବେଳକୁ ଖରା ପ୍ରାୟ ମୁଣ୍ଡ ଉପରେ ଥିଲା। ବାବୁଲି ନିଜର ଛାଇ ଆଡ଼କୁ ଅନାଇଲା, ଯାହା ବର୍ତ୍ତମାନ ଖୁବ ଛୋଟ ହୋଇଯାଇଥିଲା। ସେ ସୂର୍ଯ୍ୟ ଆଡ଼କୁ ପଛ

କରି ନିଜର ଛାଇ ଉପରେ ଚାଲିବାକୁ ଚେଷ୍ଟା କଲା। ସେ ଯେତେ ସତର୍କତାର ସହିତ ନିଜର ମୁଣ୍ଡର ଛାଇ ଉପରକୁ ଡେଙ୍ଗ ପାଦ ପକାଇବାକୁ ଚେଷ୍ଟା କଲେ ବି ଛାଇ ହଠାତ୍ ଘୁଞ୍ଚିଯାଉଥିଲା । ସେ ହାତକୁ ଉପରକୁ ଉଠାଇ ଗୋଡ଼ ଭାଙ୍ଗି ଠିଆହୋଇ ଛାଇକୁ ଖଟେଇହେବାକୁ ଚେଷ୍ଟାକଲ ; କିନ୍ତୁ ଛାଇ ତା ପାଖରୁ ହାରମାନିବାର ନ ଦେଖି ବାବୁଲି ଛାଇକୁ ପଛରେ ଛାଡ଼ିଦେଇ ତୋଟା ଭିତରେ ପଶିଲା।

ଚଡ଼େଇକୁ ଛାଡ଼ି ଏତେ ସମୟ ଏଣେତେଣେ ବୁଲିବାର ପ୍ରକୃତ କାରଣ ଥିଲା ବାବୁଲିର ଜଙ୍ଗଲ ଭିତରକୁ ପଶିବାର ଭୟ । ଜଙ୍ଗଲ ଭିତରେ ଯେ କେବଳ ତାର ପରୀକଥାର ଭୂତପ୍ରେତ ଓ ପଶୁପକ୍ଷୀ ଥିଲେ ତା ନୁହେଁ; ସେ ଯିବା ଆସିବା କଲାବେଳେ ବିଭିନ୍ନ ସମୟରେ ଦେଖିଥିବା ସାପ ବିଛା ନେଉଳ ଗୋଧି ସବୁ ମଧ ଏଇ ତୋଟା ଭିତରକୁ ପଶିଯାଉଥିଲେ । ବର୍ତ୍ତମାନ କିନ୍ତୁ ବାବୁଲି ସାହସ ବାନ୍ଧିଲା ଓ ଶୃଙ୍ଖଳା କାଠି କୁଟା ପତ୍ର ଉପରେ ଆସ୍ତେ ପାଦ ପକାଇ ଜଙ୍ଗଲର ଛାଇ ଭିତରକୁ ପଶିଲା। ଚାରିଆଡ଼ ଶୂନଶାନ ଭିତରେ ତାର ପାଦଶଦ ତାକୁ ଅତି ଅଭୁତ ଜୋରରେ ଶୁଣାଯାଉଥିଲା । ସେ ଚାଲିଲାବେଳେ ତାର ପାଦର ଖସଖସ ପ୍ରତିଧ୍ୱନିତ ହେଉଥିଲା ଏବଂ ସେ ଠିଆ ହୋଇଗଲେ ପୁଣି ସବୁ ଶୂନଶାନ ହୋଇ ଯାଉଥିଲା। ଗୋଟିଏ ବଡ଼ ଗଛର ଗଣ୍ଠି ଆରପାଖକୁ ଯାଇ ତା ଛାତିରେ ଛନକା ପଶିଗଲା; କାରଣ ଆଗରେ ଗୋଟାଏ ଭୂତ ଭଳି ଲୋକ ନଇଁପଡ଼ି ବସି ରହିଥିଲା। ତାର ହୃତ୍ପିଣ୍ଡର ଦ୍ରୁତଗତି ସାମାନ୍ୟ କମ ହେବାପରେ ବାବୁଲି ଦେଖିଲା ଯେ ଏଇଟି ଗୋଟିଏ କଟା ହୋଇଥିବା କିଆଗଛ, ଯାହାର ଅବଶିଷ୍ଟାଂଶ ଗୋଟିଏ ଲୋକର ହାତଗୋଡ଼ ଭଳି ଦେଖାଯାଉଥିଲା । ଠିକ ସେମିତି ବରଗଛର ଓହଲସବୁ ଦୂରରୁ ଦାଢ଼ିଆ ବାବାଜି ଭଳି ଦେଖାଯାଉଥିଲେ ଏବଂ ବରଗଛର ଶିଅ ସବୁ ବଡ଼ ବଡ଼ ସାପ ଭଳି ଥିଲେ। ସେ ଯାଇ ଏପରି ଗୋଟିଏ ସାପ ଭଳି ଚେର ଉପରେ ଗଛକୁ ଆଉଜି ବସିଲା ।

ତାକୁ ଦେଖି ତଳୁ ଏଣ୍ଡୁଅଟି ମୁହଁ ଉଠାଇ ତା ଆଡ଼କୁ ମିଟିମିଟି କରି ଅନାଇଲା । ବାବୁଲି ତାକୁ ପଚାରିଲା, ଚଡ଼େଇ କୁଆଡ଼େ ଗଲା ଜାଣିଚୁ? ଏଣ୍ଡୁଅ ମୁଣ୍ଡ ଟୁଙ୍ଗାରି

ତଳକୁ ଦେଖାଇଦେଲା। ଗୋଟାଏ ଲମ୍ବା ସରୁ ଶୁଖିଲା ଡାଳ ନେଇ ବାବୁଲି ଶୁଖିଲା ପତ୍ରକୁ ଆଡ଼େଇ ତଳକୁ ଦେଖିଲା ଏବଂ ଶେଷରେ ବିରକ୍ତ ହୋଇ ବାଡ଼ିଟିକୁ ଏଣ୍ଡୁଅ ଉପରକୁ ଫୋପାଡ଼ିଦେଲା। ଡରରେ ଏଣ୍ଡୁଅ ଦଉଡ଼ିଯାଇ କୁଟା ଭିତରେ ଲୁଚିଗଲା। ଏଣ୍ଡୁଅ ଚାଲିଯିବା ପରେ ଆଉ କଣ କରିବ ବୋଲି ବାବୁଲି ଏପାଖ ସେପାଖ ଦେଖିଲା; କିନ୍ତୁ ଧୀର ପବନରେ ଶୁଖିଲା ପତ୍ରସବୁ ଆନ୍ଦୋଳିତ ହେବା ବ୍ୟତୀତ ସେଠାରେ ଆଉ କିଛି ବି ହେଉନଥିଲା। ବାବୁଲି ଆଖି ବନ୍ଦକଲା।

ସେ ବର୍ତ୍ତମାନ ଘର ବାରଣ୍ଡା ଉପରେ ଶୋଇଥିଲା ଏବଂ ସକାଳର ଥଣ୍ଡା ପବନ ତା ଦେହରେ ବାଜୁଥିଲା। ନିଦ ଭାଙ୍ଗିବା ଭାଙ୍ଗିବା ଅବସ୍ଥାରେ ସ୍କୁଲକୁ ଯିବାପାଇଁ ତିଆରି ହେବା କଥା ତା ମନକୁ ଆସୁଥିଲା। ଘର ଭିତରୁ ବାପା ପାଟିକରି ଡାକିଲେ, ବାବୁଲି ... ! ଚାଙ୍କ କରି ବାବୁଲିର ନିଦ ଭାଙ୍ଗିଗଲା। ଆଖି ଖୋଲି ବାବୁଲି ଦେଖିଲା ସେ ବରଗଛକୁ ଆଉଜି ବସିଛି। ସେ ଧଡ଼ପଡ଼ ହୋଇ ଉଠି ପଡ଼ିଲା ଓ ବାପା ତାକୁ କୋଉଠୁ ଡାକିଲେ ବୋଲି ଏପାଖ ସେପାଖ ଅନାଇଲା। କିନ୍ତୁ କେହି କୁଆଡ଼େ ନଥିଲୋ ତୋଟା ଭିତରୁ ବାହାରି ସେ ଚଳାବାଟର ଖରା ଉପରକୁ ଆସିଲା। ଏଠାରେ ବି ବାପା କେଉଁଠି ଦେଖାଗଲେ ନାହିଁ। ଖରା ନରମ ହୋଇଯାଇଥିଲା ଓ ଛାଇସବୁ ବର୍ତ୍ତମାନ ଲମ୍ବିଯାଇଥିଲେ। ବାବୁଲି ଆଖି ମଳିଲା, ବୁଦାମୂଳକୁ ଯାଇ ତାର ବସ୍ତାନି ଉଠାଇଲା ଏବଂ ଘରକୁ ଫେରିବାର ରାସ୍ତା ଆଡ଼କୁ ପାଦ ପକାଇଲା।

ପକ୍ଷୀଟି ଉଡ଼ିଯାଇ ଡାଳ ଉପରେ ବସିଲା, ଥରେ ଦିଥର ପରକୁ ଝାଡ଼ିଲା, କିଚିରିମିଚିରି ଶବ୍ଦ କଲା ଏବଂ ଡେଣା ହଲାଇ ଉଡ଼ିଗଲା ଉପରଡାଳ ଆଡ଼କୁ।

ମୁହୂର୍ତ

ସ୍ୱରାଜ ଘଡ଼ି ଦେଖିଲା, ଝରକା ବାହାରର ଅନ୍ଧାରକୁ ଅନାଇଲା ଏବଂ ମ୍ୟାନେଜରଙ୍କୁ କହିଲା, ମୁଁ ଏଥରକ ଯାଉଚି; ଆପଣ କୋଟେସନ୍‌ଟା ତିଆରିକରି କାଲି ସକାଳେ ଯାଇ ଦେଇଦେବେ ।

ମ୍ୟାନେଜର କହିଲେ, ଆଉ ଟିକିଏ ଅପେକ୍ଷା କରିଯାଆନ୍ତୁ; ମୁଁ ହିସାବ ସାରିଦଉଛି। ଆପଣ ଟିକିଏ ଫାଇନାଲ ରେଟ୍‌ରେ ଆଖି ପକାଇଦେଲେ ମୁଁ ତାର କାଗଜସବୁ ତିଆରି କରି ମୋ ଦସ୍ତଖତରେ କାଲି ସକାଳୁ ଦେଇଆସିବି।

ଅନିଚ୍ଛାସ‌ତ୍ତ୍ୱେ ସ୍ୱରାଜ ବସିଚ୍‌ହିଲା। ସେ ଜାଣିଥିଲା ଯେ କାମଟି ସାରିବାକୁ ବେଶ୍ କିଛି ସମୟ ଲାଗିବ। ତେବେ ଏଇଟି ବଡ଼ ଟେଣ୍ଡର ଥିଲା ଏବଂ କାମଟି ପାଇଲେ ତାର ଅନେକ ଲାଭ ହେବାର ସମ୍ଭାବନା ଥିଲା।

ସମୟ କଟାଇବା ପାଇଁ ତାର ଟେବୁଲର ଡ୍ରୟର ଖୋଲି ସେ ପୁରୁଣା କାଗଜପତ୍ର ସବୁ ବାହାରକଲା । ଚେକ୍ ବହି ଓଲଟାଇ ଦେଖିଲା ବାଲାନ୍‌ସ କିଛି ମନ୍ଦ ନ ଥିଲା । ସେ ତାର ଇନ୍‌ସ୍ୟୁରାନ୍‌ସ ପଲିସିର ଫାଇଲ ଆଣି ଦେଖିଲା। ଯଦିଓ ପ୍ରିମିୟମ୍ ଦେବାର ତାରିଖ ଆହୁରି କିଛିଦିନ ଥିଲା, ସେ ପରବର୍ତ୍ତୀ ତିନିମାସ ପାଇଁ ପ୍ରିମିୟମର ଚେକ କାଟିଲା। କାଗଜସବୁ ଭିତରେ କେତୋଟି ପୁରୁଣା ଚିଠି ରହିଥିଲା ତାକୁ ଖୋଲି ପଢ଼ି ସେଥିରୁ ଅଦରକାରୀ ମନେ କରୁଥିବା ଚିଠିସବୁକୁ ସେ ଚିରିଦେଲା। ଆଉ ଗୋଟିଏ ଚିଠି, ଯାହାକୁ ସେ ଅନେକ ଥର ଚିରି ଫିଙ୍ଗିଦେବ

ବୋଲି ଭାବି ମଧ୍ୟ ଏପର୍ଯ୍ୟନ୍ତ ଡ୍ରୟରରେ ରଖିଥିଲା, ତାକୁ ଅନେକ ସମୟ ଦେଖିଲା । ଏଇଟି ଥିଲା ତା ପାଖକୁ ତାର ବାପାଙ୍କର ଶେଷ ଚିଠି। ଚିଠିଟିକୁ ଖୋଲି ପଢ଼ିଲା ସ୍ୱରାଜ । ଅତି ସାଧାରଣ ଚିଠି; କିନ୍ତୁ ଏଇଟିର ବିଶେଷତ୍ୱ ଥିଲା ଯେ ତାର ବାପା ତାକୁ ଯଦିଓ ଅନେକ ଦିନରୁ ସ୍ୱରାଜ ବୋଲି ସମ୍ବୋଧନ କରୁଥିଲେ, କୌଣସି କାରଣରୁ ଏଇ ଚିଠିରେ ତାକୁ 'ସ୍ନେହର କୁନା' ବୋଲି ଲେଖିଥିଲେ । ସେ ଚିଠିଟିକୁ ଚିରିଦେବାପାଇଁ ନିଶ୍ଚୟ କଲା; କିନ୍ତୁ ଶେଷରେ ନ ଚିରି ହାତରେ ଦଳି ମକଟି ତଳକୁ ପକାଇଦେଲା।

ଛୋଟ ଅଫିସ ଘର କୋଣକୁ ଆଖି ପକାଇ ସ୍ୱରାଜ ଦେଖିଲା ମ୍ୟାନେଜର ବାବୁ ତଥାପି ତାଙ୍କ ହିସାବରେ ଲାଗିରହିଛନ୍ତି। ଗୋଟାଏ ସାଦା କାଗଜ ଆଣି ସ୍ୱରାଜ ହିସାବ କଲା ତାର କାହା ପାଖରୁ କେତେ ପ୍ରାପ୍ୟ ଅଛି ଏବଂ କାହାକୁ କେତେ ଟଙ୍କା ଦେବାର ଅଛି। ଏଇ ତାଲିକାଟି ତିଆରି କରି ସେ ଉଠିଯାଇ ମ୍ୟାନେଜରଙ୍କ ପାଖକୁ ଗଲା; କହିଲା, ଏଇ କାଗଜଟା ରଖିଥିବେ । ଆରମାସକୁ ସମସ୍ତଙ୍କ ହିସାବ ଛିଣ୍ଡାଇଦବା। ପୁଣି ଆସି ନିଜ ଚଉକିରେ ବସୁ ବସୁ ବିଜୁଳି ଚାଲିଗଲା। ସେ କିଛି କହିବା ପୂର୍ବରୁ ମ୍ୟାନେଜର କହିଲେ, ଏବେ ସାଙ୍ଗେ ସାଙ୍ଗେ ପୁଣି ଆସିଯିବ। ସ୍ୱରାଜ କହିଲା, ଦୋକାନ ବଜାର ବନ୍ଦ ହୋଇଯିବ ନାହିଁ ତ? ମ୍ୟାନେଜର ବାବୁ କୋଉଠୁ ଗୋଟାଏ ମହମବତି ଆଣି ଜାଳିଲେ ଓ ନିଜର କାମ କରିବାରେ ଲାଗିଲେ। ସ୍ୱରାଜ ଭାବିଲା, ଯାହା ହଉ ଜଣେ ଭଲ ବିଶ୍ୱସ୍ତ ଲୋକ ମିଳିଛି ତାକୁ। ସେ ନିଜେ ନଥିଲେ ବି କାମର କୌଣସି ଅସୁବିଧା ହେବ ନାହିଁ; ମ୍ୟାନେଜର ବାବୁ ବ୍ୟବସାୟ ଚଲାଇ ନେଇ ପାରିବେ। ଏଇ କଥାଟି ତାକୁ ଏଇ ମୁହୂର୍ତ୍ତରେ ଅତ୍ୟନ୍ତ ଆଶ୍ୱାସନାପୂର୍ଣ୍ଣ ମନେହେଲା ।

ଅନ୍ଧାରରେ ବସି ସ୍ୱରାଜ ଘରକଥା ମନେପକାଇଲା । ଆଜିକାଲି ଏତେ କାମ ଭିତରେ ତାର ଆଉ ଘରକଥା ଭାବିବାର ସମୟ ହୁଏ ନାହିଁ। ଲାଲଟୁ ତାକୁ ଅନେକ ଦିନରୁ କହିଥିଲା ଗୋଟାଏ ସତକୁ ସତ ଚାଲୁଥିବା ରେଲଗାଡ଼ି ଆଣିଦେବାପାଇଁ; କିନ୍ତୁ ସବୁଦିନ ଅଫିସରୁ ଫେରିବା ବେଳକୁ ଦୋକାନ ବନ୍ଦହୋଇଯାଇଥାଏ, ଆଉ

ଖେଳନା କିଣି ହୁଏ ନାହିଁ । ଆଜି ସେ ଠିକ କରିଥିଲା ଯେମିତି ହେଲେ କିଣି ନବ। କିନ୍ତୁ ଆଜି ବି ଡେରି ହୋଇଗଲା। ସୁଲତାର ଶାଢ଼ି ବି ଆଉ କିଣା ହେଲାନାହିଁ । ରାତିରେ ରଙ୍ଗ ବିଷୟରେ ଠିକ ଧାରଣା କରି ହୁଏ ନାହିଁ ବୋଲି ତାର ଦିନବେଳେ ଯିବାକଥା; କିନ୍ତୁ ଦିନବେଳେ ସମୟ ହୁଏ କାହିଁ? ଏଇ ଭିତରେ ଦିନେ ଯେମିତି ହେଲେ ଉପରବେଳା ସମୟ କରି ସେ ବଜାରକୁ ଯିବ। ତାକୁ ତାର ବ୍ୟବସାୟକୁ ବଢ଼ାଇବାକୁ ପଡ଼ିବ। ଏ ଅଫିସ ଘର ଛୋଟ ପଡୁଛି । ତେବେ ଭଲ ଜାଗାରେ ଅଫିସ ଘର ଭଡ଼ା ବି ଅନେକ ବେଶୀ । ଯଦି କାମ ବଢ଼ି ଆହୁରି ବେଶୀ ଆୟ ହୁଏ, ତେବେ ସେ ଭଲ ଅଫିସ ଘର ନେଇପାରିବ । ତାର ଦେହ ଭଲ ରହୁ ନାହିଁ ଆଜିକାଲି । ଏଇ କେଇଟା ବଡ଼ ଟେଣ୍ଡର ଦିଆସରିଲେ ସେ ପିଲାଙ୍କୁ ନେଇ କୁଆଡ଼େ ବୁଲି ଚାଲିଯିବ । ପାଠ ପଢ଼ିଲାବେଳେ ତାର ବୁଲିବାର ସଉକ ଥିଲା। କଲେଜ ଛୁଟିରେ ସେ କୁଆଡ଼େ ନା କୁଆଡ଼େ ନିଶ୍ଚୟ ଯାଉଥିଲା। ଆଜିକାଲି ରେଲଭଡ଼ା ଏତେ ବଢ଼ିଗଲାଣି ଯେ କେଉଁଆଡ଼େ ଯାଇହେଉନାହିଁ ।

ମ୍ୟାନେଜରଙ୍କୁ ପଚାରିଲା, କଣ ହିସାବ ଠିକ ଆସୁଛି? ଯଦି ଡେରି ହବ ବୋଲି ଭାବୁଛନ୍ତି, ଥାଉ; କାଲି ସକାଳେ ଆସି କରିବା । କାଲି ଦିନଟା ସମୟ ତ ଅଛି। ମ୍ୟାନେଜର କହିଲେ ବିଜୁଲି ଏଇ ଆସିଲା ବୋଲି ଜାଣନ୍ତୁ । ମୋଟ ହିସାବ ବି ସରି ଆସିଲାଣି। ସତକୁ ସତ ବିଜୁଲି ଆସିଗଲା ଏବଂ ମହମବତି ଲିଭାଇ ମ୍ୟାନେଜର କାଗଜସବୁ ଧରି ତା ଚଉକି ପାଖକୁ ଆସିଲେ । ସ୍ୱରାଜ କାଗଜ ଉପରେ ଆଖି ପକାଇ କହିଲା, ଠିକ ଅଛି, କାଲି ସକାଳେ ଆସି ଟେଣ୍ଡର କାଗଜରେ କପି କରିଦେବେ । ମ୍ୟାନେଜର କହିଲେ, ନା, ଆପଣ ଯାନ୍ତୁ । ମୁଁ ଏବେ ତାକୁ କପି କରିଦଉଚି । କାଲି ସକାଳେ ଆପଣଙ୍କ ଘରକୁ ନେଇ ଦସ୍ତଖତ କରି ଆଣିବି। ସ୍ୱରାଜ କହିଲା, କଣ ଦରକାର? ମୁଁ ଏଇଠିକି ଆସି ଦସ୍ତଖତ କରିଦେବି। ମ୍ୟାନେଜର କହିଲେ, ନାଇଁ, କାଲି ସକାଳେ ଦଶଟା ପନ୍ଦରରେ ଭଲ ମୁହୂର୍ତ ଅଛି। ମୁଁ ସେତିକିବେଳେ ଯାଇ ଟେଣ୍ଡର ଦେଇ ଆସିବି। ସ୍ୱରାଜ କହିଲା, ଆଚ୍ଛା, ହଉ । ଆପଣ ଆଜି ଗଲାବେଳ ଟ୍ୟାକ୍ସିରେ ଚାଲିଯିବେ । କାଲି ସକାଳେ ବି ମୋ

ଘରକୁ ଆସିଲାବେଳେ ଟ୍ୟାକ୍ସି ନେଇନେବେ। ପୁଣି କଣ ଭାବି କହିଲା, ଆର ମାସରେ ମୁଁ ଯେତେବେଳେ ବାହାରକୁ ଯିବି, ଟିକିଏ ଅଫିସ ଗଲା ବାଟରେ ଆମ ଘରଦେଇ ଯାଉଥିବେ।

ଅଫିସଘରୁ ବାହାରି ସେ ଟିକିଏ ଦୂରରେ ଖୋଲା ଜାଗାରେ ରହିଥିବା ତାର ଗାଡ଼ି ପାଖକୁ ଗଲା। ରାତି ଆଠଟା ବାଜିବାକୁ ଯାଉଥିଲା ଏବଂ ଆଖପାଖ ଶୂନଶାନ ହୋଇଆସୁଥିଲା। ଆଜି ବି ଗାଡ଼ି ନିଶ୍ଚୟ ସ୍ଟାର୍ଟ କଲାବେଳେ ହଇରାଣ କରିବ, ଭାବିଲା ସ୍ୱରାଜ। କିନ୍ତୁ ଭାଗ୍ୟକୁ ଗାଡ଼ି ସହଜରେ ସ୍ଟାର୍ଟ ନେଲା ଏବଂ ସିଧା ଘରକୁ ନଯାଇ ସ୍ୱରାଜ ବଜାର ଆଡ଼କୁ ଗଲା, ହୁଏତ କୋଉ ଖେଳନା ଦୋକାନ ଏ ପର୍ଯ୍ୟନ୍ତ ଖୋଲା ଥାଇପାରେ ବୋଲି। ଲାଲଟୁ ଖେଳନାପ୍ରିୟ ଥିଲା ଏବଂ ସାରାଦିନ ଖେଳନା ଧରି ବ୍ୟସ୍ତ ରହୁଥିଲା। ସ୍ୱରାଜ ନିଜେ ପିଲାଦିନେ କେବେ ଖେଳନା ଧରି ଖେଳୁଥିବାର ମନେ ପକାଇ ପାରିଲା ନାହିଁ। ସେ ପିଲାଦିନେ ପାଠ ପଢ଼ିବାକୁ ଭଲପାଉଥିଲା। ଲାଲଟୁ ବଡ଼ ହେଲେ ଭଲ ପାଠ ପଢ଼ିବ, ନା ଏମିତି ଖେଳରେ ମାତି ରହିବ? ସ୍ୱରାଜ ପିଲାଦିନେ କୌଣସି ଖେଳରେ ମନୋଯୋଗୀ ନ ଥିଲା। ଲାଲଟୁ କଣ ପାଠ ନ ପଢ଼ି ଫୁଟବଲ କ୍ରିକେଟରେ ମନ ଦେବ?

ଖେଳନା ଦୋକାନ ଖୋଲା ଥିଲା। ଡେରି ହୋଇଯାଇଥିବାରୁ ସେଠାରେ ଆଉ କୌଣସି ଗ୍ରାହକ ନଥିଲେ। ସ୍ୱରାଜ ଦୋକାନୀକୁ ରେଳଗାଡ଼ି ଦେଖାଇବାକୁ କହିଲା। ଛୋଟ ଲୁହା ଧାରଣାର ବୃଦ ଉପରେ ବ୍ୟାଟେରୀରେ ଚାଲୁଥିବା ରେଳଗାଡ଼ି ସ୍ୱଚ୍ଛନ୍ଦରେ ଘୂରି ବୁଲୁଥିଲା। ଖେଳନାଟିକୁ ଏପାଖ ସେପାଖ ଓଲଟାଇ ଦେଖିଲା ଓ ଦୋକାନୀ କହିଲା, ଭିତରକୁ ଆସନ୍ତୁ, ଆଉ ଗୋଟାଏ ଭଲ ରେଳଗାଡ଼ି ଦେଖାଇବି। ପାଖ କୋଠରୀରେ ଗୋଟାଏ ଟେବୁଲ ଉପରେ ଉନ୍ନତ ଧରଣର ଖେଳନା ରେଳଗାଡ଼ି ଥିଲା। ରେଳଗାଡ଼ିଟି ଆହୁରି ଦୀର୍ଘ ଓ କୁଟିଳ ଲାଇନ ଦେଇ ଯାଉଥିଲା, ଯେଉଁଥିରେ ଷ୍ଟେସନ, ଟନେଲ, ଉଚ୍ଚ ନୀଚ ରାସ୍ତା, ଲେଭେଲ କ୍ରସିଂ ଇତ୍ୟାଦିର ବ୍ୟବସ୍ଥା ଥିଲା। ଗାଡ଼ିଟିକୁ ଚଲାଇବାକୁ ହାତ ପାଖରେ ବୋତାମମାନ ଥିଲା, ଯାହାକୁ ଟିପିଲେ ଗାଡ଼ି ଚାଲୁଥିଲା, ଅଟକୁଥିଲା, ମୋଡ଼ରେ ଗତି କମାଉଥିଲା,

ଲେଭେଲ କ୍ରସିଂ ପାଖରେ ଗେଟ୍ ବନ୍ଦ ହୋଇଯାଉଥିଲା ଏବଂ ଟନେଲ ଭିତରେ ପଶିଲେ ବତି ଜଳୁଥିଲା । ଏଇ ଖେଳନାଟି ପାଖରେ ବସି ବୋତାମସବୁକୁ ନିୟନ୍ତ୍ରିତ କରୁ କରୁ ସ୍ୱରାଜ ସବୁ କିଛି ଭୁଲିଗଲା । ତାର ଆଙ୍ଗୁଳିରେ ବର୍ତ୍ତମାନ ଅମାପ ଶକ୍ତି। ସେ ଭାବିଲା, ସେ ଏଇ ରେଳଗାଡ଼ିଟିକୁ କେମିତି ହେଲେ ଲାଇନଚ୍ୟୁତ କରି ଦୁର୍ଘଟଣାରେ ପକାଇବ। କିନ୍ତୁ ଖେଳନାଟିରେ ଏପରି ସବୁ ସତର୍କ ପ୍ରତିଷେଧକମାନ ଥିଲା, ଯାହା ଫଳରେ ଗାଡ଼ିଟି ସଂଯତ ଭାବରେ ଚାଲୁଥିଲା ଏବଂ ଯଥାସମୟରେ ଲେଭେଲ କ୍ରସିଂର ଫାଟକ ବନ୍ଦ ହୋଇ ଅନ୍ୟ ଯାନବାହନମାନଙ୍କୁ ଅଟକାଉଥିଲା।

ତାର ତନ୍ମୟ ଏକାଗ୍ରତାରେ ବାଧା ଦେଇ ଦୋକାନୀ ପଚାରିଲା, କଣ ରେଳଗାଡ଼ି ପ୍ୟାକ୍ କରିଦେବି? ସ୍ୱରାଜ ଚମକିପଡ଼ିଲା । କହିଲା, ନା, ଯଦି ଆପଣଙ୍କ ପାଖରେ କିଛି ଶିକ୍ଷାମୂଳକ ଖେଳନା ଅଛି, ଦେଖାନ୍ତୁ । ଦୋକାନରେ ଆଉ କେହି ଗ୍ରାହକ ନଥିବାରୁ ଦୋକାନୀ ତ ସାମନାରେ ଅନେକ ପ୍ରକାରର ଖେଳନା ଆଣି ଜମା କରିଦେଲା। ଏଇ ଶୂନଶାନ ରଙ୍ଗବେରଙ୍ଗ ଖେଳନାଭରା ଦୋକାନଘରେ ଖେଳନାସବୁ ପରୀକ୍ଷା କରି ଦେଖିଲ ବେଳେ ସ୍ୱରାଜ କେଉଁଠି ଯେମିତି ହଜିଗଲା। ପ୍ରତିଟି ଖେଳନା ତାକୁ କୌତୂହଳର ଗୋଟିଏ ଗୋଟିଏ ନୂଆ କବାଟ ଖୋଲିଦେବା ପରି ଜଣାଗଲା । ସେ ଏଇ କେତୋଟି ମୁହୂର୍ତ୍ତରେ ଯେମିତି ତାର ସମଗ୍ର ଶୈଶବର ଖେଳନା ନେଇ ଖେଳି ନ ଥିବାର ଅଭାବକୁ ପୂରଣ କରିଦେଲା। ଶେଷରେ ସେ ଗୋଟିଏ ମେକାନୋ ସେଟ୍ କିଣିଲା, ଯେଉଁଟି ଦୋକାନୀ ମତରେ ପିଲାଙ୍କୁ ବିଜ୍ଞାନ ଦିଗରେ ଆଗ୍ରହୀ କରାଇବ। ଖେଳନାଟିକୁ ଆଉ ପରଖ ନ କରି ସେ ପ୍ୟାକେଟ୍‌ଟିକୁ ଗାଡ଼ି ପଛରେ ରଖିଲା ଏବଂ ଘରର ରାସ୍ତା ଧରିଲା ।

ମ୍ୟାନେଜରବାବୁ ଏତେବେଳକୁ ଟେଣ୍ଡର କାଗଜ କପି କରିସରିଥିବେ, ଭାବିଲା ସ୍ୱରାଜ । ଖେଳନା ଦୋକାନକୁ ନଆସି ଯଦି ସେ ଅଫିସରେ କିଛି ସମୟ ରହି ଯାଇଥାନ୍ତା, କାଗଜରେ ଦସ୍ତଖତ କରି ଦେଇଥାନ୍ତା ଏବଂ ମ୍ୟାନେଜରଙ୍କୁ ଆଉ କାଲି ସକାଳେ ଟ୍ୟାକ୍‌ସି କରି ତା ଘର ପର୍ଯ୍ୟନ୍ତ ଆସିବାକୁ ପଡ଼ିନଥାନ୍ତା। ଟ୍ୟାକ୍‌ସିର ଦର ଆଜିକାଲି ବହୁତ ବଢ଼ିଗଲାଣି । ଜିନିଷପତ୍ରର ଦରଦାମ ଏତେ ବେଶୀ

ହୋଇନଥିଲେ ସେ କେବେଠାରୁ ନୂଆ ଗାଡ଼ି କିଣିସାରିଥାନ୍ତା। ପୁଣି ନୂଆ ବଜେଟରେ କଣ ସବୁ ଟିକସ ଲାଗିବ କେଜାଣି? ସମସ୍ତେ କହୁଛନ୍ତି, ଅର୍ଥମନ୍ତ୍ରୀ ବଡ଼ ଚାଣ୍ଆ ଲୋକ। ନୂଆ ନିର୍ବାଚନପରେ ପୁଣି ଅନେକ ପରିବର୍ତ୍ତନ ହୋଇପାରେ । ସେ ନିଜେ କେବେହେଲେ ନିର୍ବାଚନରେ ଭୋଟ ଦେଇ ପାରି ନ ଥିଲା । ଗଲା ଥର ଠିକ ଭୋଟ ବେଳକୁ ସେ ତାର ଭଉଣୀର ବାହାଘର କଥା ବୁଝିବା ପାଇଁ ଚାଲିଗଲା। ତାର ଭଉଣୀର ସ୍ୱାମୀ ତାକୁ ତାର ଚାକିରି ବିଷୟରେ କଣ ସବୁ ବୁଝିବାକୁ ଲେଖିଥିଲା। ଅଫିସରେ ସେ କାଗଜଟା ରହିଚି, କାଲି ନିଶ୍ଚୟ ଯାଇ ତାକୁ ଦେଖିବ । ଅଫିସର ଝରକା କାଚ ଭାଙ୍ଗିଯାଇଚି, ତାକୁ ମରାମତ କରିବାକୁ ହେବ । ଆଗେ ସେ ଯୋଉ ଅଫିସରେ ଚାକିରି କରୁଥିଲା, ସେଇଟି ଭଲ ଘରଟିଏ ଥିଲା; କିନ୍ତୁ ତାର ପୂର୍ବର ମାଲିକ ବଡ଼ ଖରାପ ମିଜାଜର ଲୋକ ଥିଲା ଏବଂ ଭଲ ବ୍ୟବହାର କରୁନଥିଲା । ଏ କଥା କିନ୍ତୁ ତା ପାଇଁ ମଙ୍ଗଳକାରକ ଥିଲା; ନ ହେଲେ ସେ ସେଇ ପୁରୁଣା ଜାଗାରେ ଚାକିରି କରି ରହିଯାଇଥାନ୍ତା, ନିଜର ବ୍ୟବସାୟ କରିବାକୁ ମନ ବଳାଇ ନ ଥାନ୍ତା । ବାପା କିନ୍ତୁ ତାକୁ ଇଞ୍ଜିନିଅର ହେବାକୁ ଚାହୁଁଥିଲେ। କଣ ଲାଭ ହୋଇଥାନ୍ତା? ତାର ସାଙ୍ଗ ଯିଏ ଭଲ ପାଠ ପଢ଼ୁଥିଲା, ଇଞ୍ଜିନିଅର ହୋଇ ସରକାରୀ ଚାକିରି କଲା । ଏବେ ବି ପ୍ରମୋଶନ ହୋଇନାହିଁ । ମଟର ସାଇକେଲ ଚଢ଼ି ଯିବାଆସିବା କରୁଛି। ସେ ବି ନିଜେ ଆଗରୁ ମଟର ସାଇକେଲ ରଖିଥିଲା। ସେତେବେଳକୁ ତାର ବାପା ରିଟାୟାର କରିନଥିଲେ। ବାପା ତାଙ୍କ ମରିବା କଥା କେମିତି ଆଗରୁ ଜାଣିପାରିଥିଲେ । ଶାନ୍ତିରେ ମରିଗଲେ । ତାଙ୍କ ସମୟର ଲୋକମାନେ ଭିନ୍ନ ପ୍ରକାରର ଥିଲେ, ସଚ୍ଛୋଟ ଓ ପରିଶ୍ରମୀ। ଆଜିକାଲି ସମସ୍ୟା ବି ବହୁତ ହୋଇଗଲାଣି। ଖବରକାଗଜରେ ପ୍ରତିଦିନ ଚୋରି, ଡକାୟତି, ଦୁର୍ଘଟଣାର ଖବର। ସେଦିନ ତାଙ୍କ ଘର ପାଖରେ ଦିନ ଦିପହରେ ଚୋରି ହୋଇଗଲା। ଅନେକ ଦିନ ତଳେ ତାଙ୍କ କଲେଜର ପ୍ରଫେସର କହୁଥିଲେ, ଥରେ ପାଖ ଘରେ ଚୋରକୁ ଧରି କେମିତି ତାଙ୍କୁ ବର୍ଷେକାଳ କୋର୍ଟକୁ ଦଉଡ଼ିବାକୁ ପଡ଼ିଥିଲା। ତାକୁ ଥରେ ଆଫିଡେଭିଟ୍ଏ କରିବା ପାଇଁ ପୂରା ଗୋଟିଏ ଦିନ ଲାଗିଥିଲା। କଚେରିରେ । ସେ

ଭାବିଥିଲା ଏମିତି କାମ କରିବ, ଯୋଉଥିରେ କୌଣ ସରକାରୀ ଅଫିସ୍‌କୁ ଯିବାକୁ ପଡ଼ିବ ନାହିଁ; କିନ୍ତୁ ତାର ପ୍ରଧାନ କାମ ଏବେ ସେଇ ଅଫିସମାନଙ୍କରେ । ବିଲ୍ ଆଣିବାକୁ ଯିବାରେ ତାର ଅଧା ସମୟ ଯାଏ । ସୁଲତା ସବୁବେଳେ ଅଭିଯୋଗ କରେ ସେ ଘରେ ଏତେ କମ ସମୟ ରହୁଚି ବୋଲି । କଣ କରିବ ସେ? ଶୀଘ୍ର ଘରକୁ ଫେରିବ ବୋଲି ଯେତେ ନିଶ୍ଚୟ କରି ଗଲେ ବି ଡେରି ହୋଇଯାଏ । ଏମିତିକି ଦିନେ ସେମାନେ ସିନେମା ଦେଖିବା ପାଇଁ ଟିକେଟ କରି ରଖିଥିଲେ । କିନ୍ତୁ ସେ ଠିକ ସମୟରେ ଘର ପହଞ୍ଚି ପାରିଲା ନାହିଁ । ବହୁତ କମ ସିନେମା ଦେଖୁଚି ସେ ଆଜିକାଲି । କଲେଜରେ ପଢ଼ିବାବେଳେ ଯେଉଁ ଫିଲ୍‌ମ ସବୁ ଆସୁଥିଲା, କି ସୁନ୍ଦର ଥିଲା । ଅନେକ ସିନେମା ଦେଖୁଥିଲା ସେ । ଲାଲଟୁ ବଡ଼ ହେଲେ କଣ କରିବ? ପାଠ ପଢ଼ିବ, ନା ଖାଲି ଖେଳରେ ମନଦେବ? ଆଉ କିଛି ସମୟ ଲାଗିଥିଲେ ସେ ବୋତାମଗୁଡ଼ିକୁ ଆୟତ୍ତ କରି ପାରିଥାନ୍ତା ଏବଂ ଗାଡ଼ିଟିକୁ ଓଲଟାଇ ଦେଇ ପାରିଥାନ୍ତା ।

ବର୍ତ୍ତମାନ ବେଶ୍ ରାତି ହୋଇଆସୁଥିଲା ଏବଂ ଟନେଲ ଭିତରୁ ରେଲଗାଡ଼ିଟି ବାହାରିବା ଭଳି ତାର ଗଡ଼ି ଅନ୍ଧାର ଗଲି ଛାଡ଼ି ପ୍ରଧାନ ରାସ୍ତା ଉପରକୁ ଆସିଲା । ଏ ପର୍ଯ୍ୟନ୍ତ ସେଇ ଖେଳନା ରେଲଗାଡ଼ି କଥା ସ୍ୱରାଜର ମନ ଭିତରୁ ଯାଇନଥିଲା । ନିଜ ଗାଡ଼ି ଭିତରେ ବସି ସେ ଯେମିତି ତାର ଗାଡ଼ିକୁ ନୁହେଁ, ସେଇ ଖେଳନାର ରେଲଗାଡ଼ିକୁ ଚଲାଉଥିଲା । ହଠାତ୍ କୌଠାରୁ ଗୋଟାଏ ମଟର ସାଇକେଲ ତା ଗାଡ଼ି ଆଗରେ ଆସି ପହଞ୍ଚିଗଲା । ମଟର ସାଇକେଲକୁ ବଞ୍ଚାଇବା ପାଇଁ ସେ ଗାଡ଼ିକୁ ଡାହାଣକୁ ମୋଡ଼ିବା ପାଇଁ ଠିକ କଲା; କିନ୍ତୁ ସାମନାରୁ ଅତି ବେଗରେ ଗୋଟାଏ ଟ୍ରକ ଆସୁଥିଲା । ଏଇ ମୁହୂର୍ତ୍ତଟିକୁ ସେ ସମ୍ଭାଳି ନେଇପାରନ୍ତା କି ! କିନ୍ତୁ ସେ କିଛି ଭାବିବା ପୂର୍ବରୁ ଟ୍ରକର ହେଡ୍‌ଲାଇଟ ଆସି ତା ଆଖିରେ ପଡ଼ି ଆଖିକୁ ଝଲସାଇଦେଲା ।

ବାପା ତାକୁ ଖେଳନା ଭଳି ଉପରକୁ ଫିଙ୍ଗୁଥିଲେ ଓ ଧରୁଥିଲେ । ଭୟ, ଉଲ୍ଲାସ ଓ ସମ୍ଭାବନାର ଏକ ସମ୍ମିଳିତ ଅନୁଭବ ତାକୁ ଆକ୍ରାନ୍ତ କରିଦେଉଥିଲା । ସେ

ହସିବାକୁ ଆରମ୍ଭ କରୁଥିଲା; କିନ୍ତୁ କୌଣସି ଗୋଟିଏ ମୁହୂର୍ତ୍ତରେ ହସଟି ତା ମୁହଁରେ ଘନୀଭୂତ ହୋଇଯାଇ ଆତଙ୍କର ପରିଣତ ହୋଇଯାଉଥିଲା ଏବଂ ବାପାଙ୍କ ହାତରେ ପଡ଼ିବା ବେଳକୁ ପୁଣି ତରଳି ହସ ହୋଇଯାଉଥିଲା । ଅନ୍ଧାର ଘରେ ତା ମୁହଁରେ ଟର୍ଚ୍ଚ ଆଲୁଅ ପଡ଼ିଲା ଏବଂ ତାର ନିଦ ଭାଙ୍ଗିଗଲା । ମା କହିଲେ, କୁନା, ଖାଇବୁ ଯା। ସେ ସ୍କୁଲ ବାରଣ୍ଡାରେ ଠିଆ ହୋଇଥିଲା। ତାର ସାଙ୍ଗ ତାକୁ କହିଲା, ତୁ ମୋର ଭୂଗୋଳ ବହିଟା ଆଜିଯାଏ ଫେରାଇଲୁ ନାହିଁ? ଲୋକଙ୍କ ଭିତରେ ଠିଆହୋଇ ସେ ଇନ୍ଦ୍ରଜାଲ ଖେଳ ଦେଖୁଥିଲା। ମ୍ୟାଜିକବାଲା ଗୋଟାଏ ଟାକୁଆ ପୋତି ତା ଉପରେ କନା ଘୋଡ଼ାଇ ଦେଲା ଏବଂ ମୁହୂର୍ତ୍ତକ ପରେ କନା ଉଠାଇ ଛୋଟ ଆମ୍ବ ଗଛଟିରୁ ପାଚିଲା ଫଳ ବାହାର କରି ସମସ୍ତଙ୍କୁ ଦେଖାଇଲା। ଜହ୍ନରାତିରେ ତାଜମହଲ ଝଲମଲ କରୁଥିଲା। କଲେଜ ଏକ୍ସକର୍ସନରେ ସାଙ୍ଗପିଲାଙ୍କ ମେଲରୁ ବାହାରି ସେ ଗୋଟାଏ କଣରେ ଏକା ଠିଆ ହୋଇଥିଲା ଏବଂ କାନ୍ଥ କରରେ ଗୋଟିଏ ବାବାଜି ଭଳି ଲୋକ ଘୋଡ଼େଇ ହୋଇ ଶୋଇବାକୁ ଚେଷ୍ଟା କରୁଥିଲା। ଜହ୍ନର ଫିକା ଆଲୁଅରେ ବିଦେଶୀ ଝିଅଟି ତା ଆଡ଼କୁ ଚାହିଁ ହସିଲା।

ସେ ମନେକଲା, ସ୍ୱପ୍ନ ଦେଖୁଚି ଏବଂ ସ୍ୱପ୍ନରେ ସେ ପରୀକ୍ଷା ହଲରେ ବସିଛି । ଆଉ ସମସ୍ତେ ବ୍ୟସ୍ତ ହୋଇ ଲେଖ୍‍ଚାଲିଛନ୍ତି; କିନ୍ତୁ ତା ପାଖରେ କଲମ ନାହିଁ ଏବଂ ତାର ଖାତାର ପୃଷ୍ଠା ସବୁ ଖାଲି ରହିଛି। ଖରାଦିନ ରାତିରେ ତାକୁ ନିଦ ହେଉନାହିଁ। ଆଲୁଅ ଜଳାଇ ସେ ଖବରକାଗଜ ବାହାର କରି ବିଭିନ୍ନ ଜାଗାକୁ ଚାକିରିର ଦରଖାସ୍ତ ଲେଖୁଛି। ସେ ସକାଳୁ କିଛି ଖାଇ ନାହିଁ ଏବଂ ତାର ମାଲିକକୁ ଅପେକ୍ଷା କରୁଛି। ମାଲିକ ଆସିବାରୁ ସେ ତାକୁ କାମର ବିବରଣୀ ଦେଉଛି। ସେ ସବୁ କାମ କରିସାରିଛି; କିନ୍ତୁ ମାଲିକ ତାକୁ ରାଗିଯାଇ ପଚାରୁଛି, ଖାତା ଦେଖାଅ, କୋଉଠି ଲେଖୁଛ। ସେ ତାର ନୂଆ ଭଡ଼ା ନେଇଥିବା ଅଫିସ ଘରେ ଟେବୁଲ ଚଉକି ସଜାଉଛି ଏବଂ କ୍ୟାଲେଣ୍ଡର ଟାଙ୍ଗିବା ପାଇଁ କାନ୍ଥରେ କଣ୍ଟା ପିଟୁଛି। ଘର ବାହାରେ ସୁଲତା ଅପେକ୍ଷା କରି ଠିଆହୋଇଛି ଓ ସେ ପହଞ୍ଚିବାରୁ ତାକୁ କହୁଛି, ଜାଣିଲ, ଆଜି ଲାଲଟୁ ପ୍ରଥମ ଥର ସ୍ୱସ୍ଥଭାବରେ ବାପା ବୋଲି କହିଲା । ତମେ ଥିଲେ ଶୁଣିଥାନ୍ତ।

ସେ ଖେଳନା ଦୋକାନରେ ଟେବୁଲ ସାମନାରେ ବସି ବୋତାମସବୁ ଟିପୁଛି। ରେଲଗାଡ଼ି ଖୋଲା ପଡ଼ିଆ ଉପରେ ସିଟି ଦେଇ ଧାଉଁଛି। ରେଲଗାଡ଼ି ଓଭରବ୍ରିଜ ତଳେ ଚାଲିଯାଉଛି। ରେଲଗାଡ଼ି ଟନେଲ ଭିତରେ ପଶୁଛି। ରେଲଗାଡ଼ି ଷ୍ଟେସନରେ ଅଟକୁଛି। ରେଲଗାଡ଼ି ଭିତରେ ସେ ନିଜେ ବସିଛି ଏବଂ ରେଲଗାଡ଼ି ଆକାଶ ଆଡ଼କୁ ଚାଲିଯାଉଛି। ନଭୋମଣ୍ଡଳରେ ଅନେକ ଚନ୍ଦ୍ର, ତାରା, ଗ୍ରହ, ନକ୍ଷତ୍ରଙ୍କର ମେଳା ଭିତରେ ରେଲଗାଡ଼ି ଅଳସ ଗତିରେ ଭାସିବୁଲୁଛି । ସବୁ କିଛି ଶାନ୍ତ, ନୀରବ ଓ ଧୀରସ୍ଥିର । ଅନନ୍ତ ସମୟ ସଂକୁଚିତ ହୋଇ ଗୋଟାଏ ମୁହୂର୍ତ୍ତ ହୋଇଯାଉଛି ।

ସ୍ୱରାଜ ଗାଡ଼ିକୁ ସମ୍ଭାଳି ପାରିଲା ନାହିଁ ଏବଂ ତାର ଗାଡ଼ି ସିଧା ଯାଇ ଆଗରୁ ଆସୁଥିବା ଟ୍ରକ୍‌ରେ ମୁହାଁମୁହିଁ ଧକ୍‌କା ଖାଇଲା । ମହାଶୂନ୍ୟରେ ବିସ୍ଫୋଟ ହେଲା ଏବଂ ମୁହୂର୍ତ୍ତଟି ବିସ୍ତାରିତ ହୋଇ ସମୟର ପ୍ରବାହରେ ଲୀନ ହୋଇଗଲା ।

ବନ୍ଧନ

ରାତିରେ ସମସ୍ତେ ଖାଇ ବସିଥିବାବେଳେ ଅମରେଶବାବୁ କଥାଟା ଉଠାଇଲେ। ତାଙ୍କର ରିଟାୟର କରିବା ଆଉ ବେଶି ଦିନ ନଥିଲା; କିନ୍ତୁ ଏପର୍ଯ୍ୟନ୍ତ ସେ ସରକାରୀ ଖର୍ଚ୍ଚରେ କେବେହେଲେ ଭାରତଭ୍ରମଣର ସୁଯୋଗ କରି ପାରିନଥିଲେ । ଏଇ ବର୍ଷ ଯେମିତି ହେଲେ ସମସ୍ତଙ୍କୁ ନେଇ ବାହାରକୁ ଯିବେ, ଏଇ ଉଦ୍ଦେଶ୍ୟ ରଖି ସେ ସ୍ତ୍ରୀଙ୍କୁ କହିଲେ, ଏଥର ଯେମିତି ଆଉ କିଛି ଅସୁବିଧା ବାହାର ନକର। ଏଥରକ ତମର ଝିଅ, ନାତି, ନାତୁଣୀଙ୍କ ବନ୍ଧନ ଛାଡ଼। ଏ ବର୍ଷ ନିଶ୍ଚେ କାଶ୍ମୀର ଯିବା । ମୁଁ କାଲି ଯାଇ ଟିକେଟ କାଟୁଚି ।

ସ୍ତ୍ରୀ କହିଲେ, ମୁଁ ସିନା ଥରଟାଏ ଲିଲିର ପିଲା ହବବୋଲି ମନାକରି ଦେଇଥିଲି; ଆଉ କେବେ ଯିବାକୁ ମନାକରିଚି ? ବରଂ ଆର ଥରକ ତମେ ତମର ବଗିଚା କାମପାଇଁ ଯିବା ବନ୍ଦ କରିଦେଲ ।

ଅମରେଶବାବୁଙ୍କର ସଉକ ଥିଲା ତାଙ୍କର ବଗିଚା। ତିନୋଟି ଗୋଲାପ ଗଛରୁ ଆରମ୍ଭ କରି ସେ ବର୍ତ୍ତମାନ ତାଙ୍କ ବଗିଚାରେ ତେତିଶଟି ବିଭିନ୍ନ ପ୍ରକାରର ଗୋଲାପ ଗଛ ଲଗାଇ ସାରିଥିଲେ । ତାଙ୍କର ସ୍ତ୍ରୀ ଯୋଉ ଥର କଥା କହୁଥିଲେ, ସେ ବର୍ଷ ଅମରେଶବାବୁ ତିନୋଟି ନୂଆ ପ୍ରକାରର ଗୋଲାପ ଗଛର ଚାରା ଅନେକ କଷ୍ଟରେ ସଂଗ୍ରହ କରି ଆଣିଥିଲେ। ଦୁର୍ଭାଗ୍ୟକୁ ଚାରା ଆସି ପହଞ୍ଚିଲା ବାହାରକୁ ଯିବା ପାଇଁ ଠିକ କରିଥିବା ଦିନର ସପ୍ତାହକ ଆଗରୁ । ଚାରା ଆସିବ ବୋଲି ସେ ବଗିଚାରେ

କେବଳ ଯେ ଜାଗା ନିର୍ଦ୍ଦିଷ୍ଟ କରି ରଖିଥିଲେ ତା ନୁହେଁ; ଏଇ ଗଛଗୁଡ଼ିକ ପାଇଁ ସେ ବିଶେଷ ଧରଣର ମାଟି ଓ ଖତ ମଧ୍ୟ ସଂଗ୍ରହ କରି ରଖିଥିଲେ। ତା ଛଡ଼ା, ବହି ପଢ଼ି ତିନୋଟି ଯାକ ନୂଆ ଚାରାର ବୈଜ୍ଞାନିକ ନାଁ ଓ ପରିପାଳନର ବିଶେଷ ତଥ୍ୟମାନ ମଧ୍ୟ ସେ ଆୟତ୍ତ କରିନେଇଥିଲେ। ମାଟିରେ ପୋତିବାର ପ୍ରଥମ କିଛିଦିନ ଏଇ ଗଛଗୁଡ଼ିକର ବିଶେଷ ଯତ୍ନ ନେବାର କଥା। ସେଥିପାଇଁ ଅଫିସରେ ବସି ଅମରେଶବାବୁ ପ୍ରତିଟି ଗଛର ତତ୍ତ୍ୱାବଧାନ ପାଇଁ ଗୋଟିଏ ଗୋଟିଏ ସ୍ୱତନ୍ତ୍ର ଚାର୍ଟ ତିଆରି କରିଥିଲେ। ତାଲିକାଟିମାନ ସ୍ୱୟଂସମ୍ପୂର୍ଣ୍ଣ ଥିଲା ଏବଂ ସେଥିରେ ଗଛର ରକ୍ଷଣାବେକ୍ଷଣର ବିସ୍ତାରିତ ନିର୍ଦ୍ଦେଶନାମା ଥିଲା; ଯଥା, ପ୍ରଥମ ଗଛ ସକାଳ ସାତଟା ପାଣି ଏକ ଲିଟର। ଏଇ ତାଲିକାମାନ ତିଆରି କରିବା ପରେ ସେ ନିଶ୍ଚିନ୍ତ ହେଲେ ଯେ ସେ ଭ୍ରମଣରେ ବାହାରିଗଲେ ମଧ୍ୟ କେହି ହେଲେ ଏଇ କାଗଜ ଦେଖି ନୂଆ ଗୋଲାପ ଗଛର ତତ୍ତ୍ୱ ନେଇପାରିବ।

ସେ ତାଙ୍କର ପିଅନକୁ ଡାକି କାଗଜ ତିନୋଟି ଦେଖାଇ ଗଛ ବିଷୟରେ ବୁଝାଇଲେ। ପିଅନଟି ସ୍ଥୂଳବୁଦ୍ଧି ଲୋକ ଥିଲା ଏବଂ କାଗଜପତ୍ରକୁ ଅତ୍ୟନ୍ତ ଭୟ କରୁଥିଲା। କାଗଜମାନଙ୍କୁ ବୁଝାଇସାରି ଅମରେଶବାବୁ ଯେତେବେଳେ ତାକୁ ତାର ଗୋଲାପଗଛ ସଂପର୍କୀୟ ଜ୍ଞାନ ବିଷୟରେ ପ୍ରଶ୍ନ କରିବାକୁ ଆରମ୍ଭ କଲେ, ପିଅନ ବିଚରା ଫେଲ ହୋଇଗଲା। ତଥାପି ଧୈର୍ଯ୍ୟ ନ ହରାଇ ଅମରେଶବାବୁ ତାକୁ ପରଦିନ ସକାଳେ ଘରକୁ ଆସିବାକୁ କହିଲେ ଏବଂ ତାକୁ ବଗିଚାକୁ ନେଇ ପ୍ରତିଟି ଗଛକୁ ଚିହ୍ନାଇ ତା ହାତକୁ ରାତିରେ ଓଡ଼ିଆରେ ଅନୁବାଦ କରି ରଖିଥିବା ତାଲିକାଟି ଧରାଇଦେଲେ। ପିଅନ ଏଥରକ ନିର୍ଦ୍ଦେଶ ସବୁ ଠିକ ଠିକ ବୁଝିଥିବା ପରି ମନେହେଲା ଏବଂ ବିଭିନ୍ନ ପ୍ରକାରର ଖତ ଓ ଉର୍ବରକକୁ ଠିକ ଚିହ୍ନିପାରିଲା। ଅମରେଶବାବୁ ନିଶ୍ଚିନ୍ତ ହେଲେ ଯେ ଲୋକଟି ହାତରେ ଗଛ ନିରାପଦ ରହିବ। ବଗିଚାରୁ ବାହାରିବାବେଳେ ସେ ଶେଷଥର ପାଇଁ ପିଅନର ଜ୍ଞାନକୁ ପରୀକ୍ଷା କରିବା ପାଇଁ ପଚାରିଲେ, ପ୍ରଥମ ଗଛ କୋଉଟା? ଦୁର୍ଭାଗ୍ୟକୁ ପିଅନ କୋଉ ଗଛ କେତେ ନମ୍ବର ଏଇ ମୌଳିକ ତଥ୍ୟର ଭୁଲ ଉତ୍ତର ଦେଲା ଏବଂ ରାଗିଯାଇ ଅମରେଶବାବୁ

ତା ହାତରୁ କାଗଜସବୁ ଛଡ଼ାଇ ଆଣି କହିଲେ, ଛେଳି ଗୋଡ଼ରେ କେବେ ଧାନ ମକଟି ହେବ!

ଅନେକ ଭାବିଚିନ୍ତି ସେ ଏଇ କାମଟିକୁ ତାଙ୍କର ପଡ଼ୋଶୀ ସୁଶୀଳବାବୁଙ୍କୁ ସମର୍ପିବା ପାଇଁ ଠିକ୍ କଲେ। ସୁଶୀଳବାବୁ ଶାନ୍ତ ପ୍ରକୃତିର ଥିଲେ ଏବଂ ଅମରେଶବାବୁଙ୍କୁ ଶ୍ରଦ୍ଧା ଓ ସମ୍ମାନ କରୁଥିଲେ। ତାଙ୍କ ଘରକୁ ଯାଇ ଅମରେଶବାବୁ ପ୍ରଥମେ ତାଙ୍କୁ ଉଦ୍ଭିଦ ବିଜ୍ଞାନ ଦିଗରେ ଆକର୍ଷିତ କରିବାକୁ ଚେଷ୍ଟାକଲେ। ଦୁଇଦିନ କାଳ ତାଙ୍କୁ ଦି ଦି କପ ଚା ଦେଇ ଓ ତାଙ୍କଠାରୁ ଜଙ୍ଗଲ ସଂରକ୍ଷଣ ଓ ଇକଲଜି ଇତ୍ୟାଦି ବିଷୟରେ ଶୁଣି ଶୁଣି ଶେଷରେ ସୁଶୀଳବାବୁଙ୍କର ବି ଧୌର୍ଯ୍ୟଭଙ୍ଗ ହେଲା। ସେ ଅମରେଶବାବୁଙ୍କୁ କହିଲେ, ଆପଣ ବାହାରକୁ ଗଲାବେଳେ ଆପଣଙ୍କ ବଗିଚା ଦେଖିବା କଥା ତ? ଆପଣ ବ୍ୟସ୍ତ ହୁଅନ୍ତୁ ନାହିଁ, ମୁଁ ସକାଳେ ଯାଇ ପାଣି ଦେଇଦେବି।

ଅମରେଶବାବୁ ସାମାନ୍ୟ ଅପ୍ରସ୍ତୁତ ହେଲେ; କିନ୍ତୁ କହିଲେ, ନା, ଖାଲି ପାଣିଦବା କଥା ନୁହେଁ, ଗଛକୁ ଗୋଟିଏ ମଣିଷ ଛୁଆ ଭଳି ପାଳିବାକୁ ହେବ। ଆପଣ ଯଦି କାଲିଠାରୁ ସକାଳେ ଟିକିଏ ଆସନ୍ତେ, ମୁଁ ଆପଣଙ୍କୁ ବୁଝାଇ ଦିଅନ୍ତି।

ନିଜ ସ୍ତ୍ରୀଙ୍କର ପ୍ରତିକୂଳ ପ୍ରତିକ୍ରିୟା ସତ୍ତ୍ୱେ ସୁଶୀଳବାବୁ ପରଦିନ ସକାଳେ ଅମରେଶବାବୁଙ୍କ ବଗିଚାକୁ ଯାଇ ତାଙ୍କର ପ୍ରଥମ ପାଠ ଗ୍ରହଣ କଲେ। ଅମରେଶବାବୁ ତାଙ୍କୁ ନୂଆ ଗଛ ପାଇଁ ତିଆରି କରିଥିବା ତାଲିକା ଦେଲେ ଏବଂ ସେଥିରୁ ଲିଟର ସବୁ କାଟି କେତେ ଗିଲାସ ପାଣି ବୋଲି ଲେଖିଲେ, କାରଣ ସୁଶୀଳବାବୁ ଲିଟର ହିସାବ ଠିକ୍ ଭାବରେ ବୁଝିପାରୁନଥିବା ଜଣାପଡ଼ୁଥିଲା। ଠିକ୍ ହେଲା ଯେ ଆରଦିନ ସକାଳୁ ଆସି ସୁଶୀଳବାବୁ ଗଛମାନଙ୍କ କଥା ବୁଝିବେ।

ସୁଶୀଳବାବୁ ସକାଳେ ଡେରିରେ ଆସି ପହଞ୍ଚିଲେ। ସେତେବେଳକୁ ଅମରେଶବାବୁ ଅପେକ୍ଷା କରି କରି ବିରକ୍ତିର ସହିତ ବଗିଚାରେ ପଦଚାରଣା କରୁଥିଲେ ଏବଂ ବାରମ୍ବାର ଘଡ଼ିକୁ ଦେଖୁଥିଲେ। ସୁଶୀଳବାବୁ ଆସିବାରୁ ତାଙ୍କ

ଉପରେ ରାଗିଯାଇ କହିଲେ, ସକାଳ ସାତଟାରେ ପ୍ରଥମ ଗଛକୁ ଗୋଟାଏ ଲିଟର ପାଣି ଦବାର ଥିଲା । ବର୍ତ୍ତମାନ ସାତଟା ପଚିଶ ହେଲାଣି ।

ସୁଶୀଳବାବୁ କହିଲେ, ମୋ ପୁଅର ଦେହ ଖରାପ ହୋଇଗଲା ହଠାତ୍‌ ।

ତାଙ୍କୁ କହିବାକୁ ନଦେଇ ଅମରେଶବାବୁ କହିଲେ, ଠିକ୍‌ ସମୟରେ ପାଣି ନ ପାଇଲେ ଗଛ ଠିକ୍‌ ଉଢେଇବ ନାହିଁ।

ସୁଶୀଳବାବୁ କହିଲେ, ହଉ, ତାଲିକାଟା ଆଣନ୍ତୁ, ଆର ଗଛରେ ପାଣି ଦବା ।

ଅମରେଶବାବୁ କହିଲେ, ତାଲିକା ତ ଆପଣଙ୍କ ପାଖରେ ଅଛି ।

ସୁଶୀଳବାବୁ କହିଲେ, ତାଲିବାଟା ଅଫିସରେ ରହିଗଲା। ଆପଣଙ୍କ ପାଖରେ କପି ତ ଥିବ!

ଅମରେଶବାବୁ ଟିରକ୍ତିରେ କହିଲେ, ମୁଁ ଏଠାରେ ଥାଉ ଥାଉ ତ ଆପଣ ଏତେ ଅବ୍ୟବସ୍ଥା କଲେଣି, ମୁଁ ନଥିଲାବେଳେ ଯେ ଗଛର ଯତ୍ନ ନେବେ ତାର କି ଭରସା ଅଛି?

ସୁଶୀଳବାବୁ ଚୁପଚାପ ତାଙ୍କ କଥା ଶୁଣିନେଇଥାନ୍ତେ; କିନ୍ତୁ ଏଟିକିବେଳେ ତାଙ୍କ ସ୍ତ୍ରୀ ବାହାରିଆସିଲେ। ନିଜର ଅନିଚ୍ଛାସତ୍ତ୍ୱେ ମୁହଁରେ ସାମାନ୍ୟ କ୍ରୋଧର ଭାବ ଫୁଟାଇ ସୁଶୀଳବାବୁ କହିଲେ, ତାଡହେଲେ ଆପଣ ଆପଣଙ୍କ ଗଛ କଥା ବୁଝନ୍ତୁ। କାହା ଗଛରେ ପାଣିଦବାକୁ ମୋର ସମୟ ନାହିଁ ।

ଏହିଭଳି ଭାବରେ ଗୋଲାପ ଗଛ ପାଇଁ ସେଥରକ ଅମରେଶବାବୁ କିଣା ହୋଇଥିବା ଟିକେଟ ଫେରସ୍ତ କରିଦେଲେ । ସ୍ତ୍ରୀ ବର୍ତ୍ତମାନ ସେଇ ପୁରୁଣା କଥାକୁ ଉଠାଇ ତାଙ୍କୁ ଅପ୍ରସ୍ତୁତ କରିବାକୁ ଚେଷ୍ଟା କରୁଥିଲେ । ଅମରେଶବାବୁ କହିଲେ, ନା, ଆଉ ସେଭଳି କିଛି ସମସ୍ୟା ନାହିଁ । ଗଛ ସବୁ ବଡ଼ ହୋଇଗଲେଣି; ଆଉ ସେଇ ନୂଆ ପିଅନ ବି କାମ ବୁଝିଗଲାଣି । ମୋର ଆଉ କିଛି ଅସୁବିଧା ନାହିଁ। ତମେ ବରଂ ତମର ପିଲାଛୁଆଙ୍କ କଥା ବୁଝ। ଲିଲିର ଆଉ ପିଲାଟିଲା ହବାର ନାହିଁ ତ?

ସ୍ତ୍ରୀ କହିଲେ, କି ପିଲାଟିଲା? ତମର ତ ଗୋଲାପ ଗଛ ଛଡ଼ା କିଛି ଚିନ୍ତା ନାହିଁ ! ଲିଲିର ସାନପିଲାର ଦେହ ଖରାପ, ତମେ ଜାଣିଛ?

ଅମରେଶବାବୁ କହିଲେ, ତା ପିଲାର ଦେହ ଖରାପ, ସେ ବୁଝିବ; ତମର କାହିଁକି ଏତେ ଚିନ୍ତା?

ସ୍ତ୍ରୀ କହିଲେ, ହଁ, ସେ କଥା ଠିକ୍ । କିଏ ମରିବାଯାଏ ତାଙ୍କ କଥା ବୁଝୁଥିବ?

ଅମରେଶବାବୁ କହିଲେ, ତାହେଲେ ମୁଁ କାଲି ଟିକେଟ୍ କରୁଛି। ଆରମାସ ପହିଲାରୁ ମାସକର ଛୁଟି ନେବି। ଆଉ ଯେମିତି କେହି କିଛି ଅସୁବିଧା ବାହାର ନକର, କଣ କହୁଚ? ଏତିକି କହି ଅମରେଶବାବୁ ପିଲାମାନଙ୍କ ମୁହଁକୁ ଚାହିଁଲେ । ପୁଅ ରନି କହିଲା, ମୋର କଣ ଅଛି? ଯେତେବେଳେ କହିଲେ ବାହାରିବି । ଝିଅ ମଲି ନିଜ କଥା ନକହି କହିଲା, ଜଲିକୁ ପଚାର ।

ଯଦିଓ ସମସ୍ତେ ଖାଇବାଘରେ ବସି ଖାଉଥିଲେ, ଜଲି ବାରଣ୍ଡାରେ ବସି କୁକୁର ସହିତ ଖାଉଥିଲା । ତା ନାଁ ଶୁଣି କହିଲା, ତମି ପାଇଁ ଟିକେଟ୍ କରୁଚ କି ନାଇଁ?

ଜଲି ଘରର କନିଷ୍ଠ ସନ୍ତାନ ଥିଲା ଏବଂ ସମସ୍ତଙ୍କର ଆଦରର ଥିଲା । କିନ୍ତୁ ତାର ଏଇ କୁକୁରପ୍ରେମକୁ କେହି ବୁଝିପାରୁନଥିଲେ। ଟମି ଗୋଟିଏ ସାଧାରଣ କୁକୁର ଥିଲା । ଏବଂ ତାର କୌଣସି ଜାତିଗୋତ୍ର ନଥିଲା । ଦିନେ ସକାଳୁ ଜଲି ତାକୁ ରାସ୍ତାରୁ ଆଣି ଘରେ ରଖିଥିଲା । ଜଲି କୁକୁର ସହିତ ଖାଉଥିଲା, ଶୋଉଥିଲା; ସବୁ ସମୟ କଟାଉଥିଲା। କୁକୁରକୁ କେହି କିଛି କହିଲେ ସେ ରାଗୁଥିଲା। କୁକୁର ବେମାର ରହିଲେ ତାର ସେବା ଶୁଶ୍ରୁଷା କରୁଥିଲା। କୁକୁର ବି ମଝିରେ ମଝିରେ ବହୁତ ପ୍ରକାର ରୋଗରେ ପଡୁଥିଲା । ଥରେ ଏମିତି ଅବସ୍ଥା ହେଲା ଯେ ବଞ୍ଚିବ କି ମରିବ, ଠିକ୍ ରହିଲା ନାହିଁ। ଜଲି ତାକୁ ପଶୁ ଡାକ୍ତରଖାନାକୁ ନେଇ ଔଷଧ ଖୁଆଇଲା ଏବଂ ସେଥିରେ ଭଲ ନ ହେବାରୁ ମନ୍ଦିରରୁ ପାଦୁକପାଣି ଆଣି ପିଆଇଲା । କୁକୁର କିନ୍ତୁ ଦି ଦିନ କାଳ ମରିବ ମରିବ ଅବସ୍ଥାରେ ପଡ଼ିରହି ବହୁତ କଷ୍ଟ ପାଇଲା । ତାଙ୍କ ଘରକୁ ବୁଲିଆସିଥିବା ଭଦ୍ରବ୍ୟକ୍ତି ଯେତେବେଳେ କୁକୁରକୁ ମାରିଦିଅ ବୋଲି କହିଲେ, ଜଲି ରାଗିଯାଇ ଭୋ ଭୋ କରି କାନ୍ଦିଲା। ଭାଗ୍ୟକୁ କୁକୁର ସେଥରକ ବଞ୍ଚିଗଲା। କୁକୁର କିଛିଦିନ ଭଲ ରହୁଥିଲା କିନ୍ତୁ ମଝିରେ ମଝିରେ ରୋଗରେ ପଡୁଥିଲା ଏଇ

ସମୟରେ ତାର ରୁମହବୁ ଝଡ଼ି ସେ ଅତି ବିକୃତ ଦିଶୁଥିଲା। ଭଲ ଅବସ୍ଥାରେ ଥିବାବେଳେ କୁକୁରକୁ ଘରେ ସମସ୍ତେ 'ଆମ ଟମି' ବୋଲି କହୁଥିଲେ; କିନ୍ତୁ ରୋଗରେ ପଡ଼ି କୁକୁର ଯେତେବେଳେ ଖରାପ ଦିଶୁଥିଲା, ତାକୁ ସମସ୍ତେ ଜଲିର କୁକୁର ବୋଲି ଚିହ୍ନାଉଥିଲେ ।

ଜଲି କହିଲା, ମୁଁ ବୁଝିଥିଲି ଅଧା ଟିକେଟରେ କୁକୁରକୁ ସାଙ୍ଗରେ ଟ୍ରେନରେ ନେଇହବ । ତା କଥା ଶୁଣି ସମସ୍ତେ ହସିଲେ । ଜଲି ରାଗିଗଲା; କହିଲା, ସମସ୍ତେ କାଶ୍ମୀର ଯିବେ; ଟମି କଣ ଦୋଷ କରିଚି ଯେ ଯିବ ନାହିଁ? ତା କଥାକୁ ଅଶୁଣା କରିଦେଇ ଅମରେଶବାବୁ କହିଲେ, ତାହେଲେ ଆରମାସ ପହିଲାରୁ ଯିବାପାଇଁ ଟିକେଟ କରିଦଉଚି। ତମେ ଲିଲିକୁ ଚିଠି ଲେଖି ଜଣାଇଦବ। ସେତେବେଳକୁ ସେ ଯେମିତି ଆଉ କିଛି ଅସୁବିଧା ବାହାର ନ କରେ ତମ ପାଇଁ।

ସେଦିନ ସଂଧ୍ୟାବେଳେ ଅଫିସଫେରନ୍ତା ଘର ବାରଣ୍ଡାରେ ଛିଡ଼ାହୋଇ କବାଟ ଖଟଖଟ କରୁ କରୁ ଅମରେଶବାବୁ ପକେଟରୁ ଟିକେଟ ବାହାର କରି ହାତରେ ଧରିଲେ।

କବାଟ ଖୋଲିଲା ଜଲି । ଅମରେଶବାବୁ କହିଲେ, କୁଆଡ଼େ ଗଲେ ସମସ୍ତେ?

ଜଲି କହିଲା, ମା ଯାଇଛି ଡାକ୍ତର ପାଖକୁ ।

କାହାର କଣ ହେଲା?

ଜଲି କହିଲା, ନାଇଁ, ଆଜି ଲିଲି ଅପା ପାଖରୁ ଚିଠି ଆସିଚି ତା ଛୁଆର ଦେହ ଖରାପ। ସେଇ ଚିଠିଟା ନେଇ ମା ଯାଇଚି ଡାକ୍ତରଙ୍କୁ ଦେଖାଇ ପଚାରିବାକୁ।

ଚିଠିରୁ ଡାକ୍ତର କଣ ବୁଝିବ?

ଜଲି କହିଲା, କାହିଁକି, ସେଥିରେ ଟମି ଦେହକଥା ତମେ ଯେଉ ପଶୁଡାକ୍ତରଙ୍କୁ ଲେଖିଦେଇଥିଲ, ତାକୁ ଦେଖାଇ ତ ଔଷଧ ଆସିଥିଲା!

ବିରକ୍ତ ହୋଇ ଅମରେଶବାବୁ କହିଲେ, ରନି କୁଆଡ଼େ ଗଲା?

ଜଲି କହିଲା, ସେ ଯାଇଚି ତାର ଟେପ୍‌ରେକର୍ଡର ମରାମତି କରିବାକୁ ।

ହାତରେ ପାଞ୍ଚଟା ଟିକେଟ ଧରି ତାକୁ କୋଉଠି ରଖିବେ ବୋଲି ଜାଗା ଖୋଜିଲେ ଅମରେଶବାବୁ। ପ୍ରଥମେ ତାକୁ ନେଇ ସେ ଟେବୁଲ ଉପରେ ଟେବୁଲକ୍ଲଥ ତଳେ ରଖିଲେ। ଜଲି କହିଲା, ତମି ସବୁବେଳେ ସେ ଟେବୁଲ କ୍ଲଥକୁ ଟାଣି ଛିଣ୍ଡାଉଛି। ତମ ଟିକେଟର କଣ ହେଲେ ମତେ ଆଉ କହିବ ନାହିଁ। ସେଥାରୁ ଟିକେଟକୁ ନେଇ ଅମରେଶବାବୁ ରୋଷାଇଘର ଥାକ ଆଡ଼କୁ ଗଲେ। ହଠାତ୍ ତାଙ୍କର ମନେପଡ଼ିଲା ଯେ ସେଠାରେ ଥରେ ରଖିଥିବା ତାଙ୍କ ଚଷମାର ପ୍ରେସକ୍ରିପ୍ସନ ତାଙ୍କ ସ୍ତ୍ରୀ ଜାଲିଦେଇଥିଲେ। ସେଠାରୁ ଫେରି ସେ ଏପାଖ ସେପାଖ ହେଲେ, ପୁଣି ଆସି ରନିର ଛୋଟ କୋଠରୀ ଭିତରକୁ ଗଲେ। ତାଙ୍କ ପଛେ ପଛେ ଜଲି ଆଉ ଟମି ବି ଭିତରକୁ ଆସିଲେ। କୋଠରୀଟି ରନିର ସମ୍ପୂର୍ଣ୍ଣ ନିଜସ୍ୱ ଥିଲା ଏବଂ ଏ ଘର ଭିତରେ ରନିର ରେଡିଓ, ଟେପ୍‌ରେକର୍ଡର, ଷ୍ଟିରିଓ ଇତ୍ୟାଦି ଭର୍ତି ହୋଇଥିଲା। ଅମରେଶବାବୁ ରେକର୍ଡ ପ୍ଲେୟାରକୁ ଟେକି ତା ତଳେ ଟିକେଟକୁ ଗୁଞ୍ଜିଦେଲେ। କହିଲେ, ତମି ଏଠି ଲାଗିବନି ତ? ତମି ପ୍ରତି ଏ ଆକ୍ଷେପ ଜଲିକୁ ଭଲ ଲାଗିଲା ନାହିଁ। ସେ ଓଲଟା ବାପାଙ୍କୁ କହିଲା, ତମେ କାହିଁକି ଭାଇର ଜିନିଷରେ ହାତ ଦଉଚ? ସେ ଆସିଲେ ମୁଁ କହିଦେବି ତମେ ତା ଘରେ ପଶିଥିଲ ବୋଲି। ସନ୍ତର୍ପଣରେ ସେଠାରୁ ଟିକେଟକୁ ବାହାର କରି ଅମରେଶବାବୁ ପୁଣି ତାକୁ ସାର୍ଟ ପକେଟରେ ରଖିଲେ ଓ ବାରଣ୍ଡାରେ ଆସି ବସିଲେ।

ରନିର କୋଠରୀ ଆଡ଼କୁ ଅନାଇ ଅମରେଶବାବୁ ଦୀର୍ଘଶ୍ୱାସ ନେଲେ। ପଢ଼ାଶୁଣାର ନାଁ ନାହିଁ, ଖାଲି ସବୁବେଳେ ଗୀତ ଗୀତ। କୋଉଠି କଣ ପ୍ରୋଗ୍ରାମ ସବୁରେ ଗୀତ ଗାଇ, ବାଜା ବଜାଇ ରନି ପଇସା ବି ରୋଜଗାର କରୁଛି; ଆଉ ସେଇ ପଇସାରେ ରେକର୍ଡ, କ୍ୟାସେଟ ସବୁ କିଣୁଛି। ସେଇଥରେ ଦିନରାତି ଲାଗିଥାଏ ରନି; ପ୍ରତିଦିନ କଣ ନା କଣ କାମ ଲାଗିରହିଥାଏ ତାର। ହେଲେ ଟେପରେକର୍ଡର ଦୋକାନକୁ ମରାମତି ପାଇଁ ଯାଉଛି, ନ ହେଲେ ମରାମତିବାଲା ତା ପାଖକୁ ଆସି ତାର ଯନ୍ତ୍ରକୁ ସଜାଡୁଛି। ଏସବୁ କଳକବ୍‌ଜା ବି ଗୋଟାଏ ଦାୟିତ୍ୱ। ତାଙ୍କର ଯୋଉ ପୁରୁଣା ଗାଡ଼ି ଥିଲା, ସେଥିରେ ସକାଳ ସଞ୍ଜ ଛୁଟିଦିନ ଲାଗି

ରହିବାକୁ ହଉଥିଲା, ଗାଡ଼ି ପଛରେ ଲାଗିରହି ବଗିଚାକାମ ଦେଖିବାକୁ ସମୟ ମିଳୁନଥିଲା। ଶେଷରେ ବିରକ୍ତ ହୋଇ ସେ ଗାଡ଼ିକୁ ବିକିଦେଲେ। ରନି ସେମିତି ତାର ପୂରା ସମୟ କଟାଇ ଦଉଟି ଏଇ ଗୀତ ବାଜାର ଯନ୍ତ୍ରପାତିରେ

ଏଇ ସମୟରେ ସ୍ତ୍ରୀ ଘରକୁ ଫେରିଲେ ଏବଂ ଅମରେଶବାବୁ କହିଲେ, ମୁଁ ଆଜି ଟିକେଟ କିଣି ଆଣିଲି । ସ୍ତ୍ରୀ ଏକଥାକୁ ଅଶୁଣା କରିଦେଇ କହିଲେ, ଆଜି ଲିଲିର ଚିଠି ଆସିଥିଲା । ଅମରେଶବାବୁ କହିଲେ, ଏଇ ଟିକେଟଗୁଡ଼ାକ ନେଇ କୋଉଠି ହୁସିଆରରେ ରଖ। ପରୋକ୍ଷ କଥାବାର୍ତ୍ତା ଲକ୍ଷ୍ୟଚ୍ୟୁତ ହେଉଛି ଦେଖି ସ୍ତ୍ରୀ ଏଥରକ ସିଧାସଳଖ କହିଲେ, ଲିଲିର ଛୁଆର ଦେହ ଖରାପ। ଅମରେଶବାବୁ କହିଲେ, ତମେ ଡାକ୍ତରଙ୍କ ପାଖକୁ ଯାଇଥିଲ ପରା, କଣ କହିଲେ? ସ୍ତ୍ରୀ ବିରକ୍ତ ହୋଇ କହିଲେ, ତମର ଏଇ ଡାକ୍ତର କିଛି କାମର ନୁହଁ; ଖାଲି ତମ ସାଙ୍ଗ ବୋଲି ତାଙ୍କ ପାଖକୁ ଯିବା କଥା। ତିନି ଦିନ ହେଲା ଜର ହେଲାଣି; କଣ କହୁଛନ୍ତି ନା ବ୍ୟସ୍ତ ହେବାର ଦରକାର ନାହିଁ ! ତମେ ଟିକେ ଟେଲିଫୋନ କର । ଅମରେଶବାବୁ ସ୍ତ୍ରୀଙ୍କ ହାତରୁ ଚିଠି ନେଇ କହିଲେ, ଏ ତ ସାତଦିନ ତଳର ଚିଠି ! ଏତେବେଳକୁ ତାର ଦେହ ଭଲ ହୋଇଯିବଣି । ସ୍ତ୍ରୀ କହିଲେ, ତମେ କେମିତି ଜାଣିଲ? ତମେ କଣ ଝିଅର କିଛି ଖବର ରଖୁଚ? କାଲି ଯେମିତି ହେଲେ ଟେଲିଫୋନ କର। ଅମରେଶବାବୁ କହିଲେ, ହଉ, ଟିକେଟକୁ ଚିଠି ସାଙ୍ଗରେ ରଖ ନାହିଁ, କୋଉଠି ପୁଣି ଫୋପାଡ଼ିଦବ। ଜାଣିଚ, ମୋ ପିଅନ ଆରମାସରୁ ଛୁଟି ଦରଖାସ୍ତ କରିଥିଲା। ଅନ୍ୟମନସ୍କ ଭାବରେ ସ୍ତ୍ରୀ କହିଲେ, କାହିଁକ? ଅମରେଶବାବୁ କହିଲେ, ଝିଅ ବାହାଘର ପାଇଁ । ମୁଁ ମନାକରିଦେଲି।

ସ୍ତ୍ରୀ ତାଙ୍କ କଥା ନ ଶୁଣିବାରୁ ଓ ତାଙ୍କ ହାତରୁ ଟିକେଟ ନ ନେବାରୁ ଅମରେଶବାବୁ ମନେ ମନେ ବିରକ୍ତ ହେଲେ ଏବଂ ଚୁପଚାପ ବସିରହିଲେ । ସେ ଠିକ କଲେ ଯେ ଟିକେଟଗୁଡ଼ାକ ସେ ମଲିକୁ ରଖିବାକୁ ଦେବେ; କାରଣ ସବୁ ପିଲାଙ୍କ ଭିତରେ ମଲି ହିଁ ଶାନ୍ତଶିଷ୍ଟ, ଧୀର ସ୍ଥିର ଓ ଦାୟିତ୍ୱସଂପନ୍ନ । ମଲି କୁଆଡ଼େ ଗଲା ବୋଲି ପଚାରିଛନ୍ତି, ମଲି ଆସି ପହଞ୍ଚିଲା। ତା ହାତକୁ ଟିକେଟ ଦେଇ

ଅମରେଶବାବୁ କହିଲେ, ହୁସିଆରରେ ରଖ୍‌ଥ୍‌ବୁ। ଯିବାର ଦିନେ ଦି ଦିନ ଆଗରୁ ରିଜର୍ଭେସନ କଥା ବୁଝିବାକୁ ହବ। ଜଲି କହିଲା, ଟମିର ଟିକେଟଟା ମତେ ଦେଇଦିଅ। ମଲି ତା କଥା ନ ଶୁଣି ଚାଲି ଯିବାରୁ ଜଲି ତା ପଛେ ପଛେ ଗଲା ଆଉ ତାକୁ କହିଲା, ଟମିର ଟିକେଟଟା ହଜାଇବୁ ନାହିଁ । ଟମିର କୋଉ ଟିକେଟ? ପଚାରିଲା ମଲି । କାଇଁ, ସେଇ ଅଧା ଟିକେଟଟା? ମଲି କହିଲା, ଅଧା ଟିକେଟଟା ତୋରା। ଜଲିର ମନ ଖରାପ ହୋଇଗଲା। ସେ କହିଲା, ମୁଁ ତାହେଲେ ଯିବି ନାହିଁ। ମଲି କହିଲା, କୁକୁରଟାକୁ ଛାଡ଼ିଦେ, ଯେମିତି ରାସ୍ତାରୁ ଆସିଥ୍‌ଲା, ପୁଣି ରାସ୍ତାକୁ ଚାଲିଯିବ । ଏ କଥା ଶୁଣି ଜଲି ତାକୁ ମାରିବାକୁ ଧାଇଁଲା ଏବଂ ତା ସାଙ୍ଗରେ କାନ୍ଦିବାକୁ ବି ଲାଗିଲା।

ତା ଆରଦିନ ସଂଧ୍ୟାବେଳେ ଅମରେଶବାବୁ ଅଫିସରୁ ଫେରି ସମସ୍ତଙ୍କୁ ଉଦ୍ଦେଶ୍ୟ କରି କହିଲେ, କାହାର ନ ଯିବା କଥା ତ ମତେ ଆଗରୁ କହିଦେବ; ନ ହେଲେ ଡେରିରେ ଟିକେଟ ଫେରାଇଲେ ପଇସା କଟିବ। ରନି କହିଲା, ମୁଁ ତମକୁ କାଲି କହିବି। ଅମରେଶବାବୁ କହିଲେ, ତୋର ତ କଲେଜ ଛୁଟି । ରନି କହିଲା, ଆର ମାସରେ ଗୋଟାଏ ବଡ଼ ପ୍ରୋଗ୍ରାମ ହବାର ଅଛି । ତାରିଖ ଠିକ ହୋଇନାହିଁ । ମୋ ଟିକେଟଟା ମତେ ଦେଇଦବ। ନ ଯିବାର ହେଲେ ମୁଁ ପୁରା ପଇସା ଫେରାଇଦେବି ତମକୁ। ସ୍ତ୍ରୀ ଭିତରୁ ବାହାରି ଆସିବାରୁ ଅମରେଶବାବୁ କହିଲେ, କଣ ତମର ଯିବା କଥା ଠିକ କି ନାଇଁ? ସ୍ତ୍ରୀ ବିରକ୍ତ ହୋଇ କହିଲେ, ତମେ ଆଜି ଫୋନ କରିଥ୍‌ଲ? ପିଲାର ଦେହ କଣ ହେଲା ବୁଝିବ କଣ, ନା ତମର ବୁଲିଯିବା କଥା ପଡ଼ିଛି। ଅମରେଶବାବୁ ଫେରିବାବେଳେ ଟେଲିଫୋନ କରିବା କଥା ଭୁଲିଯାଇ ନର୍ସରୀକୁ ଚାଲି ଯାଇଥ୍‌ଲେ । ମିଛରେ କହିଲେ, ଯେତେ ଚେଷ୍ଟାକଲେ ବି ଲାଇନ ମିଳିଲା ନାହିଁ । କାଲି ସକାଳୁ ଯାଇ ଦେଖ୍‌ବି । ସ୍ତ୍ରୀ କହିଲେ, ତମେ ଛୁଆର ଦେହ କଥା ବୁଝିସାରିଲେ ମତେ ଯିବା ନଯିବା କଥା ପଚାରିବ । ସ୍ଵଗତୋକ୍ତି ଭଳି ଅମରେଶବାବୁ କହିଲେ, ସେ ପିଅନ ବି ମୋ ସାଙ୍ଗରେ ଛୁଟି ପାଇଁ ଲାଗିଚି । ହାକିମଙ୍କ ପାଖକୁ ଯାଇଥ୍‌ଲା ଛୁଟି ଦରଖାସ୍ତ ନେଇ । କାଲି ସକାଳେ ସେ କଥାର

ନିଷ୍ପତ୍ତି ହେବ। ଏ କଥାର ଖିଅ ନେଇ ସ୍ତ୍ରୀ କଣ କହିବାକୁ ଯାଉଥିଲେ, ଅମରେଶବାବୁ ତରତର ହୋଇ ବଗିଚା ଆଡ଼କୁ ଚାଲିଗଲେ ।

ଯିବାର ଦିନ ଯେତେ ପାଖେଇ ଆସିଲା, ଜଲି ସେତିକି ବ୍ୟସ୍ତ ହେଲା । କାରଣ ତାର ବୁଲିଯିବା ପାଇଁ ଇଚ୍ଛା ଥିଲା; କିନ୍ତୁ ଟମି ପାଇଁ କି ପ୍ରକାର ବ୍ୟବସ୍ଥା କରାଯାଇପାରେ ବୁଝି ପାରୁନଥିଲା। ଦିନେ ଗୀତ ଶୁଣିବା ବାହାନାରେ ସେ ରନି ପାଖକୁ ଗଲା । କହିଲା, ଏ ବର୍ଷ କାଶ୍ମୀର ନ ଯାଇ ଆରବର୍ଷ ଗଲେ ହବ ନାହିଁ । ଟମି ବଡ଼ ହୋଇଯାଇଥିବ; କୋଉଠି ହେଲେ ରହିଯିବ। ରନି କହିଲା, କିଏ କୁଆଡ଼େ ଯାଉଚି ଯେ ତୁ ବ୍ୟସ୍ତ ହଉଚୁ? ମୋର ଆରମାସରେ ଏଠି ପ୍ରୋଗ୍ରାମ । ତାକୁ ଛାଡ଼ି ମୁଁ ଯିବି ନା କଣ? ଶେଷକୁ ବାପା ଦି ବାହାରିବେ କି ନାଇଁ ଦେଖ ।

ଆରଦିନ ରାତିରେ ଖାଇଲାବେଳେ ସ୍ତ୍ରୀ କହିଲେ, ତମେ ଖରାଦିନେ ଯିବାପାଇଁ ଟିକେଟ କାହିଁକି କଲ? ଅମରେଶବାବୁ କହିଲେ, କାଇଁ, ତମର କଣ ଅସୁବିଧା ବାହାରିଲା? ସ୍ତ୍ରୀ କହିଲେ, ଖରାଦିନେ ଲିଲିର ଛୁଟି । ତମେ ତ କହି କହି ଟେଲିଫୋନ କଲନାହିଁ, ମୁଁ ତାକୁ ଫୋନ କରିଥିଲି । ଅମରେଶବାବୁ କହିଲେ, ତମେ କଣ ଲିଲି ପାଖକୁ ଯିବ ନା କଣ? ମୁଁ ଜାଣିଥିଲି ଶେଷକୁ ତମେ କଣ ନା କଣ କଥା ବାହାର କରି ଯିବାକଥା ବନ୍ଦ କରିବ । ସ୍ତ୍ରୀ କହିଲେ, ଖରାଦିନେ ତମ ଗଛ କଥା କିଏ ବୁଝିବ? ଅମରେଶବାବୁ କହିଲେ, ମୋ ପିଅନର ଛୁଟି ମଞ୍ଜୁର ହୋଇଗଲ । ତେବେ ଆଉ ଗୋଟାଏ ଲୋକକୁ ମୁଁ ଠିକ କରୁଚି। ତାର ନିଜର ବଗିଚା ଅଛି। ହେଲେ, ଖରାଦିନେ ଟ୍ରେନରେ ଯିବାଆସିବା ବି କଷ୍ଟ।

ଲିଲି କହୁଥିଲା ଆମେ ଥିଲେ ଛୁଟିରେ ସେ ଆସିଥାନ୍ତା। ଆମେ ଆର ମାସରେ ନଯାଇ ପରେ ପୂଜା କି ଆଉ କୋଉ ଛୁଟିରେ ଗଲେ ହୁଅନ୍ତା ନାହିଁ ।

ଏ ବର୍ଷ ଡିସେମ୍ବର ମାସ ସୁଦ୍ଧା ଗଲେ ବି ଚଲିବା। ତେବେ ଟିକେଟ କରିସାରି

...

ଯାହା ପଛେ ଟଙ୍କା କଟିବ, କଟୁ। ପିଲାଙ୍କୁ ନଦେଖି କିଏ କାଶ୍ମୀର ବୁଲିବାକୁ ଯିବ?

ଏଇ ସମୟରେ ରନି ଆସିବାରୁ ଅମରେଶବାବୁ କହିଲେ, କଣ, ଯିବା କଥା କଣ ହେଲା? ତମେମାନେ ଯଦି ନ ଯିବ ତା ହେଲେ ଆମେ କଣ ଆଉ ଏକା ଯିବୁ? ସମସ୍ତଙ୍କର ଯିବା ବନ୍ଦ କରିଦେବା । ରନି ଦେଖିଲା, ଦାୟିତ୍ୱଟା ତା ଉପରେ ଲଦିବାକୁ ଚେଷ୍ଟା କରାହଉଛି। ସେ କହିଲା, ମୁଁ ତ ତିଆର; ଯେତେବେଳେ କହିବ, ବାହାରିବି। ରନି ମୁଣ୍ଡରେ ଏ ଦୋଷ ଦେବାରେ ଅସଫଳ ହୋଇ ଅମରେଶବାବୁ ଜଲିକୁ ପଚାରିଲେ, କଣ ତୁ ଯିବୁ, ନା କୁକୁର ସାଙ୍ଗରେ ରହିବୁ? ଜଲି ବିଚରା ପିଲାଲୋକ, ବାପାଙ୍କର ଏଇ କୌଶଳପୂର୍ଣ୍ଣ ପ୍ରଶ୍ନଟି ବୁଝିପାରିଲା ନାହିଁ । କହିଲା, ତମି ନ ଗଲେ ମୁଁ ଯିବି ନାହିଁ ।

ଏଥରକ ଅମରେଶବାବୁ ଓ ତାଙ୍କର ସ୍ତ୍ରୀ ମିଶିଗଲେ । ସ୍ତ୍ରୀ କହିଲେ, ଏ ପିଲାଙ୍କ ଯୋଗୁ ମଣିଷ ଆଉ କୁଆଡ଼େ ଯାଇପାରିଲା ନାହିଁ! କୁଆଡ଼ୁ ଗୋଟାଏ କୁକୁର ଆସିଚି ଯେ ତାକୁ ଜଗିବାକୁ ଯାଇ କାଶ୍ମୀର ଯିବା ବନ୍ଦ! ଯା, ସେ କୁକୁରକୁ ବାହାରକର । ଜଲି କାନ୍ଦିବାରେ ଲାଗିଲା। ଅମରେଶବାବୁ କହିଲେ, ଆଛା ଆଛା, ଆର ମାସରେ ନହେଲେ ନାଇଁ, ପୂଜା ଛୁଟିରେ ଦେଖିବା। ମିଲି, ମତେ ଟିକେଟଗୁଡ଼ାକ ଦବୁ, କାଲି ଫେରାଇ ଦେବି।

ଏତେ କଥାବାର୍ତ୍ତା ବାଦବିସମ୍ବାଦରେ ମିଲି ଚୁପଚାପ ବସିଥିଲା ; କିନ୍ତୁ ବୁଲିଯିବା ବନ୍ଦ ନିଷ୍ପତ୍ତିରେ ସେ ହିଁ ସବୁଠାରୁ ବେଶୀ ଖୁସି ଥିଲା। ସମସ୍ତେ ସତରେ କାଶ୍ମୀର ଯିବାକୁ ବାହାରିଥିଲେ ମିଛ ବାହାନା କରି ଘରେ ରହିଯିବାର ଚେଷ୍ଟା କରିବାରୁ ସେ ମୁକ୍ତି ପାଇଲା। ସାତଦିନ ତଳେ ସେ ସୁମନ୍ତକୁ ଯୋଉ ଚିଠି ଲେଖିଥିଲା, ଏ ପର୍ଯ୍ୟନ୍ତ ତାର ଉତ୍ତର ଆସି ନଥିଲା। ସୁମନ୍ତର ଚିଠି ପାଇବା ଆଗରୁ ସେ କେମିତି ବା ଏ ଠିକଣା ଛାଡ଼ି କୁଆଡ଼େ ଯାଇଥାତା?

ବେଶ୍ୟା

ଦିନଯାକର କାମ ସାରି ପ୍ରମୋଦ ସେଦିନ ତାର ହୋଟେଲକୁ ଫେରିଲା ସଂଧ୍ୟା ସାତଟାରେ। ଦିନଟି ତା ପାଇଁ ସଫଳ ଥିଲା। ସେ ବିଭିନ୍ନ ଅଫିସମାନଙ୍କରେ ତାଙ୍କ କମ୍ପାନୀର ବେଶ୍ ସଂଖ୍ୟାର ମେସିନ ପାଇଁ ଅର୍ଡର ସଂଗ୍ରହ କରିପାରିଥିଲା। ଏଥିପାଇଁ ତାକୁ ଅନେକ ପ୍ରକାର ଉପାୟର ସାହାଯ୍ୟ ନେବାକୁ ପଡ଼ିଥିଲା, ଯଥା, ଲାଞ୍ଚ, ମିଛ କଥା, ଖୋସାମତ ଇତ୍ୟାଦି। ଅନେକ ବର୍ଷର ଅଭିଜ୍ଞତାରୁ ସେ ବର୍ତ୍ତମାନ ଜାଣୁଥିଲା ଯେ ବ୍ୟବସାୟରେ ସବୁଠାରୁ ପ୍ରକୃଷ୍ଟ ଉପାୟ ହେଉଛି ଲାଞ୍ଚ, କାରଣ ଟଙ୍କା ଦେଇଦେବା ପରେ ଲାଞ୍ଚ ଦେବା ଓ ନେବା ଲୋକଙ୍କ ଭିତରେ ଏକ ଅଲିଖିତ ଚୁକ୍ତିପତ୍ର ତିଆରି ହୋଇଯାଏ ଏବଂ ତା ପରେ କାମଟି ସୁରୁଖୁରୁରେ ହୋଇଯାଏ। ଅନ୍ୟ ପ୍ରକାରର ଉଦ୍ୟମରେ ଅନେକ ସମୟ ବ୍ୟୟ କରିବାକୁ ପଡ଼ିଥାଏ ଏବଂ କାର୍ଯ୍ୟସିଦ୍ଧିରେ କୌଣସି ନିଶ୍ଚିତତା ନଥାଏ।

ଚଉକି ଉପରେ ବସି ସେ ତାର ଦିନଟିର ହିସାବନିକାଶ କଲା। ସେ ଯେତେ ଟଙ୍କା ଖର୍ଚ୍ଚ କରିବ ବୋଲି ଅଟକଳ କରିଥିଲା, ତାଠାରୁ ଅନେକ କମ ଟଙ୍କାରେ କାମଟି ହୋଇଗଲା। ସେ ଏକଥା ମଧ ଠିକ କରିନେଇଥିଲା ଯେ, ବକୋ ଟଙ୍କା ସେ ଆଉ ତାର କମ୍ପାନୀକୁ ଫେରାଇବ ନାହିଁ ଏବଂ ନିଜେ ସେ ଟଙ୍କାଟକ ରଖିନେବ। ଏ ବ୍ୟତିକ୍ରମ ପାଇଁ ସେ ଆଦୌ ଚିନ୍ତିତ ନଥିଲା। ତାକୁ ଯେଉଁ କଥାଟି ବିଚଳିତ କରୁଥିଲା ସେଇଟି ହେଲା ଯେ ସେ ତାଙ୍କ କମ୍ପାନୀର ଏକ ପ୍ରତିପକ୍ଷ କମ୍ପାନୀ ସହିତ

ମଧ୍ୟ କଥାବାର୍ତ୍ତା ଚଲାଇଥିଲା ଏବଂ ସେମାନଙ୍କୁ ମଧ୍ୟ ସାହାଯ୍ୟ କରିବାର ଏକ ପ୍ରଚ୍ଛନ୍ନ ପ୍ରତିଶ୍ରୁତି ଦେଇସାରିଥିଲା । ଏକଥା ବର୍ତ୍ତମାନ ତାର ବିବେକକୁ ସାମାନ୍ୟ ଦଂଶନ କରୁଥିଲା ।

ଚା ପିଉ ପିଉ ଠିକ କଲା ଯେ ସେ ଆଉ ଏ ବିଷୟରେ ଭାବିବ ନାହିଁ । ତାର ଦିନଟି ଠିକ ହୋଇଯାଇଥିଲା ଏବଂ ସେ ଚାହୁଁଥିଲା ସହରରେ ଏଇ ଶେଷ ସଂଧ୍ୟାଟି ସେ ଭଲଭାବରେ କଟାଇବ । ପରଦିନ ସକାଳୁ ତାକୁ ବଜାର ଯାଇ ସ୍ତ୍ରୀ ଓ ପିଲାଙ୍କ ପାଇଁ ବରାଦ ଦିଆଯାଇଥିବା ଜିନିଷ କିଣି ଖରାବେଳେ ପୁଣି ଫେରିଯିବାର ଟ୍ରେନ ଧରିବାକୁ ହେବ ।   ଏଇଭଳି ନିଷ୍ପତ୍ତି ନେଇ ସେ ତାର ଟେଲିଫୋନ ନମ୍ବର ଲେଖାଥିବା ଛୋଟ ଖାତାଟି ବାହାର କଲା। ଏଥିରେ ମନ୍ତ୍ରୀ, ଅଫିସର, ପ୍ରତିପତ୍ତିଶାଳୀ ଲୋକମାନଙ୍କ ନମ୍ବର ସହିତ ଗୋଟିଏ ଅଲଗା ପୃଷ୍ଠାରେ ଆହୁରି ଅନେକ ରହସ୍ୟଜନକ ନମ୍ବର ମଧ୍ୟ ଥିଲା ଯାହା ତାର ବନ୍ଧୁମାନେ ତାକୁ ବିଭିନ୍ନ ସମୟରେ ଦେଇଥିଲେ । ପ୍ରମୋଦ ଏଇ ତାଲିକାର ପ୍ରଥମ ନମ୍ବରଟିକୁ ମିଳାଇଲା । ସେ ପାଖରୁ କୌଣସି ଭଦ୍ରଲୋକଙ୍କ ସ୍ୱର ଆସିଲା, କାହାକୁ ଖୋଜୁଛନ୍ତି ? ପ୍ରମୋଦ କହିଲା, କମଳା ଦେବୀ। ଭଦ୍ରବ୍ୟକ୍ତି ପଚାରିଲେ, ଆପଣଙ୍କ ନାଁ? ପ୍ରମୋଦ କହିଲା, ବିନୋଦ, ବିନୋଦ ଶର୍ମା ।

ଆଚ୍ଛା, ଟିକିଏ ଅପେକ୍ଷା କରନ୍ତୁ ।

ପ୍ରମୋଦ ଅପେକ୍ଷା କଲା; କିନ୍ତୁ ଦି ମିନିଟ ପର୍ଯ୍ୟନ୍ତ କେହି କଥା ନକହିବାରୁ ସେ ଟେଲିଫୋନ କାଟିଦେବାକୁ ଯାଉଛି, ଭଦ୍ରବ୍ୟକ୍ତିଙ୍କ ସ୍ୱର ଆସିଲା, ନା, ଏଠାରେ କମଳା ଦେବୀ ବୋଲି କେହି ନାହାନ୍ତି। ସେ ଆଉ କିଛି କହିବାକୁ ଯାଉଛି, ସେପାଖରୁ ଭଦ୍ରବ୍ୟକ୍ତି ଟେଲିଫୋନ କାଟିଦେଲେ। ମନେ ମନେ ପ୍ରମୋଦ ଲୋକଟିକୁ ଅଶ୍ଳୀଳ ଗାଳିଦେଲା ଏବଂ ପରବର୍ତ୍ତୀ ନମ୍ବରକୁ ଫୋନକଲା । ସେ ନମ୍ବରରୁ କୌଣସି ଉତ୍ତର ଆସିଲାନାହିଁ । ଏ ନମ୍ବରଟି ତାକୁ କିଏ ଦେଇଥିଲା ସେ କଥା ମନେପକାଇ ସେ ତାର ସପ୍ତପୁରୁଷ ଉଦ୍ଧାର କରିବା କଥା ଭାବିଲା; କିନ୍ତୁ ଅନେକ ଚେଷ୍ଟାସତ୍ତ୍ୱେ ବି ସେ ଲୋକଟିର ନାଁ ମନେପକାଇ ପାରିଲା ନାହିଁ। ଏଥରକ

ସେ ମଝି ନମ୍ବର ସବୁ ଛାଡ଼ିଦେଇ ତାଲିକାର ଶେଷ ନମ୍ବର ମିଳାଇଲା । କିଏ ଜଣେ ସ୍ତ୍ରୀଲୋକ ଟେଲିଫୋନ ଉଠାଇ ନମ୍ବରଟିର ପୁନରାବୃଭି କଲା ଏବଂ ପଚାରିଲା, କାହାକୁ ଖୋଜୁଛନ୍ତି? ବିମଳା ଦେବୀଙ୍କୁ, କହିଲା ପ୍ରମୋଦ । ସେପାଖରୁ ଉତ୍ତର ଆସିଲା, ବିମଳା ଆଜିକାଲି ଆଉ ଏଠାରେ ନାହିଁ । ପ୍ରମୋଦ ଭାବିଲା ସ୍ତ୍ରୀଲୋକଟି ବୋଧହୁଏ ଟେଲିଫୋନ କାଟିଦେବ; କିନ୍ତୁ ଟେଲିଫୋନ ନ କଟିବାରୁ କହିଲା, ମତେ ଆପଣଙ୍କର ନମ୍ବର ମୋର ଜଣେ ବନ୍ଧୁ ଦେଇଥିଲେ । କିଏ? ସ୍ତ୍ରୀଲୋକଟି ପଚାରିଲା । ଶଙ୍କର, କାନପୁରର ଶଙ୍କର ଗୁପ୍ତା । ଗୋଟାଏ ମିଛ ନାଁ ଓ ଠିକଣା ତିଆରି କରି ପ୍ରମୋଦ କହିଲା । ସ୍ତ୍ରୀଲୋକଟି ଖାଲି କହିଲା, ହୁଁ । ପ୍ରମୋଦ ଏଥରକ ଜାଣିଲା ଯେ ସବୁ ଠିକ ଅଛି ଏବଂ କହିଲା, ମୁଁ ସଂଧ୍ୟାବେଳେ ଆପଣଙ୍କ ଆଡ଼କୁ ଆସିବାକୁ ଚାହୁଁଥିଲି । ସ୍ତ୍ରୀଲୋକ କହିଲା, କଣ କହିଲେ, କାନପୁରର ଶଙ୍କର ଗୁପ୍ତା ତ? ଠିକ ଅଛି । ପ୍ରମୋଦ ସ୍ତ୍ରୀଲୋକ ପାଖରୁ ସେ ଜାଗାର ଠିକଣା ନେଲା ଓ ସାଢ଼େ ଆଠଟା ବେଳେ ଆସିବ ବୋଲି କହିଲା ।

ଗାଧୋଇପାଧୋଇ ପୋଷାକ ପିନ୍ଧିବା ପରେ ପ୍ରମୋଦ ଦେଖିଲା ଯେ ତା ହାତରେ ଆହୁରି ଅନେକ ସମୟ ଅଛି । ଏଇ ସମୟକୁ କଟାଇବା ପାଇଁ ସେ ସୋଡ଼ା ମଗାଇଲା ଓ ବୋତଲ ବାହାର କରି ଟେବୁଲ ଉପରେ ରଖିଲା । ସୋଡ଼ା ଆସିବାରେ ଡେରି ହେଲା ଏବଂ ସେ ଠିକ କଲା ଯେ ବର୍ତ୍ତମାନ ପ୍ରତିପକ୍ଷ କମ୍ପାନୀର ଭଦ୍ରବ୍ୟକ୍ତିଙ୍କ ସହିତ କଥାବାର୍ତ୍ତା କରାଯାଇପାରେ। ସେ ତାଙ୍କର ଟେଲିଫୋନ ନମ୍ବର ମିଳାଇଲା ; କିନ୍ତୁ ଏଇ ନମ୍ବର ମିଳାଇବା ଭିତରେ ହିଁ ତାର ଇଚ୍ଛା ହେଲା ଯେ ସେ ରାତିରେ ଆଉ ତାଙ୍କ ସହିତ କଥାବାର୍ତ୍ତା ନ କରି ସକାଳେ କଥାହେବ। ସେପାଖରେ କିନ୍ତୁ ଟେଲିଫୋନ ଘଣ୍ଟି ବାଜିବାକୁ ଆରମ୍ଭ କଲା ଏବଂ ପ୍ରମୋଦ ଭାବିଲା, ଭଦ୍ରବ୍ୟକ୍ତି ଘରେ ନଥାନ୍ତେ କି ! ଦୁର୍ଭାଗ୍ୟକୁ ଭଦ୍ରବ୍ୟକ୍ତି ହିଁ ଟେଲିଫୋନ ଉଠାଇଲେ।

ମୁଁ ଭାବୁଥିଲି ଫେରିଯିବା ଧାଗରୁ ଆପଣଙ୍କ ସାଙ୍ଗରେ ଥରେ ଦେଖା ହୋଇଥିଲେ ଭଲ ହୋଇଥାନ୍ତା, ପ୍ରମୋଦ କହିଲା।

ମୁଁ ବି ସେ କଥା ଭାବୁଥିଲି । ଆପଣଙ୍କ ପାଖରେ ଆମର ଅନେକ କାମ ଅଛି ।

ଏଇ ସମୟରେ ତାର ସୋଡ଼ା ଆସି ପହଞ୍ଚିଲା। କିଛି ନ ଭାବି ନ ଚିନ୍ତି ପ୍ରମୋଦ କହିଲା, ଆପଣ ଯଦି ମୋ ସାଙ୍ଗରେ ଗୋଟାଏ ଡ୍ରିଙ୍କ ପାଇଁ ଆସନ୍ତେ ଭଲ ହୁଅନ୍ତା। ଏକଥା କହିସାରି ପ୍ରମୋଦ ନିଜର ଚିତ୍ତାଶୂନ୍ୟତା ପାଇଁ ଅନୁତାପ କଲା ଏବଂ ଆଶା କଲା ଯେ ଭଦ୍ରବ୍ୟକ୍ତି ଆସିବାକୁ ମନା କରିଦେବେ। ସେ କିନ୍ତୁ ହଠାତ୍ ରାଜି ହୋଇଗଲେ।

ପରିସ୍ଥିତିକୁ ବର୍ତ୍ତମାନ ହାତକୁ ନେଇ ପ୍ରମୋଦ କହିଲା, ଠିକ ଅଛି। ମୁଁ ଟିକିଏ କାମରେ ବାହାରକୁ ଯାଉଛି; ନଟା ସାଢ଼େନଟା ଭିତରେ ଫେରିଆସିବି । ଆପଣ ସେତିକିବେଳକୁ ଆସନ୍ତୁ। ଏତିକି କହିସାରି ପ୍ରମୋଦ ଜାଣିଲା ଯେ ଭଦ୍ରବ୍ୟକ୍ତି ଏ କଥାରେ ବି ରାଜି ହୋଇଯିବେ। ସେଥିପାଇଁ ସେ ତାଙ୍କୁ କଥା କହିବାର ଅବସର ନଦେଇ କହିଲା, ଆପଣଙ୍କର ଡେରି ହୋଇଯିବ, ନା? ତେବେ ଏମିତି କରିବା, ସପ୍ତାହକ ପରେ ମୁଁ ପୁଣିଥରେ ଆସୁଛି। ସେତିକିବେଳେ ନିଶ୍ଚୟ ଦେଖାହେବ। ପୂରା ସଂଧ୍ୟାବେଳର ପ୍ରୋଗ୍ରାମ ରଖିବା ।

ଭଦ୍ରବ୍ୟକ୍ତି କହିଲେ, ଠିକ ଅଛି । ଆପଣଙ୍କ ସାଙ୍ଗରେ ଆଜି ସକାଳେ ଯେଉଁ କଥାବାର୍ତ୍ତା ହୋଇଥିଲା, ସେ କଥା ମନେରଖିଥିବେ । ଆପଣ ଯାହାସବୁ ସର୍ତ୍ତ ରଖିବେ, ସବୁ ଆମର ମଞ୍ଜୁରୀ। ପ୍ରମୋଦ କହିଲା, ନିଶ୍ଚୟ ନିଶ୍ଚୟ ଏବଂ ଟେଲିଫୋନ କାଟିଦେଲା।   ମନେ ମନେ ଠିକ କଲା ଯେ ଭବିଷ୍ୟତରେ ଆଉ ତରତର ହୋଇ ଏଭଳି କାହା ସାଙ୍ଗରେ କଥାବାର୍ତ୍ତା କରି ନିମନ୍ତ୍ରଣ ଦେବନାହିଁ। ତେବେ ଭଦ୍ରବ୍ୟକ୍ତିଙ୍କ ସାଙ୍ଗରେ ତାର କାମ ଥିଲା ଏବଂ ଯଦିଓ ସେ ନିଜର କମ୍ପାନୀ ସହିତ ବିଶ୍ୱାସଘାତକତା କରୁଥିଲା, ସେ ଜାଣିଥିଲା ଯେ ବ୍ୟବସ୍ଥାଟି ତା ପାଇଁ ଅତ୍ୟନ୍ତ ଲାଭଜନକ ହେବ।

ଯାହାହେଉ, ସେ ଠିକ କଲା। ଏସବୁ ଚିନ୍ତା ଛାଡ଼ି ସେ ପାନୀୟରେ ମନ ଦେବା। କିନ୍ତୁ ଭଦ୍ରବ୍ୟକ୍ତି ଜଣକ ତାକୁ ସେଦିନ ସକାଳେ ଦେଇଥିବା ଲୋଭନୀୟ ଓ

ଅସାଧୁ ପ୍ରସ୍ତାବକୁ ସେ ମନଭିତରୁ ଦୂର କରି ପାରିଲା ନାହିଁ । ଏ ପ୍ରସ୍ତାବରେ ମାସିକ ତାର କେତେ ଅର୍ଥାଗମ ହେବ ଓ ତାକୁ ସେ କିପରି ପରିବାର ପାଇଁ ଖର୍ଚ୍ଚ କରିବ, ସେ କଥା ମନେ ମନେ ହିସାବକଲା । ପାନୀୟ ଏବଂ ଆର୍ଥିକ ଲାଭର ସମ୍ଭାବନା ତା ମନରେ ଏକ ଅଭୁତ ସ୍ଫୁର୍ତ୍ତି ଆଣିଦେଲେ ଏବଂ ସେ ସଂଧ୍ୟାବେଳର ଠିକଣା କୁ ଯିବାର ପ୍ରସ୍ତୁତି ଆରମ୍ଭକଲା ।

ତାର ବ୍ରିଫକେସରେ ବେଶ କିଛି ଟଙ୍କା ଥିଲା ଏବଂ ତାକୁ ସେ ହୋଟେଲର କୋଠରୀରେ ଛାଡ଼ିଦେଇ ଯିବାକୁ ଚାହୁଁନଥିଲା । ତାକୁ ଏ କଥା ମଧ ଜଣାନଥିଲା, ତାର ଗନ୍ତବ୍ୟସ୍ଥଳ ନିରାପଦ କି ନା । ଶେଷରେ ସେ ଭାବିଲା, ଟଙ୍କାସବୁ ନେଇ ଭିତର ପକେଟରେ ରଖିବ; କିନ୍ତୁ ଏତେଗୁଡ଼ାଏ ଟଙ୍କା ପାଇଁ ପକେଟର ଜାଗା ହେଲା ନାହିଁ। ଶେଷରେ ବ୍ରିଫକେସକୁ ସାଙ୍ଗରେ ନେବାପାଇଁ ନିଷ୍ପତ୍ତି କଲା ଓ ତା ଭିତରେ ଅଧା ହୋଇଯାଇଥିବା ବୋତଲଟିକୁ ବି ରଖିଲା । ବ୍ରିଫକେସର ଚାବି ବନ୍ଦ କରି ସେ ବାହାରକୁ ଆସି ଟ୍ୟାକ୍ସି ନେଲା ଏବଂ ସେ ଜାଗାର ଠିକଣା ଦେଲା। ସେଠାରେ ସେ ଓହ୍ଲାଇଲା ଠିକ ସାଢ଼େ ଆଠଟାରେ ଏବଂ ଏତେ କାର୍ଯ୍ୟବ୍ୟସ୍ତତା ଭିତରେ ସେ ସମୟାନୁବର୍ତ୍ତିତାକୁ ଜଗି ରଖିପାରିଥିବାରୁ ନିଜକୁ ପ୍ରଶଂସା କରିବାକୁ ମଧ ଭୁଲିଲା ନାହିଁ ।

ଠିକଣା ଜାଗାଟି ଅନ୍ଧକାରାଚ୍ଛନ୍ନ ଥିଲା ଏବଂ ପ୍ରମୋଦକୁ ବିଷାଦପୂର୍ଣ୍ଣ ବୋଧ ହେଲା। ବାରଣ୍ଡାରେ ବସିଥିବା ଜୀର୍ଣ୍ଣଶୀର୍ଣ୍ଣ ଓ କାଶୁଥିବା ଲୋକଟି ଘରଟିର ସାମଗ୍ରିକ ବିଷଣ୍ଣତାକୁ ଆହୁରି ବଢ଼ାଇ ଦେଉଥିଲା। ତାକୁ ଆସିବାର ଦେଖି ଲୋକଟି ଚଉକିରୁ ଉଠି ତାକୁ ନମସ୍କାର କଲା ଓ ବସିବାକୁ ଆର ଚଉକିଟି ଦେଖାଇଲା । ପ୍ରମୋଦ ବସିବାରୁ ଲୋକଟି କହିଲା, ଆପଣଙ୍କୁ ଟିକିଏ ଅପେକ୍ଷା କରିବାକୁ ହେବ; ଭିତରେ ଲୋକ ଅଛନ୍ତି। ପ୍ରମୋଦ ଏ କଥା ଶୁଣି ବିରକ୍ତ ହେଲା ଓ ନିଜ ମୁହଁରୁ ବିରକ୍ତିକୁ ଲୁଚାଇବାର କୌଣସି ଚେଷ୍ଟା ନକରି ଲୋକଟି ଆଡ଼କୁ ତାଚ୍ଛଲ୍ୟର ସହିତ ଅନାଇଲା । ଲୋକଟି କିନ୍ତୁ ଅତ୍ୟନ୍ତ ଶାନ୍ତ ସ୍ୱଭବ ବର ଥିଲା ଏବଂ ପ୍ରମୋଦର ବିରକ୍ତିକୁ ଅବଜ୍ଞା କରି କହିଲା, ଏଇ ବ୍ୟକ୍ତି ଏଥର ବାହାରିଲେ ବୋଲି ଜାଣନ୍ତୁ। କଣ ଆପଣଙ୍କ ପାଇଁ

ଚା ମଗାଇବି ? ପ୍ରମୋଦ କହିଲା, ନା । ଲୋକଟି ପୁଣି ତା ଆଡ଼କୁ ବନ୍ଧୁତ୍ୱର ହାତ ବଢ଼ାଇ କହିଲା, ଆପଣ ଏଠିକି ଆଗରୁ ଆସିଥିଲେ?

ହଁ, କିନ୍ତୁ ଅନେକ ଦିନ ତଳେ । ପ୍ରମୋଦ କହିଲା ।

ଯଦି ବର୍ଷେ ଖଣ୍ଡେ ତଳେ ହୋଇଥିବ, ତାହେଲେ ମୁଁ ସେତେବେଳକୁ ନଥିବି । ମୁଁ ଆସିଲି ଗଲା ମାର୍ଚ ମାସରେ । ଏ ସହରରେ ମୋର ଦେହ ବି ଭଲ ରହୁନାହିଁ ।

ପ୍ରମୋଦ ତାକୁ ଆଉ ଆମ୍ଯ଼ୀୟତା ବଢ଼ାଇବାର ଅବସର ନଦେଇ ବିରକ୍ତିମିଶା ସ୍ୱରରେ କହିଲା, କଣ, ଆଉ କେତେ ବେଳ ଅପେକ୍ଷା କରିବାକୁ ହବ?

ନା, ଏଇ ଆସିଯିବେ । ଆପଣ କଣ ଏ ଝିଅଙ୍କ ଭିତରୁ କାହାକୁ ଜାଣନ୍ତି?

ଅନେକ ଦିନ ତଳେ ଆସିଥିଲି ତ! ମୋର ଆଉ ନାଁ ମନେନାହିଁ । ଟଙ୍କାପଇସା କେତେ କଣ ...

ଆପଣ ଭିତରେ ଯାଇ ଝିଅକୁ ଦେଇଦେବେ । ଆପଣ ରାଧା ପାଖକୁ ଯାଆନ୍ତୁ । ଶାନ୍ତଶିଷ୍ଟ ଝିଅ । ଆପଣଙ୍କ ମନକୁ ପାଇବ ।

ଏଇ ସମୟରେ ଦୁଇଜଣ ଭଦ୍ରବ୍ୟକ୍ତି ଭିତରୁ ବାହାରିଲେ ଏବଂ କେଉଁଆଡ଼କୁ ନ ଅନାଇ ତରତର ହୋଇ ବାହାରକୁ ଚାଲିଗଲେ । ରୋଗା ଲୋକଟି ବହୁତ କାଶିଲା ଏବଂ ପ୍ରମୋଦକୁ ଅପେକ୍ଷା କରିବାକୁ କହି ଭିତରକୁ ଗଲା । ପ୍ରମୋଦ ମନେ ମନେ ଲୋକଟିକୁ ଗାଳିଦେଲା ଏବଂ ଠିକ କଲା ଆଉ କେବେହେଲେ ଏଠାକୁ ଆସିବ ନାହିଁ । ସେ ଲୋକଟି ସହିତ ଖରାପ ବ୍ୟବହାର କରିବାକୁ ଚାହୁଁଥିଲା, କିନ୍ତୁ ଲୋକଟି ଏତେ ଶାନ୍ତ ସ୍ୱଭାବର ଥିଲା ଯେ ଏ କଥା ସମ୍ଭବ ନଥିଲା । ଟିକିଏ ପରେ ସେ ଆସି ପ୍ରମୋଦକୁ ଡାକି ନେଇ ଭିତରେ ଗୋଟିଏ କୋଠରୀର କବାଟ ଦେଖାଇଦେଲା ।

ପ୍ରମୋଦ ଖୁସିହେଲା ଯେ କୋଠରୀଟି ବେଶ୍ ଉଜ୍ଜ୍ୱଲ ଓ ଭିତରର ସବୁ ଜିନିଷ ପରିଷ୍କାର ପରିଚ୍ଛନ୍ନ ଥିଲା । ଖଟର ମଶାରିବାଡ଼କୁ ଆଉଜି ଠିଆହୋଇଥିବା ଝିଅଟି ମଧ ତାକୁ ସୁନ୍ଦରୀ ଓ ଶିକ୍ଷିତା ମନେହେଲା । ପୂର୍ବ ଅଭିଜ୍ଞତାମାନଙ୍କର ଆସ୍ଥା ନେଇ ସେ ପାଖ ଟେବୁଲ ଉପରେ ତାର ବ୍ରିଫକେସ ରଖ୍ଲା, ନିଜେ ଯାଇ ଖଟ ଉପରେ

ବସିଲା। ଓ ଗୋଡ଼ରୁ ଜୋତା ଖୋଲିଲା। ଝିଅଟି, ଯେ କି ଏପର୍ଯ୍ୟନ୍ତ କିଛି କଥା ନ କହି ତା ଆଡ଼କୁ ଚାହିଁ କେବଳ ଅନ୍ଧ ଅନ୍ଧ ହସୁଥିଲା, ଯାଇ ତାର ଜୋତାକୁ ଘୁଞ୍ଚାଇ ରଖିଲା ଏବଂ ତା ପାଖରେ ଆସି ବସିଲା। ପ୍ରମୋଦ ପଚାରିଲା, ତମର ନାଁ କଣ?

ରାଧା, ଝିଅ ଉତ୍ତର ଦେଲା।

ରାଧା କଣ ତମର ଭଲ ନାଁ?

ନା, ମୋର ନାଁ କ୍ଷଣପ୍ରଭା ଥିଲା; କିନ୍ତୁ ଏତେ ବଡ଼ ନାଁ ଧରି କେହି ଡାକିପାରିବେ ନାହିଁ ବୋଲି ଏଠି ଆସି ମୁଁ ରାଧା ନାଁ ରଖିଲି।

ତମେ ଏଠି କେତେଦିନ ହେଲା ଅଛ?

ଛ'ମାସ ହେଲା।

ସବୁ ମିଛ, ମନେ ମନେ ଭାବିଲା ପ୍ରମୋଦ। ରାଧା ମିଛ, କ୍ଷଣପ୍ରଭା ମିଛ, ଛ'ମାସ ବି ମିଛ। ସେ ଠିକ କଲା ଏଥରକ ସେ ପଇସାପତ୍ର କଥା ଛିଣ୍ଡାଇଦେବ। ଝିଅଟି ଯେତେବେଳେ ସେ ଆଶା କରିଥିବା ପରିମାଣରୁ କମ ଟଙ୍କା ମାଗିଲା, ପ୍ରମୋଦ ଭାବିଲା ଏଥିରେ ନିଶ୍ଚୟ କିଛି ଗୋଲମାଲ ଅଛି। କଥାଟାକୁ ପରିଷ୍କାର କରିଦବାକୁ ସେ କହିଲା, ୟାଛଡ଼ା କଣ ଆଉ କାହାରିକି କିଛି ଦବାକୁ ହବ?

ସେ ତମ ଇଚ୍ଛା; ଦେଲେ ଦବ, ନ ଦେଲେ ନାହିଁ।

ଟଙ୍କାଟା କଣ ଆଗେ ଦେଇଦେବି; ନା ପରେ?

ଯେତେବେଳେ ଦବ, ଚଳିବ।

ପ୍ରମୋଦର ମନେପଡ଼ିଲା ତାର ସବୁ ଟଙ୍କା ସେଇ ବ୍ରିଫକେସରେ ଅଛି। ସେଥିରୁ କିଛି ଟଙ୍କା ବାହାରକରି ଆଗରୁ ପକେଟରେ ରଖିଥିଲେ ହେଇଥାନ୍ତା। ସେ ହାତରୁ ଘଡ଼ିଟି ଖୋଲି ଡାକୁ ଟେବୁଲ ଉପରେ ରଖିବାର ବାହାନାରେ ବ୍ରିଫକେସର ଚାବି ଠିକ ବନ୍ଦ ଅଛି କି ନା ଏକଥା ହାତରେ ଚାଣି ପରୀକ୍ଷା କଲା। ଚାବି ବନ୍ଦ ଥିଲା। କେତେବେଳେ ସୁବିଧା ଦେଖି ତା ଭିତରୁ ସେ ଅନ୍ଧ କିଛି ଟଙ୍କା ବାହାର କରି ନବା।

ଏଥରକ ସେ ଖଟ ଉପରକୁ ଆସି ରାଧାକୁ ହାତରେ ଧରି ଗେଲ କରୁ କରୁ କହିଲା, ଏଠାରେ ପିଇବା ପାଇଁ କିଛି ମିଳିବ?

ମଗାଇବାକୁ ପଡ଼ିବ। ତୁମର କଣ ଦରକାର କହ।

ପ୍ରମୋଦ ତା ପାଖରୁ ବିଭିନ୍ନ ପାନୀୟମାନଙ୍କର ଦାମ ବୁଝି କହିଲା, ସେ ତ ଅନେକ ଦାମ!

ହଁ, ସେ କଥା ଠିକ। ବର୍ତ୍ତମାନ ତ ଦୋକାନସବୁ ବନ୍ଦ। ଚୋରାରେ ଆଣିବାକୁ ହୁଏ। ସେଇଥିପାଇଁ ଏତେ ଦାମ।

ପ୍ରମୋଦ ଭାବିଲା ରାଧା ଯଦି କିଛି ସମୟ ପାଇଁ କୋଠରୀରୁ ବାହାରିଯାନ୍ତା ସେ ତାର ଅଧା ବୋତଲ ସହିତ ଦରକାରୀ ଟଙ୍କା ବି ବାହାର କରିନିଅନ୍ତା। ସେ ଝିଅକୁ ବି ପିଇବାକୁ ଦବାକୁ ପଡ଼ିବ। ଝିଅଟା କେତେ ଭଲି ପିଇଯିବ ଓ ତାର ଦାମ ମିଶାଇଲେ ଯିବା ଆସିବା ଟ୍ୟାକ୍ସି ଭଡ଼ା ସହିତ ତାର ସର୍ବମୋଟ କେତେ ଖର୍ଚ୍ଚ ହୋଇଯାଇଥିବ, ପ୍ରମୋଦ ତାର ଏକ ହିସାବ କଲା। ଖୁବ ବେଶୀ ନୁହେଁ। ତା ଛଡ଼ା, ଯଦି ଆର କମ୍ପାନୀ ସହିତ ତାର ରାଜିନାମା ହୋଇଯାଏ, ତାହେଲେ ଏଭଳି ଖର୍ଚ୍ଚ ତାକୁ ଆଦୌ ଜଣା ବି ପଡ଼ିବ ନାହିଁ।

ପ୍ରମୋଦ କହିଲା, ସେଇଥିପାଇଁ ମୁଁ ସାଙ୍ଗରେ ବୋତଲ ନେଇକରି ଆସିଛି।

କଣ ସୋଡ଼ା ମଗାଇଦେବି? ରାଧା ପଚାରିଲା।

ଯଦିଓ ସେ ସୋଡ଼ା ଚାହୁଁଥିଲା, ରାଧାକୁ ସେ ଘରୁ ବାହାର କରିବ ସେଇ ଉଦ୍ଦେଶ୍ୟରେ କହିଲା, ନା, ଟିକିଏ ଗରମ ପାଣି ହେଲେ ଭଲ ହୁଅନ୍ତା।

ଟିକିଏ ଅପେକ୍ଷା କର। ମୁଁ ବ୍ୟବସ୍ଥା କରିଦଉଚି।

ରାଧା ବାହାରକୁ ବାହାରିଯିବାମାତ୍ରେ ପ୍ରମୋଦ ତାର ବ୍ରିଫକେସ ଖୋଲି ବୋତଲଟି ବାହାରକଲା ଏବଂ ଯେତେ ସମ୍ଭବ ସତର୍କ୍ଷଣରେ ତାର ଟଙ୍କାର ବିଡ଼ା ଭିତରୁ ରାତିପାଇଁ ଦରକାର ଟଙ୍କାକୁ ଅଲଗା କରି ପକେଟରେ ରଖ୍ଲା। ଏଥରକ ବ୍ରିଫକେସକୁ ବନ୍ଦକରି ତାର ଚାବିକୁ ନେଇ ପ୍ୟାଣ୍ଟର ଚୋରା ପକେଟରେ ରଖି ସେ ସ୍ୱସ୍ତିର ନିଃଶ୍ୱାସ ନେଲା। ଏଇଭଳି ଜାଗାରେ କେତେବେଲେ କଣ ହେବ, କିଏ ଜାଣେ?

ରାଧା ଯେତେବେଳେ ଗରମ ପାଣି ନେଇ ଭିତରକୁ ଆସିଲା, ପରୀକ୍ଷା କରିବା ଉଦ୍ଦେଶ୍ୟରେ ପ୍ରମୋଦ ତାକୁ କ୍ଷଣପ୍ରଭା ବୋଲି ଡାକିଲା। ଗରମ ପାଣି ଗ୍ଲାସକୁ ଟେବୁଲ ଉପରେ ରଖି ରାଧା ଚମକି ପଡ଼ି ତା ଆଡ଼କୁ ଅନାଇ ଛିଡ଼ାହେଲା। ତା ମୁହଁ ଉପରେ ଯେମିତି ହଠାତ୍‍ ଦୁଃଖ ଛାଇଗଲା। ଭରାଗଲାରେ ସେ କହିଲା, ଦେଖ, ଏତେ ଦିନ ପରେ ମତେ କିଏ ସେଇ ପୁରୁଣା ନାଁ ଧରି ଡାକିଲା। ମତେ ଖୁବ ଭଲଲାଗିଲା। କେମିତି ଦୁଃଖ ବି ଲାଗିଲା। ତମେ ସବୁବେଳେ ମତେ ଏର ନାଁରେ ଡାକିବ। ପ୍ରମୋଦ ମନେ ମନେ କହିଲା, ହଉ, ସେ ମିଛ ପ୍ରେମ ସବୁ ଥାଉ। ମୁଁ ଯେମିତି ରୋଜ ତୋ ପାଖକୁ ଆସୁଛି ! ଆଜି ଦିନଟା ଗଲେ ଗଲା। ମୁହଁ ଉପରେ କହିଲା, ମତେ ତମେ ଖୁବ ଭଲଲାଗୁଛ।

ରାଧା ତା ହାତରୁ ବୋତଲ ନେଇ ଗ୍ଲାସରେ ଢାଲିବାବେଳେ ପ୍ରମୋଦ ଭାବିଲା,   ଆଜି ଏ ଝିଅ ତାର ପୁରା ବୋତଲଟା ପିଇଯିବ। କିନ୍ତୁ ରାଧା ଯେତେବେଳେ ଗୋଟିଏ ମାତ୍ର ଗିଲାସରେ ଢାଲିଲା, ପ୍ରମୋଦ ତାକୁ ତାର ଗିଲାସ କାହିଁ ବୋଲି ପଚାରିଲା। ରାଧା କହିଲା ଯେ ସେ ପିଏ ନାହିଁ। ଏଥର ପ୍ରମୋଦ କହିଲା, ତମକୁ ମୋ ସାଙ୍ଗରେ ଟିଇବାକୁ ହିଁ ପଡ଼ିବା। ରାଧା କହିଲ, ଥରେ ଚାଖିଥିଲି, ମୋତେ ଭଲଲାଗିଲା ନାହିଁ। ପ୍ରମୋଦ ତାକୁ ଆଦର କରୁ କରୁ କହିଲା, ତମେ ନ ପିଇଲେ ମୁଁ ପିଇବି ନାହିଁ। ରାଧା କହିଲା, ହଉ, ମୋ ଗ୍ଲାସରେ ଗୋଟିଏ ଟୋପା ଢାଲିଦିଅ। ପ୍ରମୋଦ ତାପାଇଁ ଆଉ ଗୋଟିଏ ଗିଲାସରେ ଢାଲିଲା ଏବଂ ରାଧା ଗ୍ଲାସକୁ ହାତରେ ନବାରୁ ମନେ ମନେ କହିଲା, ପିଇବାକୁ ତ ଇଚ୍ଛା ଅଛି; ଏତେ ଭଲେଇହଉତ କାହିଁକି! ରାଧା କିନ୍ତୁ ଗ୍ଲାସକୁ ଥରେ ମାତ୍ର ଓଠରେ ଛୁଆଁଇଦେଇ ରଖିଦେଲା ଏବଂ ପ୍ରମୋଦର ଗ୍ଲାସ ଖାଲି ହେବାରୁ ନିଜ ଗ୍ଲାସରୁ ସବୁତକ ନେଇ ପ୍ରମୋଦର ଗ୍ଲାସରେ ଢାଲିଦେଲା।

ପ୍ରମୋଦ କହିଲା, ଟଙ୍କାଟା ଏଡବ ଦେଇଦଉଚି। ରାଧା କହିଲା, ସେଥିପାଇଁ ଏତେ ବ୍ୟସ୍ତ କାହିଁକି? ଟିକିଏ ଆରାମ କରି ବସ। ତମର ଗ୍ଲାସଟା ସରୁ ଆଗେ।

କଣ ତମ ପାଇଁ କିଛି ଖାଇବାର ମଗାଇଦେବି? ପ୍ରମୋଦ ଜାଣିଲା ଏ ବି କିଛି ଟଙ୍କା ଆଦାୟ କରିବାର ଫଦି । କହିଲା, ନା, ଦରକାର ନାହିଁ।

ରାଧା ପଚାରିଲା, ତମ ନାଁ ତ ମତେ କହିଲ ନାହିଁ? ଏଭଳି ସ୍ତ୍ରୀଲୋକଙ୍କୁ ନିଜର ଠିକଣା ଦେବା ଉଚିତ ନୁହେଁ। ସେ ବିନୋଦ ଶର୍ମା ବୋଲି କହିବାକୁ ଯାଉଚି, ତାର ମନେପଡ଼ିଲା ଯେ ତା ହାତରେ ତା ନାଁର ପ୍ରଥମ ଅକ୍ଷର ଚିତାକୁଟା ହୋଇ ଲେଖାହୋଇଛି। ଯଦିଓ ରାଧା ପକ୍ଷରେ ସେକଥା ଦେଖିବା ସମ୍ଭବ ନଥିଲା, ପ୍ରମୋଦ କହିଲା, ମୋ ନାଁ ପ୍ରକାଶ।

ତମେ କଣ ଏହି ସହରରେ ରହ? ନା, ମୁଁ ବାହାରୁ ଆସିଛି। ମଝିରେ ମଝିରେ ଏଠିକି ଆସେ।

ପ୍ରମୋଦ ଏଥର ତାର ଜାମା ଖୋଲିଲା ଆଉ ପକେଟରୁ ଟଙ୍କା ବାହାର କରି ତାକୁ ଦୁଇଥର ଠିକ ଭାବେ ଗଣି ରାଧା ହାତକୁ ଦେଲା। ରାଧା ତାକୁ ସେମିତି ନେଇ ଟେବୁଲ ଉପରେ ରଖିଦେଇ କହିଲା, ଏଥରକ ଆଲୁଅ ଲିଭାଇ ଦେଉଚି? ପ୍ରମୋଦ କହିଲା, ହଉ।

ପ୍ରମୋଦ ଆଖି ଖୋଲିଲା କୋଠରୀର ଅନ୍ଧାର ଭିତରେ। ଘଡ଼ି ଦେଖିଲା, ସାଢ଼େ ଏଗାରଟା। କେମିତି ଏକ ଅଜ୍ଞାତ ଭୟ ତା ମନକୁ ଛୁଇଁଲା। ତାର ମନେହେଲା ତାର ଏତେଗୁଡ଼ାଏ ଟଙ୍କାଥିବା ବ୍ରିଫକେସ ଆଉ ସେଠାରେ ନାହିଁ। କିନ୍ତୁ ଆଖି ଅନ୍ଧାରରେ ଅଭ୍ୟସ୍ତ ହୋଇଯିବାରୁ ସେ ଦେଖିଲା ଯେ ବ୍ରିଫକେସ ଆଗଭଳି ଟେବୁଲ ଉପରେ ଥିଲା। ରାଧା ତା ପାଖରେ ଶୋଇଥିଲା। ତାକୁ ଉଠିବାର ଦେଖି ରାଧା ଯାଇ ଆଲୁଅ ଜଳାଇଲା। ପ୍ରମୋଦ ପୋଷାକପତ୍ର ପିନ୍ଧିଲା, ବ୍ରିଫକେସ ଖୋଲି ତାର ଟଙ୍କା ସବୁ ଠିକ ଅଛି କି ନାହିଁ ଅନ୍ଦାଜ ଲଗାଇଲା ଓ ସେଥରେ ବଳକା ବୋତଲଟିକୁ ରଖିଲା। ସେ କୋଠରୀରୁ ବାହାରିବାବେଳେ ରାଧା ନିଦ ନିଦ ଆଖିରେ ତା ଆଡ଼କୁ ଅନାଇ କହିଲା, ପୁଣି ଆସିବା। ତାର କାନ୍ଧକୁ ଟିପି ଦେଇ ପ୍ରମୋଦ କହିଲା, ହଁ, କ୍ଷଣପ୍ରଭା!

ବାହାରେ ସେଇ ରୋଗା ଲୋକଟି ଚଉକିରେ ବସି ଝୁଲାଉଥିଲା। ପ୍ରମୋଦକୁ ଦେଖି ହଠାତ୍ ଉଠି ଠିଆହେଲା। ଓ କହିଲା, କଣ, ସବୁ ଠିକ ଥିଲା ତ? ମୁଁ କହୁ ନଥିଲି, ରାଧା ଭଲ ଝିଅ ବୋଲି? ପ୍ରମୋଦ ଜାଣିଲା ଲୋକଟା କିଛି ଟଙ୍କା ନବା ମତଲବରେ ଅଛି। ତାକୁ ଆଉ କିଛି କହିବାର ଅବସର ନଦେଇ କହିଲା, ଯାଅ, ଗୋଟାଏ ଟ୍ୟାକ୍ସି ଡାକିଦିଅ ।

ନିଜ ହୋଟେଲର କୋଠରୀକୁ ଆସି ପ୍ରମୋଦ ପ୍ରଥମେ ବ୍ରିଫକେସ ଖୋଲି ତାର ଟଙ୍କାକୁ ଗଣିଲା। ଟଙ୍କା ଠିକ ଥିଲା। ବର୍ତ୍ତମାନ ତାର ନିଦ ଭାଙ୍ଗିଯାଇଥିଲା ଏବଂ ସେ ଠିକ କଲା ଯେ ସେ ନିଜ କମ୍ପାନୀ ପାଇଁ ସେଦିନ କାମର ରିପୋର୍ଟ ଲେଖିବ । ରିପୋର୍ଟ ଲେଖୁ ଲେଖୁ ସେ ଅନ୍ୟ କମ୍ପାନୀ ପାଇଁ କି ସର୍ତ୍ତରେ କାମ କରିବ, ତାର ମୋଟାମୋଟି ହିସାବ କଲା । ଏଇ ସମୟରେ ତାର ରାଧା କଥା ମନେପଡ଼ିଲା ଓ ସେ ମନେ ପକାଇଲା ଯେ ଝିଅଟି ଭଲ ସ୍ୱଭାବର ଥିଲା। କିନ୍ତୁ ସେ ପୁଣି ନିଜକୁ ସଂଶୋଧନ କଲା, ଯାହାର ଚରିତ୍ର ଠିକ ନାହିଁ, ତାର ଭଲ ସ୍ୱଭାବ ହେବ ବା କିପରି?

କର୍‌ଫ୍ୟୁ

ଶିବରାଜ ଯଦିଓ ତାକୁ ରାତି ଆଠଟାବେଳେ ଆସିବାକୁ କହିଥିଲା, କାଳିଦାସ ତା ହୋଟେଲରେ ପହଞ୍ଚିଗଲା ସାଢ଼େ ଛ'ଟାରେ । ଏତେ ଜଲଦି ଆସିବାର ବାହାନା ଥିଲା ଯେ ରାତିରେ ତାକୁ ଆସିବାକୁ ଅସୁବିଧା ହେବ । କିନ୍ତୁ ପ୍ରକୃତପକ୍ଷରେ ସେ ଆଗରୁ ଆସିଯାଇଥିଲା, କାରଣ ତା ହାତରେ ଆଉ କିଛି କାମ ନଥିଲା ଏବଂ ସେ ଶିବରାଜ ସହିତ କିଛି ସମୟ ଏକାକୀ କଥାବାର୍ତ୍ତା କରିବାକୁ ଚାହୁଁଥିଲା । ସେ ପହଞ୍ଚିଲାବେଳକୁ ଶିବରାଜ ବସି ଚା ପିଉଥିଲା । ତାକୁ ଚା ଯାଚିବାରୁ କାଳିଦାସ କହିଲା, ସନ୍ଧ୍ୟା ପାଞ୍ଚଟା ପରେ ମୁଁ ଆଉ ଚା ପିଏ ନାହିଁ ।

ତାହେଲେ ତମକୁ ଅପେକ୍ଷା କରିବାକୁ ପଡ଼ିବ, କାରଣ ରାତିର ବ୍ୟବସ୍ଥା ନୀଳମ ହାତରେ । ନୀଳମ ବର୍ତ୍ତମାନ ବାଥରୁମକୁ ଗଲା; ଘଣ୍ଟାଏ ଆଗରୁ ତାର ବାହାରିବାର ଆଶା ନାହିଁ ।

ନୀଳମ କିଏ? ସେଥର ଯୋଉ ଆକ୍ଟ୍ରେସ ତମ ସାଙ୍ଗରେ ଆସିଥିଲା; ମତେ ଚିହ୍ନା କରେଇ ଦେଇଥିଲ?

ତମର ତାହେଲେ ମନେଅଛି! ତାର ଶେଷ ଫିଲ୍ମ ଦେଖିଥିଲ? ବର୍ତ୍ତମାନ ପ୍ରତି ପିକ୍ଚର ପାଇଁ ଆଠଲକ୍ଷ ନଉଚି । କାଲି ଶ୍ରୀନଗର ଯାଉଚି ସୁଟିଂ ପାଇଁ । ନୀଳମ ଅନ୍ୟ ଝିଅ; ଏଆର ଲାଇନ୍ସରେ କାମ କରେ । ଦି ଦିନ ଅଫ୍ ଡ୍ୟୁଟି ଥିଲା । ମୋ ସାଙ୍ଗରେ ଚାଲିଆସିଲା ।

ଫିଲ୍‌ମ କଥାରୁ ମୋର ମନେପଡ଼ିଲା, କାଳିଦାସ କହିଲା, ମୋର ସ୍କ୍ରିପ୍‌ଟଟା ଆରଥର ଦେଇଥିଲି, କଣ କଲ?

ମୋ ପାଖରେ ଅଛି । ମତେ ସମୟ ମିଳିଲେ ମୁଁ କୋଉ ଭଲ ପ୍ରଡ୍ୟୁସର ଦେଖି କଥାବାର୍ତ୍ତା କରିବି । ତମର କି ପ୍ରକାର ଫିଲ୍‌ମ କରିବାକୁ ଇଚ୍ଛା?

ଯୋଉଥିରୁ ମତେ ଭଲ ଟଙ୍କା ମିଳିବ ।

ଠିକ ଅଛି । ମୁଁ ଜଣେ ଭଲ ପ୍ରଡ୍ୟୁସର ଠିକ କରିଦେବି।

କାଳିଦାସ ନିଜର ହାତଘଡ଼ିକୁ ଅନାଇଲା। ସେ ପହଞ୍ଚିବାର ମାତ୍ର ପନ୍ଦର ମିନିଟ ହୋଇଥିଲା । ନା, ଆଉ ଅପେକ୍ଷା କରି ହେବ ନାହିଁ, ସେ ମନେ ମନେ ଠିକ କଲା । ଶିବରାଜକୁ କହିଲା, ମୁଁ ଆଉ ଅପେକ୍ଷା କରିପାରିବି ନାହିଁ ।

ତମେ ଯଦି ଚାହିଁବ, ମୁଁ ଏମିତି କାହାକୁ ହେଲେ ସ୍କ୍ରିପ୍‌ଟଟା ଦେଇଦେବି; କିନ୍ତୁ ତମେ ପଛରେ ପସ୍ତାଇବ ।

ମୁଁ ମୋ ସ୍କ୍ରିପ୍‌ଟ କଥା କହୁନଥିଲି; ଏଥରକ ହ୍ୱିସ୍କି ବାହାର କର ।

ଶିବରାଜ ଝରକା ଦେଇ ବାହାରକୁ ଅନାଇଲା। କହିଲା, ଏତେବେଳଯାଏ ଅନ୍ଧାର ବି ତ ହୋଇନାହିଁ!

ବୁଝିଲ, ମୁଁ ହେଲି କବି ଲୋକ, କାଳିଦାସ ଜବାବ ଦେଲା, ଯେତେବେଳେ ଭାବିଲି, ଅନ୍ଧାର ହୋଇଚାଲା ବୋଲି ଜାଣ । ମୁଁ କହିବି ରାତି ଏବଂ ସୂର୍ଯ୍ୟ ଅସ୍ତ ଯିବା

ଶିବରାଜ ଉଠି ଭିତର କୋଠରୀକୁ ଗଲା ଏବଂ ହ୍ୱିସ୍କି ଓ ସୋଡ଼ା ବୋତଲ ଆଣି କାଳିଦାସ ସାମନରେ ରଖିଲା । କାଳିଦାସ ଗ୍ଲାସରେ ବେଶ୍ ପରିମାଣରେ ହ୍ୱିସ୍କି ଢାଳିଲା, ସୋଡ଼ା ମିଶାଇଲା ଏବଂ ପ୍ରଥମ ଚୁମୁକ ନେଇ କହିଲା, ତମ କାମର ସଫଳତା ପାଇଁ, ଯଦିଓ ମୁଁ ଏଯାଏଯାଏଣ୍ତ ଜାଣେ ନାହିଁ ତମେ ଏଥରକ କୋଉ କାମପାଇଁ ଆସିଛ।

ଏଥରକ କାମଟା ବଡ଼ ଜଟିଳ। ଦି ତିନିଟା ବିଭାଗ ପାଖରେ କାମ। ତେବେ ହୋଇଯିବ ।

କାଳିଦାସ ଢକଢକ କରି ପିଇ ଅଧାଗ୍ଲାସ ଖାଲି କଲା ଆଉ କହିଲା, ମୋର ସେଇ ପୁରସ୍କାର କଥାଟା କଣ କଲ?

ମୋର ମନେଅଛି। ତେବେ ସେଥିପାଇଁ ରୀତିମତ ଯୋଜନା କରିବାକୁ ହେବ। ପ୍ରଥମେ ଖବର ନବାକୁ ହବ ବିଚାରକ କୋଉମାନେ; ଯୋଉ ଶିଳ୍ପପତି ପୁରସ୍କାର ଦେଉଚନ୍ତି, ତାଙ୍କର କୋଉ ମନ୍ତ୍ରୀଙ୍କ ପାଖରେ କାମ ଅଛି ଇତ୍ୟାଦି। ପୂରା ବର୍ଷକର ଯୋଜନା। କଣ ଆର ବର୍ଷ ପୁରସ୍କାର ପାଇଲେ ଚଲିବ ତ?

ଚଲିବ; କିନ୍ତୁ ତାଠାରୁ ଅଧିକ ଡେରିହେଲେ ମୁଁ ଆଉ ପୁରସ୍କାର ନବାକୁ ମନା କରିଦେବି। କାରଣ ମୋଠାରୁ ଆହୁରି ଅନେକ ଜୁନିଅର ଲେଖକ ସେ ପୁରସ୍କାର ପାଇ ସାରିଲେଣି।

ଏଇ ସମୟରେ ପୋଷାକପତ୍ର ପିନ୍ଧି ନୀଲିମା ବାହାରକୁ ବାହାରିଲା। ଶିବରାଜ କହିଲା, ବୁଝିଲ ନୀଲିମା, ଆମର ପରବର୍ତ୍ତୀ କାର୍ଯ୍ୟକ୍ରମ ହେଲା କାଳିଦାସକୁ ପୁରସ୍କାର ଦିଆଇବା। କିନ୍ତୁ କାଳିଦାସ, ତମେ ପୁରସ୍କାର ପାଇଲେ ମୋର କଣ ସୁବିଧା ହେବ?

ମୁଁ ପୁରସ୍କାର ପାଇଲେ ତମେ ଏଠାରେ ମତେ ଗୋଟାଏ ବଡ଼ ଅଭିନନ୍ଦନ ଦବ। ଲୋକେ ଜାଣିବେ ଯେ ତମେ ପୁରସ୍କାର ପାଇଥିବା ଜଣେ କବିକୁ ଜାଣ ଏବଂ କଳା ସଂସ୍କୃତିରେ ତମର ଅଭିରୁଚି ଅଛି।

ହୁଁ, କଥାଟା କିଛି ମନ୍ଦ ନୁହେଁ। ଏଥରକ ଚେଷ୍ଟା କରାଯାଇପାରେ। ତମେ ଟିକିଏ ବସିଥାଅ; ମୁଁ ମୁହଁହାତ ଧୋଇ ବାହାରୁଚି ଏଥର।

ଶିବରାଜ ଭିତରକୁ ଗଲାରୁ କାଳିଦାସ ନୀଲିମାକୁ ପଚାରିଲା, କଣ ଆପଣ ଭାବୁଛନ୍ତି ଏ କଥା ସମ୍ଭବ?

କାମଟା କେତେ ବଡ଼ ମୁଁ ଜାଣି ପାରୁନାହିଁ, ଟିକିଏ ଭାବି ନୀଲିମା କହିଲା, ଗୋଟାଏ ମନ୍ତ୍ରିମଣ୍ଡଳ ଭାଙ୍ଗିବାଠାରୁ କଣ ଏ କାମଟା ବେଶୀ କଷ୍ଟ?

କାଳିଦାସର ମନେପଡ଼ିଲା ଯେ ନିକଟ ଅତୀତରେ ଶିବରାଜର କୋଉ ମନ୍ତ୍ରୀଙ୍କ ସହିତ ନ ପଡ଼ିବାରୁ ସେ ପୂରା ମନ୍ତ୍ରିମଣ୍ଡଳକୁ ଭାଙ୍ଗିବାର କାରଣ

ହୋଇଥିଲା । ସେ କଣ କହିବାକୁ ଯାଉଛି, ହାତରେ ଟାଓ୍ୱେଲ ଧରି ଶିବରାଜ ଭିତରୁ ବାହାରିଲା, ଆଉ କହିଲା, ନା ବାବା ନା; ଆଉ ସେଭଳି କାମ ମୁଁ କରିବି ନାହିଁ ଟଙ୍କା ତ ଖର୍ଚ୍ଚ ହେଲା; କିନ୍ତୁ ଯେତେ ପରିଶ୍ରମ କରିବାକୁ ପଡ଼ିଲା, ସେ କଥା ଭାବିଲେ ହିଁ ମତେ ଏବେ କଷ୍ଟ ହେଉଛି । ଏ କଥା କହି ସେ ପୁଣି ଭିତରକୁ ଚାଲିଗଲା ଏବଂ କାଳିଦାସ ତାର ଗ୍ଲାସ ଉଠାଇଲା । ସାହିତ୍ୟ କ୍ଷେତ୍ରରେ ନାଁ କରିବାର ଲୋଭ ବ୍ୟତୀତ ତାର ଯୋଉ ଅନ୍ୟ ଗୋଟିଏ ମାତ୍ର ଦୁର୍ବଳତା ଥିଲା, ସେଇଟି ହେଲା ପିଇବା । ପାଖରେ ବସିଥିବା ଟିଅଟିର ଉପସ୍ଥିତିକୁ ସଂପୂର୍ଣ୍ଣ ଅବଜ୍ଞା କରି କାଳିଦାସ ତାର ଗ୍ଲାସରେ ମନ ଦେଲା ।

କିଛି ସମୟ ପରେ ନୀଳିମା ଯେତେବେଳେ ତାକୁ ସମୟ କେତେ ହୋଇଛି ବୋଲି ପଚାରିଲା, କାଳିଦାସ ଘଡ଼ି ଦେଖ୍ୟ ତାକୁ ସମୟ କହିଲା ଏବଂ ତାର ମନେପଡ଼ିଲା ଯେ ଅନ୍ତତଃ ଭଦ୍ରତା ଖାତିରରେ ତାର ପଚାରିବା ଉଚିତ ଟିଅଟି ପିଇବ କି ନା । ନୀଳିମା କିନ୍ତୁ ପିଇବାକୁ ମନାକଲା । କାଳିଦାସକୁ ପଚାରିଲା, ଆଜି ସହରର ଅବସ୍ଥା କେମିତି?

ଏ ସହରର କେତେବେଳେ କଣ ହେଉଟି ଜାଣିବା ମୁସ୍କିଲ । ତେବେ କାଲି ସକାଳ ଖବରକାଗଜରୁ ମୃତାହତଙ୍କ ସଂଖ୍ୟା କେତେ ଜଣାପଡ଼ିବ ।

ଆପଣମାନଙ୍କର କିଛି ଅସୁବିଧା ହେଉନାହିଁ ଏ ଗଣ୍ଡଗୋଳ ଭିତରେ?

ଆପଣମାନେ ଯେମିତି ଆକାଶରେ ଉଡ଼ୁଛନ୍ତି, ଆମେମାନେ ବି ସେମିତି ଗୋଟାଏ ପ୍ରକାରର ସାମାଜିକ ଆକାଶରେ ଉଡ଼ୁଛୁ ବୋଲି ଜାଣନ୍ତୁ । ତଳେ ରାସ୍ତାରେ କଣ ସବୁ ହେଉଛି, ତା ସହିତ ଆମର ସଂପର୍କ ନାହିଁ । କଥାକୁ ସାମାନ୍ୟ କବିତ୍ୱ ଦେଇ କହିଲା କାଳିଦାସ ।

ଏଇ ସମୟରେ ବେଲ ବାଜିଲା ଓ ନୀଳିମା ଯାଇ କବାଟ ଖୋଲିଲା । ଭଦ୍ରବ୍ୟକ୍ତି ଭିତରକୁ ଆସି ନିଜର ପରିଚୟ ଦେଲେ, ମୋ ନାଁ ତ୍ରିଲୋକନାଥ ।

ବସନ୍ତୁ, ନୀଳିମା କହିଲା, ପାଞ୍ଚମିନିଟ ଭିତରେ ଶିବରାଜ ବାହାରିବେ । ଆପଣ ସ୍ୱାସ୍ଥ୍ୟ ବିଭାଗର ସେକ୍ରେଟାରୀ, ନା?

ନା, ରସାୟନ ବିଭାଗ। ଆପଣ କେମିତି ଜାଣିଲେ?

ମୁଁ ହଁ ତ ସକାଳୁ ଟେଲିଫୋନରେ ସମସ୍ତଙ୍କୁ ଶିବରାଜ ସହିତ କଥାବାର୍ତ୍ତା କରାଇଥିଲି! ଆପଣ କଣ ପିଇବେ?

ନିଜର ଘଡ଼ିକୁ ଦେଖ୍ ତ୍ରିଲୋକନାଥ କିଛି ସମୟ କଣ ଭାବିଲା, ଯେପରିକି ସେ ସେଦିନର ସଂଧ୍ୟାର ପ୍ରଥମ ପାନୀୟ ନେବାର ଏକ ଶୁଭ ମୁହୂର୍ତ୍ତ ନିର୍ଣ୍ଣୟ କରୁଛି। କହିଲା, କଣ ଅଛି?

କୋଠରୀର ବସିବା ଭାଗକୁ ଶୋଇବା ଭାଗରୁ ପୃଥକ କରୁଥିବା ପର୍ଦ୍ଦାକୁ ସାମାନ୍ୟ ଟାଣିଦେଇ ନୀଳମ ତାଙ୍କୁ ଟେବୁଲ ଉପରେ ସଜ୍ଜା ହୋଇଥିବା ବୋତଲ ସବୁ ଦେଖାଇଲା। ତ୍ରିଲୋକନାଥ ଉଠି ଟେବୁଲ ପାଖକୁ ଗଲା ଏବଂ ଗୋଟି ଗୋଟି କରି ବୋତଲସବୁକୁ ପରଖିଲା। ସବୁ ପାନୀୟ ବିଦେଶୀ ଓ ଦାମିକା ଥିଲା। ଏଇ ସମୟରେ ଟାଞ୍ଜେଲ ପିନ୍ଧି ଶିବରାଜ ବାଥରୁମ ଭିତରୁ ବାହାରିଲା ଏବଂ କହିଲା, ମତେ କ୍ଷମା କରିବେ, ଏମିତି ପୋଷାକରେ ଆପଣଙ୍କ ସହିତ ହାତ ମିଳାଉଛି। ମୁଁ ଆପଣଙ୍କୁ ଗୋଟାଏ ଡ୍ରିଙ୍କ ଦେଇସାରି ପୋଷାକ ପିନ୍ଧିନେବି। କଣ ଦେବି କୁହନ୍ତୁ। ତ୍ରିଲୋକନାଥକୁ ଅମୀମାଂସିତ ଦେଖ୍ କହିଲା, ପ୍ରଥମେ ସ୍କଚ୍‌ରୁ ଆରମ୍ଭ କରନ୍ତୁ। ଖାଇବାର ଆସିଲେ ମୁଁ ଆପଣଙ୍କୁ ଭଲ ୱାଇନ ପିଆଇବି। ନୀଳମ ଗ୍ଲାସ ଭର୍ତ୍ତି କରି ତ୍ରିଲୋକନାଥ ହାତରେ ଦେଲା ଓ ସମସ୍ତେ ଆସି ପୁଣି ବସିଲେ।

ନୀଳମ କହିଲା, ସରି। ମୁଁ ପରିଚୟ କରାଇଦେବାକୁ ଭୁଲିଯାଇଥିଲି। ମିଷ୍ଟର ତ୍ରିଲୋକନାଥ, ସେକ୍ରେଟାରୀ; ପ୍ରସିଦ୍ଧ ଲେଖକ, କାଳିଦାସ।

ସାଦାସିଧା ପୋଷାକପିନ୍ଧା ଲୋକଟିକୁ ତ୍ରିଲୋକନାଥ ପ୍ରଥମେ ଜଣେ ରାଜନୀତିକ ନେତା ବୋଲି ଭାବିଥିଲା। ବର୍ତ୍ତମାନ ଲେଖକ ବୋଲି ଶୁଣି ତା ଆଡ଼କୁ ସାମାନ୍ୟ ଅବଜ୍ଞାର ସହିତ ହାତ ବଢ଼ାଇଲା ହାତମିଳାଇବା ପାଇଁ। କାଳିଦାସ ଏ ପ୍ରକାର ପ୍ରତିକ୍ରିୟା ସହିତ ଆଗରୁ ପରିଚିତ ଥିଲା। ତ୍ରିଲୋକନାଥର ହାତକୁ ଉପେକ୍ଷା କରି ସେ ତାକୁ ନମସ୍କାର କଲା। ଦୁଇ ଗ୍ଲାସ ହ୍ୱିସ୍କି ପିଇବା ପରେ ସେ ବର୍ତ୍ତମାନ ଭଲ

ମିଜାଜରେ ଥିଲା। କହିଲା, କିନ୍ତୁ ମେଘଦୂତର ଲେଖକଙ୍କ ଭଳି ପ୍ରସିଦ୍ଧ ନୁହେଁ। ତେବେ ଅନେକ ଲୋକ ମେଘଦୂତ କଣ ଜାଣନ୍ତି ନାହିଁ।

ତ୍ରିଲୋକନାଥ କହିଲା, ଆପଣ ଠିକ କହୁଛନ୍ତି। ମୁଁ ଆପଣଙ୍କ ନାଁ ଆଗରୁ ଶୁଣି ନ ଥିଲି।

କାଳିଦାସ ଜାଣିଲା ଯୁଦ୍ଧ ଆରମ୍ଭ ହୋଇଯାଇଛି। ସେ ହାରିବାର ଲୋକ ନଥିଲା; କିନ୍ତୁ କୌଶଳ ଦୃଷ୍ଟିରୁ ବର୍ତ୍ତମାନ ପାଇଁ ଚୁପ ରହିଲା। ସେ ଆସ୍ତେ ଆସ୍ତେ ପିଇ ଗ୍ଲାସ ଖାଲିକଲା ଏବଂ କହିଲା, କଣ କହିଲେ ଆପଣଙ୍କ ନାଁ? ତ୍ର୍ୟମ୍ବକନାଥ? ରସାୟନ ମନ୍ତ୍ରୀଙ୍କର ପ୍ରାଇଭେଟ ସେକ୍ରେଟାରୀ?

ତ୍ରିଲୋକନାଥ ଜାଣିଲା ଯେ ଅତି ସାଧାରଣ ଜଣାପଡୁଥିବା ପ୍ରତିପକ୍ଷ ଲୋକଟି କିଛି କମ ଜନ୍ତୁ ନୁହେଁ ଏବଂ ବସିବା ପରେ ଆମ୍ଭଗରିମା ପ୍ରତିଷ୍ଠା କରିବାର ଯୁଦ୍ଧରେ ସେ ହାରିଯାଇଛି। କାଳିଦାସ ସହିତ ସନ୍ଧି ସ୍ଥାପନ କରିବା ଉଦ୍ଦେଶ୍ୟରେ ସେ ତାର ଖାଲି ଗ୍ଲାସକୁ ଉଠାଇଲା ଓ କହିଲା, ମୁଁ ଆପଣଙ୍କ ଗ୍ଲାସ ଭର୍ତ୍ତି କରି ଆଣୁଛି। କ୍ଷମା ଦେବା ସ୍ବରରେ କାଳିଦାସ କହିଲା, ଛୋଟ। ସୋଡ଼ା। ଦୁଇ ଟୁକୁଡ଼ା ବରଫ।

ଏଇ ସମୟରେ ପୋଷାକପତ୍ର ପିନ୍ଧି ଶିବରାଜ ବାହାରକୁ ଆସିଲା ଓ ନିଜ ପାଇଁ ଗ୍ଲାସରେ ପାନୀୟ ଢାଲିଲା। କାଳିଦାସ ଘଡ଼ି ଦେଖି କହିଲା, ଆଉ କେହି ଆସିବେ ନାହିଁ ଆଠଟା ବେଳୁ କର୍ଫ୍ୟୁ ଆରମ୍ଭ ହୋଇଯାଇଥିବ।

ତ୍ରିଲୋକନାଥ କହିଲା, ମାଇଁ ଗଡ। ମୁଁ ଏକାବେଳକେ ଭୁଲିଯାଇଥିଲି। ରାତିରେ ଫେରିବା ପାଇଁ ପାସ୍ ତିଆରି କରିବାକୁ ଭୁଲିଗଲି।

ଶିବରାଜ କହିଲା, କିଛି ବ୍ୟସ୍ତ ହେବା ଦରକାର ନାହିଁ। ମୁଁ ସବୁ ବ୍ୟବସ୍ଥା କରି ଦେବି। ପୁଣି ନୀଲମକୁ ପଚାରିଲା, ଆଉ କିଏ କିଏ ଆସୁଛନ୍ତି?

ସ୍ବାସ୍ଥ୍ୟ ବିଭାଗ ସେକ୍ରେଟାରୀ, ବାଣିଜ୍ୟ ଉପମନ୍ତ୍ରୀ ଆଉ ରାମମୂର୍ତ୍ତି।

କୋଉ ରାମମୂର୍ତ୍ତି? ତ୍ରିଲୋକନାଥ ପଚାରିଲା।

ସେଇ ବିରୋଧୀ ଦଳର ନେତା । ଭାଇଙ୍କର ଅତି ଅନ୍ତରଙ୍ଗ ବନ୍ଧୁ ଥିଲୋ । ଆପଣ ତାଙ୍କୁ ଚିହ୍ନନ୍ତି? ଖୁବ ଭଲ ଲୋକ; ଚିହ୍ନାପରିଚୟ ରଖିଥିବା ଦରକାର । କେତେବେଳେ ଆପଣଙ୍କର କାମରେ ଲାଗିବ ।

ଏଇ ସମୟରେ ଫୋନ ବାଜିଲା । ଶିବରାଜ ରିସିଭର ଉଠାଇ ଟିକିଏ ସମୟ ଶୁଣିଲା ଓ କହିଲା, ଠିକ ଅଛି, ଠିକ ଅଛି । ତମର ବ୍ୟସ୍ତ ହେବା ଦରକାର ନାହିଁ । ଫୋନ ଆସିଥିଲା ଅକବର ବୋଲି ଲୋକଟି ପାଖରୁ, ଯେ କି ସେଇ ହୋଟେଲରେ ପାଖ କୋଠରୀରେ ରହୁଥିଲା ଏବଂ ଯାହାର କାମପାଇଁ ଶିବରାଜ ଏଠାକୁ ଆସିଥିଲା । ସେ ହିଁ ଶିବରାଜର ଯିବାଆସିବା ରହିବାର ବ୍ୟବସ୍ଥା କରିଥିଲା । ଶିବରାଜ ନୀଳମକୁ କହିଲା, ଯାଇ ଦେଖ ଡ୍ରିଙ୍କ ସବୁ ଠିକ ଅଛି କି ନାହିଁ । ଆଉ ଯାହା ଦରକାର ହବ ଅକବରକୁ ଖବର ଦେଇଦବ ।

ନିଜନିଜର ଗ୍ଲାସ ଭର୍ତ୍ତିକରି ପୁଣି ସମସ୍ତେ ଯେତେବେଳେ ଆସି ବସିଲେ, ଶିବରାଜ କହିଲା, ମୁଁ କାମ କଥାଟା କହିଦିଏ ପ୍ରଥମେ । ଜିନିଷଟା ହେଲା ଗୋଟାଏ କେମିକାଲ, ଯାହାକୁ ମୋର ଜଣେ ବନ୍ଧୁ ତିଆରି କରୁଛି । ଏଇଟିକୁ କିଣୁଥିଲେ ସାବୁନ କାରଖାନାମାନେ । ହଠାତ୍ ମଝିରେ ସ୍ୱାସ୍ଥ୍ୟବିଭାଗ କହିଲେ ଏଇଟି ଦେହ ପାଇଁ କ୍ଷତିକାରକ । ସେଇ ଦିନଠାରୁ କାରଖାନା ବନ୍ଦ; ଦେଢ଼ଶହ ଲୋକ ବେକାର । ମୋ ସାଙ୍ଗ ଆମେରିକା ଇତ୍ୟାଦି ବିଭିନ୍ନ ଜାଗାରୁ ସାର୍ଟିଫିକେଟ ଆଣିଛି ଯେ ଏଇ କେମିକାଲଟି ଆଦୌ କ୍ଷତିକାରକ ନୁହେଁ ।

ଆମ ସ୍ୱାସ୍ଥ୍ୟ ଲାବରେଟରୀ କଣ କହୁଛି? ତ୍ରିଲୋକନାଥ ପଚାରିଲା ।

ତାର ବ୍ୟବସ୍ଥା ହୋଇସାରିଛି । ସେମାନଙ୍କ ରିପୋର୍ଟ ଏଇ ଭିତରେ ଆସିଯିବ । ତେବେ ସେମାନେ ଏମିତି ରିପୋର୍ଟ ଦେଉଛନ୍ତି, ଯୋଉଥିରେ ସାପ ମରିବ ନାହିଁ, ବାଡ଼ି ବି ଭାଙ୍ଗିବ ନାହିଁ । ସେଥିପାଇଁ ସରକାରୀ ସ୍ତରରେ ହିଁ ଏ ବିଷୟରେ ନିଷ୍ପତି ହେବା ।

ସ୍ୱାସ୍ଥ୍ୟ ସେକ୍ରେଟାରୀ ଆସୁଛନ୍ତି ପରା! ତାଙ୍କୁ ପଚାରିବା ସେ କଣ କରିବେ ଏ ରିପୋର୍ଟ ଉପରେ ।

ମୁଁ ତାଙ୍କ ସହିତ କଥାବାର୍ତ୍ତା କରିଥିଲି; ସେ ବି ରାଜି, ଶିବରାଜ କହିଲା, ତେବେ ସେ ଅନ୍ୟଆଡୁ ସମର୍ଥନ ଚାହୁଁଛନ୍ତି । ଯଦି ରସାୟନ ବିଭାଗ ଲେଖିଦିଏ ଯେ ସେମାନେ ଏଇ କାରଖାନା କେମିତି ଚାଲିବ ସେ ବିଷୟରେ ଆଗ୍ରହୀ, ସ୍ୱାସ୍ଥ୍ୟବିଭାଗକୁ ନିଷ୍ପତ୍ତି ନେବାକୁ ସହଜ ହେବ ।

ଆମେ ଲେଖିଦେବାରେ କୌଣସି ଆପତ୍ତି ନାହିଁ । ଆମ ପାଖକୁ କମ୍ପାନୀ ପାଖରୁ କିଛି ଚିଠି ଆସିଛି?

ଶିବରାଜ ନୀଲିମକୁ ଭିତରୁ ଗୋଟାଏ ଫାଇଲ ଆଣିବାକୁ କହିଲା ଏବଂ ତା ଭିତରୁ ଗୋଟାଏ କାଗଜ ବାହାରକରି ତ୍ରିଲୋକନାଥକୁ ଦେଖାଇଲା । ଠିକ ଅଛି, ତ୍ରିଲୋକନାଥ କହିଲା, କଣ କାଗଜଟା ମୁଁ ଏବେ ରଖିନେବି?

ନା ନା; ନୋ ବିଜିନେସ ଓଭର ଡ୍ରିଙ୍କସ । ମୁଁ କାଲି ଅଫିସରେ ପହଞ୍ଚାଇଦେବି । ସେ ନୀଲିମ ହାତକୁ ଫାଇଲଟା ଫେରାଇ ଦେଇ କହିଲା, ଏଥରକ ଅନ୍ୟମାନଙ୍କୁ ଫୋନ କରି ଦେଖ କେତେବେଳେ ଆସୁଛନ୍ତି ।

ତ୍ରିଲୋକନାଥ କହିଲା, ଆପଣମାନେ ତ ଏତେ ରାଜନୀତି କଥା ଜାଣୁଛନ୍ତି, କହିଲେ, ଏ ଗଣ୍ଡଗୋଳ କେତେବେଳେ ଶେଷହେବ ।

ଶିବରାଜ ଗ୍ଲାସରୁ ଢୋକେ ପିଇ କିଛି ସମୟ ଭାବିଲା । କହିଲା, ଦେଖନ୍ତୁ, ସବୁ କିଛି ସମ୍ଭବ । ତେବେ କଥା ହଉଛି, ଆମେ ଏ ଗଣ୍ଡଗୋଳ ବିଷୟରେ କେତେ ଗଭୀର ଭାବରେ ଚିନ୍ତା କରୁଚୁ ବା ସମୟ ଦଉଚୁ; ନା କଣ କହୁଚ କାଳିଦାସ?

କାଳିଦାସ ସୋଫା ଉପରେ ଟୁଳେଇ ପଡ଼ିଥିଲା । ନିଜ ନାଁ ଶୁଣି ସେ ଆଖି ଖୋଲିଲା । ଚାରିଆଡ଼କୁ ଅନାଇ କହିଲା, ଆଉ କେହି ଆସିବା ଭଳି ଜଣା ପଡୁନାହିଁ, ଏଥର ଆମର ଫେରିବାର ବ୍ୟବସ୍ଥା କର ।

ରାସ୍ତାର କର୍ଫ୍ୟୁ, କେମିତି ଦିବ? ବରଂ ରାତିରେ ଏଇଠି ରହିଯାଅ ।

ତା ହେଁ ଭଲ, କହି କାଳିଦାସ ପୁଣି ଆଖି ବୁଜିଦେଲା । ନୀଲିମ ଭିତରୁ ଆସି କହିଲା, ଉପମନ୍ତ୍ରୀଙ୍କ ମିଟିଂ ସରିନାହିଁ, ସେ ଆସିପାରିବେ ନାହିଁ । ସ୍ୱାସ୍ଥ୍ୟ

ସେକ୍ରେଟାରୀ ନା ଅଫିସରେ ଅଛନ୍ତି, ନା ଘରେ । ଆଉ ରାମମୂର୍ତ୍ତି କହୁଛନ୍ତି, ଗାଡ଼ି ପଠାଇଲେ ଯାଇ ସେ ଆସିବେ ।

ବଡ଼ ଆସୁବିଧାରେ ପଡ଼ିଲା ମଣିଷ ! ଆଗରୁ କହିଲା ନାହିଁ, ପୁଣି ମୁଁ ଗାଡ଼ି କେମିତି ପଠାଇବି ଏ କର୍ଫ୍ୟୁ ଭିତରେ? ଆଚ୍ଛା ନୀଲମ, ଟିକିଏ ଦେଖ ତ ଏଠି ଅଖୃଳେଶ ବୋଲି ଡ଼ି.ଆଇ.ଜି. ଥିଲା ଆଜିକାଲି ଅଛି କି ନାହିଁ ।

ଫୋନରେ ବୁଝି ନୀଲମ କହିଲା, ଅଖୃଳେଶ ବର୍ତ୍ତମାନ ବି ଡ଼ି.ଆଇ.ଜି. । କିନ୍ତୁ ବର୍ତ୍ତମାନ ସହର ଭିତରେ କୋଉଠି ଜିପ ନେଇ ବୁଲୁଚନ୍ତି, କେହି କହିପାରୁ ନାହାନ୍ତି । ଶିବରାଜ କହିଲା, ପୋଲିସ କଣ୍ଟ୍ରୋଲ ରୁମ ଦିଅ। ଟେଲିଫୋନ ହାତରେ ନେଇ ସେ କହିଲା, ମୁଁ ଶିବରାଜ କହୁଛି। କଣ୍ଟ୍ରୋଲ ରୁମବାଲା ବୋଧହୁଏ ଭାବିଲା ଯେ ଜଣେ କିଏ ବିଶିଷ୍ଟ ବ୍ୟକ୍ତି ତାକୁ ପଚାରୁଛନ୍ତି, ତେଣୁ ଆଉ କିଛି କହିବା ଆଗରୁ ସେ ପରିସ୍ଥିତିର ହିସାବ ଦେଲା : ଚାରିଟି ଜାଗାରେ ଗୁଳିଚାଲିଛି, ଦୁଇଜଣ ମୃତ; ଆଠ ଜଣ ଆହତ ଲୋକ ହସପିଟାଲରେ। ଶିବରାଜ କହିଲା, ଧନ୍ୟବାଦ । ବର୍ତ୍ତମାନ ଅଖୃଳେଶକୁ କୋଉଠି ପାଇବି?

ସେ ବର୍ତ୍ତମାନ ପୁରୁଣା ଟାଉନରେ। ଓ୍ୱାରଲେସରେ କିଛି ଖବର ଦେବି?

ହଁ, ତାକୁ କହିବେ ମୋତେ ଫୋନ କରିବ । ଶିବରାଜ ତାକୁ ହୋଟେଲର ଫୋନ ନମ୍ବର ଦେଲା।

ପାଞ୍ଚମିନିଟ ଭିତରେ ଅଖୃଳେଶର ଫୋନ ଆସିଲା। ଶିବରାଜ କହିଲା, କେମିତି ଅଛନ୍ତି? ଅନେକ ଦିନ ହେଲା ଦେଖା ହୋଇ ନାହିଁ । ମୁଁ ସକାଳୁ ଖୋଜୁଚି ଆପଣଙ୍କୁ।

ମୁଁ ସାରାଦିନ ବାହାରେ ଅଛି । ଆପଣ କେତେଦିନ ରହିବେ?

ମୁଁ କାଲି ଚାଲିଯିବି। ସେଥ୍ପାଇଁ ଆଜି ରାତିରେ ଦେଖାହେବା ନିହାତି ଦରକାର । ଆପଣ ଯେମିତି ହେଲେ ଆସନ୍ତୁ । ମୁଁ ଅପେକ୍ଷା କରୁଛି ।

ଆଚ୍ଛା, ମୁଁ ଅଧଘଣ୍ଟା ପରେ ଆସିବି ।

ଯଦି କିଛି ଅସୁବିଧା ନହୁଏ, ଟିକିଏ ରାମମୂର୍ତ୍ତିଙ୍କୁ ବି ନେଇ ଆସିବେ ଆସିବା ବେଳେ । ହଁ, ସେଇ ବିରୋଧୀ ଦଳର । ମୋର ଖୁବ ବିଶେଷ ବନ୍ଧୁ । ନା, କିଛି ଅସୁବିଧା ନାହିଁ ତାକୁ ନେଇଆସିବାରେ; ବରଂ ଆପଣଙ୍କର ସୁବିଧା ହେବ ମୁଁ ଅପେକ୍ଷା କରୁଛି ଆପଣ ଦୁହିଁଙ୍କୁ ।

ସେମାନେ ଆସି ପହଞ୍ଚିଲେ ଚାଳିଶ ମିନିଟ ପରେ । କାଳିଦାସ ଏ ଭିତରେ ଗୋଟାଏ ନିଦ ଶୋଇ ପୁଣି ଉଠିସାରିଥିଲା । ଭିତରକୁ ଆସି ରାମମୂର୍ତ୍ତି କହିଲେ, ଶିବରାଜ, ତମେ ଓସ୍ତାଦ ଲୋକ ବୋଲି ଆଜି ଜାଣିଲି । ମତେ ଧରିଆଣିବାକୁ ଖୋଦ ଡି.ଆଇ.ଜି.ଙ୍କୁ ପଠାଇଦେଲ। ସମସ୍ତଙ୍କୁ ପରିଚୟ କରାଇଦେଇ ଗ୍ଲାସରେ ହ୍ୱିସ୍କି ଢାଲୁ ଢାଲୁ ଶିବରାଜ କହିଲା, ଆପଣ ଜାଣନ୍ତି ରାଜନୀତିରେ ପଶିଥିଲେ ମୁଁ ଯାଇ କୋଉଠି ପହଞ୍ଚି ସାରନ୍ତିଣି । ଭାଇ ମରିଯିବା ପରେ ମୁଁ ନିର୍ବାଚନ ନ ଲଢ଼ି ଭାଉଜଙ୍କ ପାଇଁ ସିଟ ଛାଡ଼ିଦେଲି । ସେ ବର୍ତ୍ତମାନ ପାର୍ଲାମେଣ୍ଟରେ ପହଞ୍ଚିଲେଣି । ମୁଁ ଚାହିଁଥିଲେ ଭାଇଙ୍କ ଭଳି ଅତ୍ତତଃ ମନ୍ତ୍ରୀ ତ ହୋଇପାରିଥାନ୍ତି ! କିନ୍ତୁ ଭାବିଲି, କିଏ ଏ ରାଜନୀତିର ଝମେଲାରେ ପଶିବ ।

ରାମମୂର୍ତ୍ତି କହିଲେ, ତମେ ସେଥର ମତେ ଯୋଉ ଚିଠି ଲେଖିଥିଲ, ସେ କାମଟା ହେଲା କି ନାହିଁ ? ମୁଁ ମନ୍ତ୍ରୀଙ୍କୁ କହିଦେଇଥିଲି ।

ଶିବରାଜ କହିଲା, ମୁଁ ତାପରେ ଆପଣଙ୍କୁ ଚିଠି ଲେଖି ନଥିଲି? କାମ ନ ହୋଇ କୁଆଡ଼େ ଯାଆନ୍ତା । ମୁଁ କାଲି ସକାଳେ ଆପଣଙ୍କୁ ସେ ବିଷୟରେ କହିବି ।

ଏଇ ସମୟରେ ଅଖିଲେଶ ପାଇଁ ଫୋନ ଆସିଲା । ତିନି ଆଉ ହ'? ଠିକ ଅଛି; ଛ'ଜଣକୁ ହସପିଟାଲ ପଠାଇବାର ବ୍ୟବସ୍ଥା କର । ଅଖିଲେଶ ଘଡ଼ି ଦେଖିଲା ଆଉ କହିଲା, ମତେ ବାରଟାବେଳେ ପୁଣି ଥରେ ଫୋନ କରିବ ।

ଶିବରାଜ କହିଲା, ନୀଳମ, ଡିନର ପାଇଁ ଖବର ଦେଇଦିଅ । ତା ପରେ ତମେ ଆସି ଆମ ପାଖରେ ବସ । ଆଜି ବହୁତ କାମ କଲଣି । ନୀଳମ ଶିବରାଜ ପାଖକୁ ଆସି ଚୁପଚୁପ କରି କହିଲା, ଅକବର ଆସିବାକୁ ଚାହୁଁଥିଲା। ତାକୁ ପାଖରେ ବସାଇ ଶିବରାଜ କହିଲା, ଆଉ ବର୍ତ୍ତମାନ କାମ ବିଷୟରେ କୌଣସି କଥାବାର୍ତ୍ତା

ହେବ ନାହିଁ। ସେ ନିଜେ ନିଜର ଏ ଉପଦେଶ ପାଳନ କଲାଭଳି ରାମମୂର୍ତ୍ତିଙ୍କୁ ଅନାଇ ପଚାରିଲା, ଆପଣଙ୍କର ଝିଅ ଯେ ଆମେରିକାରେ ପଢୁଥିଲା, ତାର ଖବର କଣ?

ଏହାପରେ ସତକୁସତ ସମସ୍ତେ ନିଜ ନିଜର କାମ କଥା ଭୁଲିଗଲେ। ନୀଳମ ଉଠିଯାଇ ନିଜର ସଂଧ୍ୟାର ପ୍ରଥମ ଡ୍ରିଙ୍କ ଢାଲି ହାତରେ ଗ୍ଲାସ ଧରି ଆସି ସେମାନଙ୍କ ପାଖରେ ବସିଲା। କାଳିଦାସ ଗୋଟିଏ ନୂଆ କବିତାର ଅଧା କରିଥିବା ପଙ୍କ୍ତିଟି କଥା ଭୁଲିଯାଇ ବୋତଲ ଆଡ଼କୁ ହାତ ବଢ଼ାଇଲା। ତ୍ରିଲୋକନାଥ, ଯେ କି ନିଜର ପଦ ଓ ପ୍ରତିଷ୍ଠା ବିଷୟରେ ସବୁବେଳେ ସଚେତନ ଥିଲା, ବର୍ତ୍ତମାନ ଖୋଲାଖୋଲି ନୀଳମ ଆଡ଼କୁ ଅନାଇଲା ଏବଂ ଶିବରାଜର ଅଜ୍ଞାତରେ କିପରି ତାର ଠିକଣା, ଟେଲିଫୋନ ନମ୍ବର ହାତକରିବ ତାର ମାନସିକ ଯୋଜନା କଲା। ରାମମୂର୍ତ୍ତି ଶିବରାଜକୁ ନିଜର ପାରିବାରିକ ଭଲମନ୍ଦ ବିଷୟରେ ଅବଗତ କରାଇଲେ। ବାହାରେ କର୍ଫ୍ୟୁ ଓ ଶୀତତାପ ନିୟନ୍ତ୍ରିତ କୋଠରୀ ଭିତରେ ବସିଥିବା ସମସ୍ତଙ୍କୁ ସଂପୂର୍ଣ୍ଣ ଭାବରେ ଉପେକ୍ଷା କରି ଅଖିଳେଶ ଏକ କୃତସଂକଳ୍ପ ଏକନିଷ୍ଠତାର ସହିତ ନିଜର ଗ୍ଲାସରେ ମନୋନିବେଶ କଲା।

ବାର୍ତ୍ତାବେଳେ ଯେତେବେଳେ ଫୋନ ଆସିଲା, ନିଜେ ଅଖିଳେଶ ଯାଇ ଉଠାଇଲା। ଟିକିଏ ସମୟ ଶୁଣିସାରି ସେ ନିଜର ହାତଘଡ଼ି ଦେଖ୍ କହିଲା, ବାର୍ତ୍ତା ପରର ଏଇ ସଂଖ୍ୟା ସବୁକୁ ଆଜି ନୂଆ ତାରିଖର ହିସାବରେ ମିଶାଇଦିଅ।

ଲେଖକ

ହାତରେ କଲମ ଧରି, ଟେବୁଲ ଉପରେ ଥୁଆ ହୋଇଥିବା ଧଳାକାଗଜ ଆଡ଼କୁ ଅନାଇ ଚନ୍ଦ୍ରଭାନୁର ହଠାତ୍ ମନେହେଲା ଯେ ସେ ତାର ଲେଖିବା ଶକ୍ତି ସଂପୂର୍ଣ୍ଣ ହରାଇ ବସିଛି। ଜଣେ ବହୁପ୍ରସୂ ଲେଖକ ଭାବରେ ଚନ୍ଦ୍ରଭାନୁର ଖ୍ୟାତି ଥିଲା ଏବଂ ସେ ପ୍ରତିଦିନ ସକାଳୁ ଉଠି କିଛି ନ କିଛି ଲେଖିବାର ଅଭ୍ୟାସ ରଖିଥିଲା। କଲମ ଧରିଲେ ହିଁ ତା ମୁଣ୍ଡ ଭିତରେ ସୃଜନର ଏକ ଅଭୁତ ଆନ୍ଦୋଳନ ସୃଷ୍ଟି ହୋଇଯାଉଥିଲା ଏବଂ ତାର ଚିନ୍ତାଧାରାସବୁ କାଗଜ ଉପରକୁ ଓହ୍ଲାଇ ଆସୁଥିଲେ ଗଳ୍ପ ଉପନ୍ୟାସର ରୂପ ନେଇ। ସେ ଅନେକ ସମୟରେ ଭାବୁଥିଲା ଯେ ତା ମନ ଭିତରେ ଯେତେ ଚରିତ୍ର ଓ ବିଷୟବସ୍ତୁ ରହିଛନ୍ତି, ସେମାନଙ୍କୁ ରୂପ ଦେବାପାଇଁ ଦଶଟି ଜୀବନକାଳ ମଧ୍ୟ ପର୍ଯ୍ୟାପ୍ତ ହେବନାହିଁ। କିନ୍ତୁ ଆଜି ତାର କଳ୍ପନାର ସ୍ରୋତ ହିଁ ଶୁଖିଯାଇଥିଲା ଏବଂ ତାର ବନ୍ଧ୍ୟା ମନ ତାକୁ ଲେଖିବାର କୌଣସି ଉପାଦାନ ଦେଇପାରୁନଥିଲା।

ହଠାତ୍ ଏକ ଅଜଣା ଭୟ ତା ମନକୁ ଛୁଇଁଲା। ଯେ ସେ ଆଉ କିଛି ଲେଖି ପାରିବ ନାହିଁ। ଏଭଳି ଏକ ଭୟ ସେ ଅନେକ ଦିନ ତଳେ ଏକ ଯୌନ ଅସଫଳତା ପରେ ଅନୁଭବ କରିଥିଲା। ନପୁଂସକ ହୋଇଯାଇଥିବାର ଭୟାନକ ଦୁଃଖ ନେଇ ସେ ଦିନ ପରେ ଦିନ ବିଷଣ୍ଣ ଓ ନୈରାଶ୍ୟରେ କଟାଇଥିଲା। ଯଦିଓ ଅନେକ ପ୍ରଚେଷ୍ଟା ଓ ଉପଚାର ପରେ ତାର ସମସ୍ୟାର ସାମାନ୍ୟ ଉପଶମ ହୋଇଥିଲା,

ବର୍ତ୍ତମାନ ସେଇ ଅପ୍ରୀତିକର ଓ ଦୁଃଖଦ ଅନୁଭବଟି ମନେପଡ଼ି ତାକୁ ବ୍ୟାକୁଳ ଓ ଚିନ୍ତାଗ୍ରସ୍ତ କରିବାରେ ଲାଗିଲା ।

ସମସାମୟିକ ସାହିତ୍ୟ କ୍ଷେତ୍ରରେ ବେଶ୍ ଖ୍ୟାତିମାନ ଲେଖକ ଥିଲା ଚନ୍ଦ୍ରଭାନୁ । କିଛି ଦିନ ତଳେ ଏକ ସାହିତ୍ୟ ସମାରୋହରେ ତାକୁ ଯେଉଁ ମାନପତ୍ର ଦିଆଯାଇଥିଲା, ସେଇଟିକୁ ଆଣି ସେ ଆଖି ଆଗରେ ରଖିଲା । ତାର କୃତିତ୍ୱର ଏକ ସହୃଦୟ ମୂଲ୍ୟାୟନ ସହିତ ସେଥିରେ ଆଶା ପୋଷଣ କରାଯାଇଥିଲା ଯେ ଚନ୍ଦ୍ରଭାନୁ ଭବିଷ୍ୟତରେ ଆହୁରି ମହତ୍ତର କୃତିମାନଙ୍କର ସଫଳ ସ୍ରଷ୍ଟା ହେବ । ତାର ମନେପଡ଼ିଲା, କିଏ ତାକୁ କହିଥିଲା ଯେ ଅନେକ ସମୟରେ ଅଯଥା ଓ ବହୁଳ ପ୍ରଶଂସା ଲେଖକର ସୃଜନଶକ୍ତିକୁ ନଷ୍ଟ କରିଦିଏ । ତାହା ହିଁ କଣ ହେଲା ତା କ୍ଷେତ୍ରରେ? ମାନପତ୍ରରେ ଏ ଯେଉଁ ପ୍ରଶଂସା, ତା କଣ ଅତିରଞ୍ଜିତ?

ଚଉକିରୁ ଉଠି ସେ ତାର ପୁରୁଣା ଫାଇଲ ବାହାରକଲା, ଯେଉଁଥିରେ ସେ ତାର ବିଭିନ୍ନ ବହିର ସମୀକ୍ଷାର ନକଲସବୁ ରଖିଥିଲା । ସେ କାଗଜସବୁ ଓଲଟାଇଲା । ହଳଦିଆ ପଡ଼ିଯାଇଥିବା କାଗଜ ଚୁକୁଡ଼ାରେ ତାର ପ୍ରଥମ ବହିର ସମୀକ୍ଷକ ଲେଖିଥିଲେ, ଏହି ବହିଟି ଆଗାମୀ ଦଶକର ଲେଖକମାନଙ୍କ ପ୍ରତି ପଥ ପ୍ରଦର୍ଶକ ହେବ । ଚନ୍ଦ୍ରଭାନୁର ମନେପଡ଼ିଲା ଯେ ଏ ବହିଟି ପରେ ସେ ଆଉ ପଛକୁ ଚାହିଁନଥିଲା । ନିୟମିତ ଭାବରେ ସେ ଗୋଟିକ ପରେ ଗୋଟିଏ ବହି ଲେଖିଯାଇଥିଲା, ଏବଂ ତାର ସବୁ ବହିକୁ ସମାଲୋଚନାର ସ୍ୱୀକୃତି ମିଳିଥିଲା । ହଠାତ୍ ତାର ଆଖି ପଡ଼ିଲା ତଳେ ଗାର ଟଣା ହୋଇଥିବା ଗୋଟିଏ ସମୀକ୍ଷା ଉପରେ । ଏଥିରେ ଲେଖାଥିଲା, ସଙ୍କଳନର କୌଣସି ଗଳ୍ପ ଗଳ୍ପ ପଦବାଚ୍ୟ ନୁହେଁ ।

ଏଇ ଗୋଟିଏ ଧାଡ଼ି ପଢ଼ି ତାର ମନ ହଠାତ୍ ମଳିନ ପଡ଼ିଗଲା । ଯଦିଓ ଅନ୍ୟ ସବୁ ସମୀକ୍ଷାମାନ ତାର ପ୍ରଶଂସାରେ ଶତମୁଖ ଥିଲେ, ଏଇ ଗୋଟିଏ ଟିପ୍ପଣୀ ତାର ମନ ଭିତରେ ଅନେକ ପ୍ରଶ୍ନ ଜାତ କରାଇଲା । କଣ ସତରେ ଗଳ୍ପମାନେ ଗଳ୍ପ ପଦବାଚ୍ୟ ନଥିଲେ? ତାହେଲେ ଅନ୍ୟ ସମାଲୋଚକମାନେ ବହିଟି ପାଇଁ ଅନୁକୂଳ ମନ୍ତବ୍ୟ ଦେଲେ କାହିଁକି? ହୁଏତ ସେଇ ସମାଲୋଚକର ବିଷୋଦ୍‌ଗାର ମୂଳରେ

ଥିଲା କୌଣସି ବ୍ୟକ୍ତିଗତ କାରଣ? ହୁଏତ ସେଇଟି ଥିଲା ଈର୍ଷାପ୍ରଣୋଦିତ। ତଥାପି ଚନ୍ଦ୍ରଭାନୁର ମନ ସନ୍ତୁଷ୍ଟ ହେଲାନାହିଁ। ଯେଉଁ ବହିଟି ଉପରେ ଏ ଟିପ୍ପଣୀ ଥିଲା, ସେ ସେଇ ବହିଟି ବାହାର କରି ତାକୁ ପଢ଼ିବାକୁ ଆରମ୍ଭ କଲା ।

ଗୋଟିଏ ଗଳ୍ପ ସେ ମୂଳରୁ ଶେଷ ପର୍ଯ୍ୟନ୍ତ ପଢ଼ିନେଲା। ବହିଟି ପ୍ରକାଶିତ ହୋଇଥିଲା ବେଶ୍ କିଛି ବର୍ଷ ତଳେ । ଏ ଭିତରେ ସେ ଭିନ୍ନ ଶୈଳୀର ଗଳ୍ପ ଲେଖିବାକୁ ଆରମ୍ଭ କରିଥିଲା। ତେବେ ସାମାନ୍ୟ ନିର୍ଲିପ୍ତତାର ସହିତ ଗଳ୍ପଟିର ମୂଲ୍ୟାୟନ କରିବାକୁ ଚେଷ୍ଟାକଲା ଚନ୍ଦ୍ରଭାନୁ। ବର୍ତ୍ତମାନ ଯଦି ସେଇ ବିଷୟବସ୍ତୁକୁ ନେଇ ସେ ଲେଖିବାକୁ ଇଚ୍ଛା କରେ, ସେ ଏକ ଅନ୍ୟ ପ୍ରକାରର ଭିନ୍ନ ଭାଷା ଦେଇ ଗଳ୍ପ ଲେଖିବ । ହୁଏତ ଗଳ୍ପର ପରିସମାପ୍ତି ବି ସାମାନ୍ୟ ବଦଳାଇଦେବ । ସେ ନିଜେ ଗଳ୍ପଟିର ପ୍ରାରମ୍ଭ, ସଂରଚନା ଓ ବର୍ଣ୍ଣନା ପ୍ରଣାଳୀରେ ଅନେକ ତ୍ରୁଟି ଦେଖିବାକୁ ପାଇଲା । ମାତ୍ର କେତୋଟି ବର୍ଷର ବ୍ୟବଧାନରେ ଲେଖାଟି ମଳିନ ପଡ଼ିଯାଇଥିଲା । କଣ ହେବ ଆଉ କେତେ ବର୍ଷ ପରେ? ଶହେ ବର୍ଷ ପରେ କଣ କିଏ ତାର ବହିକୁ ପଢ଼ିବାକୁ ବସିବ କୌତୁହଳ କରି? ପଚାଶ ବର୍ଷ ପରେ? ପଚିଶ ବର୍ଷ ପରେ? ତାର ମୃତ୍ୟୁ ପରେ?

ତା ହେଲେ କଣ ସମାଲୋଚକର ମନ୍ତବ୍ୟରେ ଏକ ନିଷ୍ଠୁର ସତ୍ୟତା ନିହିତ? ତାର ଲେଖାସବୁ ଅସଫଳ? ଏଇ ସନ୍ଦେହ ସହିତ ଚନ୍ଦ୍ରଭାନୁର ମନ ଭିତରେ ସମାଲୋଚକର ଭୂମିକା ନେଇ ପ୍ରଶ୍ନ ଉଠିଲା। ସେ କାହାପାଇଁ ଲେଖୁଛି: ପାଠକ ପାଇଁ, ନା ସମାଲୋଚକ ପାଇଁ ? ଯେଉଁ ବହିଟିକୁ ସମୀକ୍ଷକ ଜଣକ ଏପରି ତୀବ୍ର ନିନ୍ଦା କରିଥିଲେ, ସେଇଟି ବିକ୍ରି ହୋଇଥିଲା ବେଶ୍ ସଂଖ୍ୟାରେ । ତା ହେଲେ କଣ ସେ ଭୁଲିଯିବ ସମାଲୋଚକ ଗୋଷ୍ଠୀକୁ, ସାହିତ୍ୟର ଇତିହାସକାରକୁ? ଯେତେବେଳେ ସେ ପ୍ରଥମେ ଲେଖିବାକୁ ଆରମ୍ଭ କରିଥିଲା, ପାଠକମାନଙ୍କୁ ଆଖି ଆଗରେ ରଖିଥିଲା। ସ୍କୁଲ କଲେଜରେ ପଢ଼ୁଥିବା ପିଲାମାନଙ୍କର କି ପ୍ରତିକ୍ରିୟା ହେବ ତାର ସେଇ ଗଳ୍ପଟି ପଢ଼ିବାବେଳେ? ଯୌନ ସଂପର୍କକୁ କି ପ୍ରକାର ଭାଷାରେ

ବ୍ୟକ୍ତ କଲେ ତାର ପାଠିକାମାନେ ରୁଷ୍ଟ ହେବେ ନାହିଁ? କି ପ୍ରକାର ସମନ୍ୱୟ ରଖାଯାଇପାରେ ବୋଧଗମ୍ୟ ଭାଷା ଓ ଶାସ୍ତ୍ରୀୟ ଶୈଳୀ ଭିତରେ?

କିନ୍ତୁ ଅବିଳମ୍ବେ ସମୀକ୍ଷକମାନେ ତାର ବିଚାର ପ୍ରକ୍ରିୟା ଭିତରେ ସ୍ଥାନ ନେଇ ନେଲେ। କିଛି ଲେଖ଼ି ବସିବାବେଳେ ସେ ପାଠକମାନଙ୍କ ଭିଡ଼ ଭିତରେ ଇତସ୍ତତଃ ସମାଲୋଚକମାନଙ୍କର ମୁହଁ ବି ଦେଖ଼ିବାକୁ ପାଇଲା। ସେ ଯାହା ଲେଖ଼ୁଛି, ତା ପାଠକଙ୍କୁ କେତେ ଆପ୍ୟାୟିତ କରିବ ଏ ଚିନ୍ତା ସହିତ ଯେଉଁ ଅନ୍ୟ ଚିନ୍ତା ତା ମନକୁ ଆଚ୍ଛନ୍ନ କଲା ତା ହେଲା ସମାଲୋଚକମାନେ ସାହିତ୍ୟ ଜଗତରେ ତାର କି ସ୍ଥାନ ନିର୍ଦ୍ଧାରିତ କରିବେ। ବର୍ତ୍ତମାନ ସମୀକ୍ଷାର ଛିଣ୍ଡା କାଗଜସବୁକୁ ହାତରେ ଧରି, ତଳେ ଗାର ଟଣାଯାଇଥିବା କଟୁବାକ୍ୟଟି ଆଡ଼କୁ ଅନାଇ ଚନ୍ଦ୍ରଭାନୁ ନିର୍ଣ୍ଣୟ ନେଲା ଯେ ସେ ପୁଣି ତାର ପାଠକମାନଙ୍କ ପାଖକୁ ଫେରିଯିବ। ତାର ଦାୟିତ୍ୱ କେବଳ ତାର ପାଠକମାନଙ୍କ ପ୍ରତି।

ପୁଣି ଏକ ଅନିଶ୍ଚିତତା ତାର ମନକୁ ଛୁଇଁଲା । କିଏ ତାର ସେଇ ମୁଖାକୃତିହୀନ ଅମୂର୍ତ୍ତ ପାଠକବର୍ଗ? ଗାଁରେ ଅଳ୍ପ ପାଠ ପଢ଼ି ବାହାହେବାକୁ ଅପେକ୍ଷା କରୁଥିବା ଝିଅ? ସିନେମାର ସଂସ୍କୃତିରେ ବଢ଼ିଥିବା ସହରର କଲେଜ ଛାତ୍ର ? ଅଫିସଫେରନ୍ତା କିରାନି, ବିରକ୍ତ ଗୃହକର୍ତ୍ତ୍ରୀ, ବସ୍‌ରେ ଯାଉଥିବା ମଫସଲି ଲୋକ, ଟ୍ରେନ୍‌କୁ ଅପେକ୍ଷା କରୁଥିବା ତୀର୍ଥଯାତ୍ରୀ? ପତ୍ରିକାର ସହସଂପାଦକ, ପ୍ରତିଦ୍ୱନ୍ଦୀ ଲେଖକ, କବି ହେବାର ଅଭିଳାଷ ରଖ଼ିଥିବା ଯୁବକ? ଅଥବା, କେବଳ ସେଇ ଅପରିଚିତା ଝିଅଟି ଯେ ତାକୁ ତାର ସାହିତ୍ୟିକ ଜୀବନର ପ୍ରଥମ ପ୍ରଶଂସାର ଚିଠି ଲେଖ଼ିଥିଲା। ଏ ପ୍ରଶ୍ନର ବି ସେ ନିଜକୁ କୌଣସି ସଠିକ ଉଉର ଦେଇପାରିଲା ନାହିଁ

ନିଜ ବହିରୁ ଆଉରି ଗୋଟିଏ ଗଳ୍ପ ପଢ଼ିନେଲା ଚନ୍ଦ୍ରଭାନୁ । ଏ ଗଳ୍ପଟି ତାର ମନଃପୂତ ହେଲା। ଗଳ୍ପଟି ପରିଚ୍ଛନ୍ନ, ଚିନ୍ତାପୂର୍ଣ୍ଣ ଓ ଭାବଦ୍ୟୋତକ। ସେ ନିଜର ଏକ ଅତୀତର କୃତିତ୍ୱ ପାଇଁ ନିଜକୁ ଅଭିନନ୍ଦନ ଜଣାଇଲା। ତାର କଲମ ନିଶ୍ଚୟ ଶାଣିତ ଓ ଭାବପ୍ରବଣ ଥିଲା ଏଇ ଗଳ୍ପଟି ଲେଖ଼ିବାବେଳେ । ଖାଲି କାଗଜର ପୃଷ୍ଠା ଆଡ଼କୁ ଅନାଇ ସେ ଚିନ୍ତାକଲା ସେ ଆଉ ଏଭଳି ଗଳ୍ପ ଲେଖ଼ିପାରିବ କି ନା । ଏଇ

ସୌଷ୍ଠବପୂର୍ଣ୍ଣ ରଚନଟି କଣ ସତରେ ତାରି କଳ୍ପନା ଓ କଲମ ପ୍ରସ୍ତୁତ ଥିଲା, ଏଭଳି ଏକ ଅବାନ୍ତର ସଂଶୟ ମଧ ତା ମନ ଭିତରେ ଉପୁଜିଲା।

ନିଜକୁ ଉତ୍ସାହିତ କରିବା ପାଇଁ ସେ ପୁଣି ଥରେ ମାନପତ୍ରରେ ତାର ପ୍ରଶସ୍ତିକୁ ପଢ଼ିଲା: ସମକାଳୀନ ସାହିତ୍ୟ ଜଗତରେ ଆପଣ ଜଣେ ବିଦଗ୍ଧ ସ୍ରଷ୍ଟା ଓ ଉଜ୍ଜ୍ୱଲ ଭାବପୁରୁଷ । ଆପଣଙ୍କ ସୃଷ୍ଟି ଶିଳ୍ପରେ ଆଧୁନିକ ସାହିତ୍ୟ ରଚ୍ଧିମନ୍ତ । ଜୀବନଧର୍ମୀ ମନନଶୀଳତା ଓ ମାନବିକ ଚେତନାରେ ଆପଣଙ୍କ ସୃଷ୍ଟିସମ୍ଭାର ସମୃଦ୍ଧ। ସାମ୍ପ୍ରତିକ ସାହିତ୍ୟକୁ ଆପଣ ପ୍ରଦାନ କରିଛନ୍ତି ନୂତନ ଆୟତନ ଓ ରସଘନ ରୂପସମ୍ଭାର । ଦେଖ ଚନ୍ଦ୍ରଭାନୁ, ସେ ନିଜକୁ କହିଲା, ତମେ ଆଉ ପଛକୁ ଫେରିଯାଇ ପାରିବ ନାହିଁ । ଏଇ ବିଶେଷଣମାନଙ୍କୁ ତମକୁ ଉଚିତ ଏବଂ ସଠିକ ସିଦ୍ଧ କରିବାକୁ ହିଁ ହେବ । ମାନପତ୍ର ଭାଷାରେ, ଆଗିର ସାହିତ୍ୟ ଆପଣଙ୍କ ପାଖରୁ ଆହୁରି ଅନେକ ସଫଳ ଏବଂ ଉଲ୍ଲେଖଯୋଗ୍ୟ କୃତିର ଆଶା ରଖୁଛି; ସେଥିପାଇଁ ଆପଣ ଦୀର୍ଘାୟୁ ହୁଅନ୍ତୁ ।

ତାର ବଞ୍ଚିବାର ଏକମାତ୍ର ପ୍ରୟୋଜନ ଯେପରି ସାହିତ୍ୟକୁ ସମୃଦ୍ଧ କରିବା ! କଣ ଏପରି ଅଘଟନ ହୋଇଯିବ ଯଦି ସେ ଲେଖିବା ବନ୍ଦ କରିଦିଏ। ତାର ସାହିତ୍ୟିକ ମୃତ୍ୟୁ? କିନ୍ତୁ ସେ ତ ଅନ୍ୟ ପ୍ରକାରର ଜୀବନ ବଞ୍ଚିପାରିବ। ଏଇ ମୁହୂର୍ତରେ ତାର ଉପଲବ୍ଧ୍ୟ ହେଲା ଯେ ସେ ଅନ୍ୟ ପ୍ରକାରର ଜୀବନକୁ ପଛରେ ପକାଇ ଦେଇ ଆସିଛି, ଆଉ ଫେରିବାର ଉପାୟ ନାହିଁ। ତାର ଗତି ସମ୍ଭବ କେବଳ ଆଗକୁ । ବଦ୍ଧପରିକର ହାତରେ ସେ କଲମ ଉଠାଇଲା । ଏ ଯେପରି ଲେଖନୀ ନୁହେଁ; ଏକ ଶାଣିତ ତରବାରି ଯାହାକୁ ହାତରେ ନେଇ ସେ ଜୀବନ ସଂଗ୍ରାମକୁ ଓହ୍ଲାଉଛି। ତାର ଆଗାମୀ ଗଳ୍ପ ପାଇଁ କୌଣସି ଚରିତ୍ରକୁ ଆକ୍ରମଣ କରିବ ବର୍ତ୍ତମାନ ।

କି ପ୍ରକାରର ଚରିତ୍ର? ସେ ମନେପକାଇଲା ଯେ ସେ ତାର ଲେଖକ ଜୀବନରେ ଅନେକ ପ୍ରକାରର ଚରିତ୍ରଙ୍କୁ ଆୟଉ କରିଛି। ଶିଳ୍ପୀ, ସଙ୍ଗୀତଜ୍ଞ, ମାଷ୍ଟର, ଡାକ୍ତର, ଦର୍ଜି, ଯାଦୁକର, ବେଶ୍ୟା, ବ୍ୟବସାୟୀ, ନେତା, ଅଭିନେତା, କେହି ବାଦ ଯାଇନାହାନ୍ତି । ସେ ଠିକ କଲା ନିଜଭଳି ଗୋଟିଏ ଲେଖକର ଚରିତ୍ରକୁ ସେ ବ୍ୟାଖ୍ୟା କରିବ । ଚରିତ୍ରଟିକୁ ଏକ ପ୍ରତ୍ୟକ୍ଷ ରୂପ ଦେବାପାଇଁ ସେ ତାର ନାଁ ଖୋଜିଲା ।

ଯେତୋଟି ନାଁ ତାର ମନେପଡ଼ିଲା, ସେ ନାଁସବୁ ତାର କୌଣସି ନା କୌଣସେ ଚରିତ୍ର ସହିତ ଆଗରୁ ସଂଯୋଜିତ ହୋଇ ସାରିଥିଲେ । ଚନ୍ଦ୍ରଭାନୁ ଠିକକଲା, ସେ ତାର ପୁରୁଣା ବହିସବୁରୁ ଏକ ତାଲିକା ତିଆରି କରିବ ତାର ବିଭିନ୍ନ ଚରିତ୍ରମାନଙ୍କର ନାଁ ଓ ବୃତ୍ତିକୁ ନେଇ । ସେ କାଗଜ ଉପରେ ନିକଟରେ ପଢ଼ିଥିବା ଦୁଇଟି ଗଳ୍ପର ଚରିତ୍ରମାନଙ୍କର ନାଁ ଓ ତା ପାଖରେ ଇଞ୍ଜିନିୟର, ଛାତ୍ର ଓ ଗୃହସ୍ୱାମିନୀ ଇତ୍ୟାଦି ଲେଖିଲା। ଯେଉଁ ସାଦା କାଗଜଟି ଗୋଟିଏ ନୂଆ ଗଳ୍ପ ଲେଖିବାପାଇଁ ଉଦ୍ଦିଷ୍ଟ ଥିଲା,ଚନ୍ଦ୍ରଭାନୁ ଦେଖିଲା ସେଇଟି ବର୍ତ୍ତମାନ ଗୋଟିଏ ବଜାରତାଲିକାର ରୂପ ନେଇଥିଲା। ସେ ନିଜକୁ ଏ ତାଲିକା କରିବାରୁ ନିବର୍ତ୍ତାଇଲା; କାରଣ ସେ ଜାଣୁଥିଲା ଯେ ସେ ଏ କାମଟି କରୁଛି ଗଳ୍ପ ଲେଖିବାର କଷ୍ଟସାଧ୍ୟ କାମରୁ ପଳାୟନ ପାଇଁ। କଣ ଆପତ୍ତି ଅଛି ଏକା ନାଁର ଲୋକକୁ ବିଭିନ୍ନ ବୃତ୍ତିରେ ଲଗାଇବାରେ? ସେ ନିଜେ ଏକା ନାଁର ଚାରିଜଣ ଲୋକଙ୍କୁ ଜାଣିଥିଲା ଯେଉଁମାନେ ବିଭିନ୍ନ ଅଫିସରେ ଭିନ୍ନ ଭିନ୍ନ କାମ କରୁଥିଲେ ।

ତାର କାଳ୍ପନିକ ଲେଖକ ଚରିତ୍ରର ନାଁ ସନ୍ଧାନ କରିବାକୁ ସେ ଡାଇରେକ୍ଟରୀ ଖୋଲିଲା । ଯେତେଗୁଡ଼ିଏ ନାଁ ତାର ଆଖି ଆଗରେ ପଡ଼ିଲା, କୌଣସିଟି ତାକୁ ସମୁଚିତ ଜଣାଗଲା ନାହିଁ । ନାଁ ପଛରେ ଏପରି ଅନେକ ସମୟ ବ୍ୟୟ କରିବା ପରେ ସେ ସ୍ଥିରକଲା। ସେ ସେ ଗୋଟିଏ ନିର୍ଦ୍ଦିଷ୍ଟ ପୃଷ୍ଠାକୁ ଖୋଲି ସେଥିରୁ ଯେଉଁ ହେଲେ ଗୋଟିଏ ନାଁକୁ ଗ୍ରହଣ କରିଦେବ । ଏଭଳି ପ୍ରଣାଳୀରେ ଶେଷକୁ ସେ ଅବଧୂତ ନାଁକୁ ମନୋନୀତ କଲା, ଯଦିଓ ସେ ଏଇ ନାଁଟିରେ ବିଶେଷ ସନ୍ତୁଷ୍ଟ ନଥିଲା । କାଗଜ ଉପରେ ଲେଖିଥିବା ଚରିତ୍ରତାଲିକାକୁ ସେ ଚିରି ଫିଙ୍ଗିଦେଲା ଏବଂ ଆଉ ଗୋଟିଏ ପତ୍ର ଉପରେ ପୃଷ୍ଠାଙ୍କ ଏକ ବୋଲି ଲେଖିଲା।

ଲେଖକ ପାଇଁ ପ୍ରଥମ ଧାଡ଼ିଟି ହିଁ କଷ୍ଟସାଧ୍ୟ । ଏଇଟି ଲେଖାସରିଲେ ବାକି ସବୁ ସ୍ୱଚ୍ଛଦରେ ଆପେ ଆପେ ଲେଖିହୋଇଯାଏ। ଚରିତ୍ରମାନେ କାହାଣୀଟିକୁ ଟାଣିନେଇ ଏକ ସୁନ୍ଦର ପରିସମାପ୍ତିରେ ପହଞ୍ଚାଇଦିଅନ୍ତି । ଏକଥା ଚନ୍ଦ୍ରଭାନୁକୁ ଜଣାଥିଲା; କିନ୍ତୁ ଏଇ ଅବଧୂତ ବୋଲି ଲେଖକଟି ଗଳ୍ପର ପ୍ରଥମ ଧାଡ଼ିରେ କଣ

କରୁଥିବ, ଠିକ୍ କରି ପାରିଲା ନାହିଁ ଚନ୍ଦ୍ରଭାନୁ। ପତ୍ରିକାର ସଂପାଦକଙ୍କ ସାଙ୍ଗରେ କଥାବାର୍ତ୍ତା କରୁଥିବ? ସାହିତ୍ୟ ସଭାରୁ ମାନପତ୍ର ନେଇ ଫେରୁଥିବ? ନା, ତା ଭଳି ସାଦାକାଗଜ ଆଗରେ ରଖ୍ ବସି ରହିଥିବ? ଚନ୍ଦ୍ରଭାନୁ ନିଜର ପୁରୁଣା ବହିର ଆଶ୍ରୟ ନେଲା। ଗଳ୍ପସବୁ ବିଭିନ୍ନ ଭାବରେ ଆରମ୍ଭ ହୋଇଥିଲା। ଗୋଟିଏ ଗଳ୍ପରେ ଟ୍ରେନ ଆସି ଷ୍ଟେସନରେ ପହଞ୍ଚୁଥିଲା; ଅନ୍ୟଟିରେ ସଂଧ୍ୟାବେଳୁ ବର୍ଷା ଆରମ୍ଭ ହୋଇଯାଇଥିଲା। ତୃତୀୟଟିରେ ନବବିବାହିତା ସ୍ତ୍ରୀ ଶୋଇବାଘର ଆଡ଼କୁ ଶଙ୍କିତ ପାଦ ପକାଉଥିଲା ।

ଏସବୁ ଚନ୍ଦ୍ରଭାନୁ ପାଇଁ ସହାୟକ ହେଲେ ନାହିଁ। ପ୍ରଥମ ବାକ୍ୟଟି ଲେଖିବା ହିଁ ସମ୍ଭବ ହେଲାନାହିଁ ତା ପକ୍ଷରେ। ସେ ଚଉକିରୁ ଉଠି ଛିଡ଼ାହେଲା, କୋଠରୀ ଭିତରେ ପଦଚାରଣା କଲା, ଭାବିଲା, ଆଜି ଥାଉ, କାଲି ସକାଳେ ପୁଣି ସତେଜ ମନ ନେଇ ଲେଖା ଆରମ୍ଭ କରିବି । ପୁଣି ଉପଲବଧ୍ କଲା, ଏ ଗୋଟିଏ ପ୍ରକାରର ହାର ମାନିନେବା । ନା, ଯେମିତି ହେଲେ ବି ସେ ଆଜିହିଁ ଗଳ୍ପଟିର ପ୍ରାରମ୍ଭ କରିବ । ସେ ପୁଣି ଆସି ବସିଲା, ହାତରେ କଲମ ନେଲା ଏବଂ ଲେଖିଲା : ଜୀବନର ଅପରାହ୍ନରେ ପହଞ୍ଚି ଅବଧୂତ ଉପଲବଧ୍ କଲା ଯେ ସେ ତାର ସୃଜନଶୀଳତାର ଏକ ସଂକଟପୂର୍ଣ୍ଣ ଘଡ଼ିସନ୍ଧିରେ ପହଞ୍ଚିଯାଇଛି ।

ତା ପରେ ସେ ଯେତେ ବି ଚେଷ୍ଟାକଲା ତାର ମନ ଆଉ ତା ସହିତ ସହଯୋଗ କଲାନାହିଁ ଏବଂ ସେ ଦ୍ୱିତୀୟ ବାକ୍ୟଟି ଲେଖିବାକୁ ଅସମର୍ଥ ହେଲା । ତଥାପି ସେ ଚଉକି ଉପରୁ ଉଠିଲା। ନାହିଁ ପ୍ରଥମ କାଗଜଟି ଉଠାଇ ସେ ଅନ୍ୟ ପତ୍ରମାନଙ୍କରେ ପୃଷ୍ଠାଙ୍କ ଦୁଇ ତିନି ଆଦି ଲେଖିଲା। ଅଙ୍ଗୁଳିରେ କଲମକୁ ଦୃଢ଼ଭାବରେ ଧରି ସେ ଏକାଥରକେ ଅପେକ୍ଷା କଲା ଅବଧୂତ କିପରି ନିଜକୁ ଓ ଚନ୍ଦ୍ରଭାନୁକୁ ପୃଷ୍ଠା ପରେ ପୃଷ୍ଠା ମାନସିକ ଅବରୋଧକୁ ଅତିକ୍ରମ କରାଇ ଏକ ଯୁକ୍ତିସଙ୍ଗତ ଉପସଂହାରରେ ସମାଧାନ ଆଡ଼କୁ ନେଇଯିବ।

ସ୍ୱର୍ଷ

ଅନେକ ଚେଷ୍ଟା ସତ୍ତ୍ୱେ ବି ଇନ୍ଦ୍ରନାଥ ତାକୁ ଦାରୁଣ ଆଘାତ ଦେଇଥିବା ଘଟଣାଟିକୁ ମନରୁ ଦୂର କରି ପାରିଲା ନାହିଁ। ଘଟଣାଟି ଥିଲା ଯେ, ସେ ଯେତେବେଳେ ମାଧବୀକୁ ଛୁଇଁବା ପାଇଁ ହାତ ବଢ଼ାଇଲା, ମାଧବୀ ନିଜକୁ ଘୁଞ୍ଚାଇନେଲା। ଏ କଥା ଘଟିବାବେଳେ ସେଠାରେ ଆଉ କେହି ନଥିଲେ; ମାଧବୀର ଘରେ କେବଳ ସେମାନେ ଦୁଇଜଣ ବସିଥିଲେ ଏବଂ ମାଧବୀର ଏ ପ୍ରକାର ବ୍ୟବହାରର କୌଣସି ଉପଲକ୍ଷ୍ୟ ନଥିଲା।

ମାଧବୀକୁ ଛୁଇଁବା ପାଇଁ ଇନ୍ଦ୍ରନାଥକୁ ଦୁଇବର୍ଷରୁ ଅଧିକ ସମୟ ଲାଗିଥିଲା। ଏଇ ସମୟଟି ଥିଲା ଇନ୍ଦ୍ରନାଥ ପାଇଁ ଏକ କଠୋର ସଂଯମ, ପରୀକ୍ଷା ଓ ଉଦ୍‌ବେଗର ସମୟ। ଯଦିଓ ସେ ମାଧବୀକୁ ବହୁ ବର୍ଷ ଧରି ଜାଣିଥିଲା, ତାକୁ ସେ ଅନେକ ଦିନ ପର୍ଯ୍ୟନ୍ତ ପ୍ରେମିକାଭାବରେ କଳ୍ପନା କରିନଥିଲା। ଉଭୟଙ୍କ ମଧ୍ୟରେ ସାଧାରଣ ବନ୍ଧୁତ୍ୱ ଥିଲା; ମାଧବୀ ସହିତ ନିଜର ସମ୍ପର୍କ ବିଷୟରେ ତା ମନ ଭିତରେ କୌଣସି ସଂଶୟ ବା ସଂକୋଚ ନଥିଲା ଏବଂ ସେମାନଙ୍କର ସମ୍ପର୍କ ଥିଲା ସମ୍ପୂର୍ଣ୍ଣ ସ୍ୱାଭାବିକ ଏବଂ ଜଟିଳତାରହିତ।

ମାଧବୀ ସହିତ କାମ ନେଇ ତାର ମଝିରେ ମଝିରେ ସାକ୍ଷାତ ହେଉଥିଲା ଏବଂ ସହରରୁ ବାହାରକୁ ଯିବାବେଳେ ସେ ମାଧବୀକୁ ଜଣାଉଥିଲା। ସେଥର ଯେତେବେଳେ ସେ ମାଧବୀକୁ ଟେଲିଫୋନରେ ସାତଦିନ ପାଇଁ ବାହାରକୁ ଯାଉଛି

ବୋଲି କହିଲା, ମାଧବୀ କହିଲା, ତମେ ଏତେ ବେଶି ଦିନ ପାଇଁ କାହିଁକି ବାହାରକୁ ଯାଉଛ? ତାକୁ ପରିହାସ କରି ଇନ୍ଦ୍ରନାଥ କହିଲା, ମୁଁ କୁଆଡ଼େ ଗଲେ କେହି ମତେ ମିସ୍ କରନ୍ତି ନାହିଁ, ସେଥିପାଇଁ । ମୁଁ ତମକୁ ମିସ୍ କରିବି, ହସି ହସି କହିଲା ମାଧବୀ । ତାପରେ ସେମାନେ ଅନ୍ୟ ବିଷୟରେ କଥାବାର୍ତ୍ତା କଲେ; କିନ୍ତୁ ମାଧବୀର ଏଇ କଥାଟି ଇନ୍ଦ୍ରନାଥର ମନ ଭିତରୁ ଗଲାନାହିଁ । ଟେଲିଫୋନ ରଖିଦେଇ ସେ କିଛିକ୍ଷଣ ଅବସନ୍ନ ହୋଇ ବସିରହିଲା ଏବଂ ହଠାତ୍ ମୁହୂର୍ତ୍ତରେ ଆବିଷ୍କାର କଲା ଯେ ସେ ମାଧବୀ ପ୍ରତି ଭାବପ୍ରବଣ ହୋଇଯାଇଛି । ମନେ ମନେ କହିଲା, ମାଧବୀ, ମୁଁ ତମକୁ ଭଲପାଏ ।

ସେଇ ମୁହୂର୍ତ୍ତରୁ ମାଧବୀ ତାର ମନକୁ ସମ୍ପୂର୍ଣ୍ଣ ଆଚ୍ଛନ୍ନ କରି ରଖିଲା । ଟ୍ରେନରେ ବସି ଯିବାବେଳେ, ଅନ୍ୟ ସହରରେ କ୍ଲାନ୍ତ ହୋଇ ପହଞ୍ଚିବାବେଳେ, ଅଫିସରେ ବସି ଲୋକମାନଙ୍କ ସହିତ କଥାବାର୍ତ୍ତା କରିବାବେଳେ, ରାତିରେ ନିଦ ନ ହେବା ଅବସ୍ଥାରେ ବିଛଣାରେ ପଡ଼ିରହିଥିବା ବେଳେ ମାଧବୀ ପ୍ରତିକ୍ଷଣ ତାର ମନେପଡ଼ିଲା । ସେ ଟେଲିଫୋନରେ ମାଧବୀ ସହିତ କଥା କହିବା ପାଇଁ ଚେଷ୍ଟାକଲା; କିନ୍ତୁ ଲାଇନ ମିଳିଲା ନାହିଁ । ଦିନେ ଯେଉଁଦିନ ସେ ଲାଇନ ପାଇଲା ଓ ଆରପାଖରୁ ମାଧବୀର ସ୍ୱର ଶୁଣିଲା, ତାର ଛାତିର ସ୍ପନ୍ଦନ ହଠାତ୍ ବଢ଼ିଗଲା; କିନ୍ତୁ କିଛି କଥା ନକହି ସେ ଟେଲିଫୋନକୁ ତଳେ ରଖିଦେଲା । କାରଣ ଅନ୍ୟ ସହରରୁ ବିନା କାରଣରେ ମାଧବୀକୁ ଟେଲିଫୋନ କରିବା ତାକୁ ସ୍ୱାଭାବିକ ମନେହେଲା ନାହିଁ

ସାତଦିନ ପରେ ଇନ୍ଦ୍ରନାଥ ଯେତେବେଳେ ଫେରିବାର ଟ୍ରେନ ଧରିଲା, ଏଇ ଯାତ୍ରାଟି ତାକୁ ସମ୍ପୂର୍ଣ୍ଣ ଭିନ୍ନ ଧରଣର ମନେହେଲା । ସେ ଯେପରି ଜୀବନର କୌଣସି ଏକ ଅତି ଆକାଂକ୍ଷିତ ଲକ୍ଷ୍ୟସ୍ଥଳ ଆଡ଼କୁ ଅଗ୍ରସର ହେଉଥିଲା, ଯେଉଁଠାରେ ଥିଲା ତାର ସୁଖଶାନ୍ତିର ସମସ୍ତ ଆଧାରା ନିଜ ସହରରେ ପହଞ୍ଚି ସେ ମାଧବୀକୁ ଫୋନ କଲା। ମାଧବୀ ଯଦିଓ ତା ସହିତ ସୌଜନ୍ୟପୂର୍ଣ୍ଣ କଥାବାର୍ତ୍ତା

କଲା, ଇନ୍ଦ୍ରନାଥ ତା ସହିତ ସ୍ୱାଭାବିକ ଭାବରେ କଥା କହିବାକୁ ସମର୍ଥ ହେଲା ନାହିଁ । ସାତଦିନର ଚିନ୍ତା ଯେପରି ତା ମନ ଭିତରେ ସବୁକିଛି ଅସ୍ତବ୍ୟସ୍ତ କରିଦେଇଥିଲେ ।

ମାଧବୀ ସହିତ ଯେତେବେଳେ ପୁଣି ସାକ୍ଷାତ ହେଲା, ଇନ୍ଦ୍ରନାଥ ତା ପ୍ରତି ନିଜ ସଂପର୍କ ବିଷୟରେ ସଚେତନ ହେଲା ଏବଂ ମାଧବୀ ପ୍ରତି ତାର କଥାବାର୍ତ୍ତା ଓ ବ୍ୟବହାରରେ ସେ ଆଉ ସହଜ ହୋଇପାରିଲା ନାହିଁ । ସେ ଏ କଥା ଉପଲବ୍ଧ କଲା ସେ ତା' ମନ ଭିତରେ ଯେଉଁ ଆଲୋଡ଼ନ, ଝଡ଼ଝଞ୍ଜା ଓ ଧ୍ୱଂସବିଧ୍ୱଂସ ଚାଲିଥିଲା, ସେ ସଂପର୍କରେ ମାଧବୀ ଆଦୌ ସଚେତନ ନଥିଲା । ଇନ୍ଦ୍ରନାଥ ମାଧବୀ ସହିତ ଆଉ ପରିହାସ କରି କଥାବାର୍ତ୍ତା କରିପାରିଲା ନାହିଁ । ତା ସହିତ ଇନ୍ଦ୍ରନାଥର ବ୍ୟବହାର ବର୍ତ୍ତମାନ ଆହୁରି ସୌଜନ୍ୟପୂର୍ଣ୍ଣ ହୋଇଗଲା । ଆଗରୁ ଯଦିଓ ମାଧବୀକୁ ଛୁଇଁବା ବିଷୟରେ ତାର କୌଣସି ସଂକୋଚ ନଥିଲା, ବର୍ତ୍ତମାନ ସେ ନିଜକୁ ମାଧବୀ ପାଖରୁ ଦୂରରେ ରଖିଲା । ଏହିଭଳି ସ୍ଥିତିରେ ତାର ମନର ଅବସ୍ଥା ଆହୁରି ସଂକଟପୂର୍ଣ୍ଣ ହୋଇଗଲା ଏବଂ ଜୀବନରେ ତାର ଆଉ କୌଣସି ଆଗ୍ରହ ରହିଲା ନାହିଁ । ମାଧବୀ ସହିତ ତାର ସାମାନ୍ୟ କଥାବାର୍ତ୍ତା ତାକୁ ବର୍ତ୍ତମାନ ସଂପୂର୍ଣ୍ଣ ଅର୍ଥହୀନ ମନେହେଲା ଏବଂ ସେ ସ୍ଥିରକଲା ଯେ ମାଧବୀ ସହିତ ଏହିଭଳି ଔପଚାରିକ ସଂପର୍କର ସେ ବରଂ ପୂର୍ଣ୍ଣଚ୍ଛେଦ ଟାଣିଦେବ । କିନ୍ତୁ ସେ କଥା ମଧ ସମ୍ଭବ ହେଲାନାହିଁ । ସେ ମାଧବୀକୁ ଆହୁରି ଅଳ୍ପ ବ୍ୟବଧାନରେ ସାକ୍ଷାତ କରିବାକୁ ଆରମ୍ଭ କଲା ।

ଇନ୍ଦ୍ରନାଥର ମନେହେଲା, ସେ ଯଦି ତାର ଏଇ ସମସ୍ୟା ବିଷୟରେ କିଛି ନକରେ, ସେ ଉନ୍ମାଦ ହୋଇଯିବ । କୃତସଂକଳ୍ପ ହୋଇ ସେ ଦିନେ ମାଧବୀ ଘରକୁ ଗଲା । ମାଧବୀ ଏକା ଥିଲା; କିନ୍ତୁ ଅନେକ ଚେଷ୍ଟା ସତ୍ତ୍ୱେ ବି ଇନ୍ଦ୍ରନାଥ ଯାହା କହିବାକୁ ଚାହୁଁଥିଲା କହି ପାରିଲା ନାହିଁ । ଚା ପିଇବା, ସୌଜନ୍ୟମୂଳକ କଥାବାର୍ତ୍ତା, ପରସ୍ପରର ଦୈନନ୍ଦିନ କାମର ବିବରଣ ବିନିମୟରେ ସମୟ କଟିଗଲା ଏବଂ ଇନ୍ଦ୍ରନାଥ ମାଧବୀ ପାଖରୁ ବିଦାୟ ନେଇ ବାହାରକୁ ଆସିଲା । ରାସ୍ତା ଉପରେ ଦୁଇ

ମିନିଟ୍ ଛିଡ଼ାହେଲା ଏବଂ କଣ ଭାବି ପୁଣି ମାଧବୀ ଘରକୁ ଫେରି ଆସିଲା। ଘରର କବାଟ ଖୋଲି ମାଧବୀ   ପଚାରିଲା, କଣ କିଛି ଭୁଲିଗଲ?

ଇନ୍ଦ୍ରନାଥ ଜାଣିଲା ଯେ ସେ ଯଦି ଏଇ ମୁହୂର୍ତ୍ତରେ କଥାଟିର ସମାଧାନ ନ କରେ, ସେ ପୁଣି ସାମାଜିକ ସାମାନ୍ୟ କଥାବାର୍ତ୍ତାର ଦୈନନ୍ଦିନ ନିରର୍ଥକତାଡ଼ର ବାନ୍ଧି ହୋଇଯିବ। ସେ ନିଜକୁ ସାହସ ଦେଲା ଏବଂ କହିଲା, ମାଧବୀ, ମୁଁ ତମକୁ ଭଲପାଏ। ସେ ଭାବିଥିଲା ମାଧବୀ ହସିବ ଏବଂ କଥାଟିକୁ ପରିହାସରେ ଉଡ଼ାଇଦେବ, ଅଥବା କ୍ରୋଧାନ୍ଵିତ ହୋଇ ତାକୁ ଘରୁ ବାହାରିଯିବାକୁ କହିବ। ମାଧବୀ କିନ୍ତୁ ତାକୁ ଶାନ୍ତ ଭାବରେ କହିଲା, ବସ। ମାଧବୀ ନିଜେ ବସିଲା ଏବଂ ତଳକୁ ମୁହଁ ପୋତି କଣ ଭାବିବାରେ ଲାଗିଲା। ଏଇ କେତୋଟି ନୀରବ ମୁହୂର୍ତ୍ତ ଇନ୍ଦ୍ରନାଥ ପାଇଁ ଯେପରି ଥିଲା ତାର ଜୀବନ ଓ ମୃତ୍ୟୁର ବ୍ୟବଧାନ। ସେ ଉକ୍ରଣ୍ଠିତ ହୋଇ ଅପେକ୍ଷା କଲା ମାଧବୀ କେତେବେଳେ ତାର କଥାର ପ୍ରତ୍ୟୁତ୍ତର ଦେବ। କିଛିକ୍ଷଣ ପରେ ମାଧବୀ ମୁହଁ ଉଠାଇ ତା ଆଡ଼କୁ ସହଜ ଭାବରେ ଅନାଇଲା; କହିଲା, ଦେଖ, ଆମେ ବଂଧୁଭାବରେ ରହିବା।

ଇନ୍ଦ୍ରନାଥ ଉଠି ଠିଆହେଲା ଏବଂ ମାଧବୀକୁ ଆଉ କିଛି ନ କହି ବାହାରି ଆସିଲା। ତାର ମନ ବର୍ତ୍ତମାନ ଅଭୁତଭାବରେ ଏକାଧାରରେ ଭାରଶୂନ୍ୟ ଏବଂ ବିଷାଦଗ୍ରସ୍ତ ଥିଲା। ସେ ବୁଝିଥିଲା ଯେ ତା ପ୍ରତି କୌଣସି ଭାବପ୍ରବଣତା ନଥିଲା ମାଧବୀର ମନ ଭିତରେ;   କିନ୍ତୁ ସେ ମାଧବୀ ସହିତ ନିଜର ସଂପର୍କକୁ କିଭଳି ଭାବରେ ନିୟନ୍ତ୍ରିତ କରିବ ସେକଥା ଠିକ କରିପାରିଲା ନାହିଁ। ଶେଷରେ କିଭଳି ଭାବରେ ନିୟନ୍ତ୍ରିତ କରିବ ସେ କଥା ଠିକ କରି ପାରିଲା ନାହିଁ। ଶେଷରେ ସେ ନିଶ୍ଚୟ କଲା ଯେ ସେ ଆଉ ମାଧବୀ ପାଖକୁ ଯିବ ନାହିଁ। ଯାହା ପାଇଁ ତାର ସଂପୂର୍ଣ୍ଣ ଜୀବନ ସମର୍ପିତ ହୋଇଯାଇଛି, ତା ସହିତ କେବଳ ସୌଜନ୍ୟର ସଂପର୍କ ରଖିବା ଏବଂ ଅସଂଯତ ଓ ଔପଚାରିକ କଥାବାର୍ତ୍ତା କରିବା ଛଳନାପୂର୍ଣ୍ଣ ହେବ।

ଦିନକ ପରେ ମାଧବୀ ପାଖରୁ ହିଁ ତା ପାଖକୁ ଟେଲିଫୋନ ଆସିଲା। ମାଧବୀ କହିଲା, ମତେ ଯେତେ ଶୀଘ୍ର ସଂଭବ ଆସି ଦେଖାକର। ଇନ୍ଦ୍ରନାଥ

ଏଥରକ ଆହୁରି ଦ୍ୱିଧାରେ ପଡ଼ିଲା । କଣ ମାଧବୀ ତାର ଭଲପାଇବାକୁ ସ୍ୱୀକାର କରିବ? ଅଥବା କୌଣସି ସାମାନ୍ୟ ସାଧାରଣ କଥା ପାଇଁ ମାଧବୀ ତାକୁ ଆସିବାକୁ କହୁଛି? କି ପ୍ରକାରର ସାକ୍ଷାତ୍କାର ହେବ ସେମାନଙ୍କ ଭିତରେ ଏଥରକ, ଇନ୍ଦ୍ରନାଥ ତା ପାଇଁ ନିଜର ଦୁର୍ବଳତାକୁ ପ୍ରକାଶ କରି ସାରିଥିବା ପରେ? ତା ପାଖକୁ ମାଧବୀର ଟେଲିଫୋନ ଆସିବା ଏବଂ ସେ ମାଧବୀ ଘରକୁ ଯିବା ଭିତରର ବ୍ୟବଧାନ ଇନ୍ଦ୍ରନାଥ ପାଇଁ ଥିଲା ଗଭୀର ମାନସିକ ଦ୍ୱନ୍ଦ୍ୱ ଏବଂ ଅନିଶ୍ଚୟତାର ସମୟ।

ଏଥରକ ମଧ ମାଧବୀର ବ୍ୟବହାର ସହଜ ଓ ସ୍ୱାଭାବିକ ଥିଲା । ସେ ହାର୍ଦ୍ଦିକତାର ସହିତ ଇନ୍ଦ୍ରନାଥକୁ ସ୍ୱାଗତ କଲା; ତାକୁ ବସିବାକୁ କହି ପଚାରିଲା, ଚା ପିଇବ? ଇନ୍ଦ୍ରନାଥ ହଁ କଲା ଏବଂ ମନେ ମନେ କହିଲା, କଣ କହିବାକୁ ଚାହୁଁଚ ଶୀଘ୍ର କହିଦିଅ ମାଧବୀ । କହିଦିଅ, ମତେ ତମେ ଭଲପାଅ । କିନ୍ତୁ ଏପରି କିଛି ହେଲା ନାହିଁ । ଚା ନେଇ ଆସି ମାଧବୀ ତାକୁ ତାର କାମ କଥା ପଚାରିଲା; ତାର ଦେହ କିପରି ଅଛି ପଚାରିଲା । ପୁଣି ଯେତେବେଳେ ମାଧବୀ ତାକୁ ସେମାନେ ଉଭୟେ ଜାଣିଥିବା ବନ୍ଧୁଙ୍କ ବିଷୟରେ ପଚାରିଲା, ଇନ୍ଦ୍ରନାଥ ତାର ଉତ୍ତର ନ ଦେଇ କହିଲା, ତମେ ମତେ କାହିଁକି ଡାକିଥିଲ ମାଧବୀ?

ତମେ ମତେ ଟେଲିଫୋନ କରି ନଥିଲ, ସେଥିପାଇଁ, ମାଧବୀ ସ୍ୱଚ୍ଛନ୍ଦ ଭାବରେ କହିଲା । ଇନ୍ଦ୍ରନାଥ ଚୁପ ରହିଲା । ସେ ଜାଣିଥିଲା ସେ ଯାହା ବି କହିବ, ମାଧବୀ ତାର ସୂତ୍ର ନେଇ ପୁଣି ଏକ ଅତି ସାଧାରଣ ଦୈନନ୍ଦିନ ବିଷୟର ଉତ୍ଥାପନ କରିବ । ମାଧବୀ ତା ଆଡ଼କୁ ଅନାଇଲା; କିନ୍ତୁ ସେ ଚୁପ ରହିଲା । ମାଧବୀ ତାକୁ ଆଉ କଣ ପଚାରିଲା; କିନ୍ତୁ ଇନ୍ଦ୍ରନାଥ ଚୁପ ରହିଲା । ଶେଷରେ ମାଧବୀ ହାରିଗଲା; କହିଲା, ସେ ଦିନ ତମେ ମତେ ଯାହା କହିଥିଲ, ମୁଁ ସେ ବିଷୟରେ ଅନେକ ଭାବିଲି ।

କଣ ଭାବିଲ ମାଧବୀ? କଣ ଠିକ୍ କଲ ତମେ?

ମୁଁ ଅନେକ ଭାବିଛି, କିନ୍ତୁ କିଛି ଠିକ କରି ପାରିଲି ନାହିଁ ।

ଏଥିରେ ଠିକ କରିବାର କଣ ଅଛି? ତମେ ମତେ ଭଲପାଅ ଅଥବା ତମେ ମତେ ଭଲପାଅ ନାହିଁ। ତମେ ନିଶ୍ଚୟ ତମର ମନକୁ ଜାଣ।

ମନକୁ ଜାଣିବା କଣ ଏତେ ସହଜ? ମାଧବୀ କହିଲା ଏବଂ ଓଲଟା ପ୍ରଶ୍ନ କଲା, କେବଳ ଜଣକ ପକ୍ଷରେ କଣ ପ୍ରେମ କରିବା ସମ୍ଭବ?

ତା ମାନେ କଣ କେବଳ ମୁଁ ତମକୁ ଭଲ ପାଇଛି ଏବଂ ତମ ପକ୍ଷରୁ ତାର କୌଣସି ପ୍ରତିକ୍ରିୟା ନାହିଁ?

ମୁଁ ସେ କଥା ତ କହିନାହିଁ! ମୁଁ କେବଳ ଏଭଳି ସ୍ଥିତିର ସମ୍ଭାବନା ବିଷୟରେ କହୁଥିଲି। ଏ କଥା କଣ ସମ୍ଭବ ନୁହେଁ ଯେ ଜଣେ ଆଉ ଜଣକୁ ଭଲପାଏ; କିନ୍ତୁ ଅନ୍ୟ ଜଣକ ସେ ବିଷୟରେ ସଚେତନ ନୁହେଁ। ଏଭଳି ପରିସ୍ଥିତିରେ ପ୍ରେମର ଅର୍ଥ କଣ?

ଏ ବିଷୟରେ ଉଭୟଙ୍କ ଭିତରେ ତର୍କବିତର୍କ ହେଲା; କିନ୍ତୁ ଶେଷରେ ଇନ୍ଦ୍ରନାଥକୁ ଫେରିବାକୁ ପଡ଼ିଲା ମାଧବୀ ପାଖରୁ ବିନା କୌଣସି ପ୍ରତିଶ୍ରୁତି ପାଇ। ସେମାନଙ୍କର ପ୍ରତିଟି ସକ୍ଷାତରେ ଯଦିଓ ଇନ୍ଦ୍ରନାଥ ଅନୁଭବ କଲା ଯେ ସେମାନେ ପରସ୍ପରର ନିକଟବର୍ତ୍ତୀ ‍ହେଉଛନ୍ତି, ସେମାନଙ୍କର ଆଲୋଚନା ସବୁ ପ୍ରତିଥର ଯାଇ ତାର୍କିକ ତତ୍ତ୍ୱରେ ପହଞ୍ଚୁଥିଲା। ମାଧବୀ ତାକୁ କେବେହେଲେ ତା ପ୍ରତି ନିଜର ମନୋଭାବ ବିଷୟରେ କିଛି କହୁ ନଥିଲା ଏବଂ ଇନ୍ଦ୍ରନାଥ ପାଇଁ ଏ ଏକ ଧୈର୍ଯ୍ୟର ପରୀକ୍ଷା ଥିଲା। ପ୍ରତିଟି ସାକ୍ଷାତକାର ପରେ ସେ ମାଧବୀକୁ ଆହୁରି ଅଧିକ ଭଲପାଇବାରେ ଲାଗିଥିଲା। ମାଧବୀ ପାଖରେ ବସି କଥାବାର୍ତ୍ତା କରିବାବେଳେ ତାର ପ୍ରବଳ ଇଚ୍ଛା ‍ହେଉଥିଲା, ସେ ତାର ଜୀବନକୁ ସଂପୂର୍ଣ୍ଣ ଅଧିକାର କରିନେଇଥିବା ଏଇ ଝିଅଟିକୁ ନିଜର ଦୁଇ ବାହୁରେ ଚିରକାଳ ପାଇଁ ଅଟକାଇ ରଖିବା। କିନ୍ତୁ ତାକୁ ବାହୁରେ ନେବା ତ ଦୂରର କଥା, ତାକୁ ଛୁଇଁବା ବି ଇନ୍ଦ୍ରନାଥ ପକ୍ଷରେ ଦୁଷ୍କର ଥିଲା।

ସିନେମା ହଲଟେ ପାଖରେ ବସି ପର୍ଦ୍ଦା ଉପରେ ଭାବପ୍ରବଣ ଦୃଶ୍ୟ ଦେଖ୍ ଇନ୍ଦ୍ରନାଥ ମାଧବୀ ଉପରକୁ ଆଉଟି ପଡ଼ିବାବେଳେ ମାଧବୀ ନିଜକୁ ସଂଯତ କରି

ନେଉଥିଲା। ସୋଫା ଉପରେ ଲାଗି ଲାଗି ବସି କଥାବାର୍ତ୍ତା କଲାବେଳେ ଇନ୍ଦ୍ରନାଥ କେବେ କେବେ ମାଧବୀର କାନ୍ଧ ଉପରେ ହାତ ରଖିଲେ ମାଧବୀ ଆପତ୍ତି କରୁନଥିଲା; କିନ୍ତୁ ନିଜର ହାତକୁ ଦୃଢ଼ କରି ମାଧବୀକୁ ନିଜ ଆଡ଼କୁ ଟାଣିବାର ସାମାନ୍ୟ ଉଦ୍ୟମ କଲାବେଳେ ମାଧବୀ ହଠାତ୍ ସ୍ଥିର ହୋଇ ବସିରହୁଥିଲା ଏବଂ ଇନ୍ଦ୍ରନାଥ ହାର ମାନି ନିଜର ହାତକୁ ଉଠାଇ ଆଣୁଥିଲା। କେବେ କେବେ ଇନ୍ଦ୍ରନାଥ ମାଧବୀର ଊରୁ ଓ କଟୀ ଉପରେ ହାତ ରଖୁଥିଲା; କିନ୍ତୁ ତାର ହାତ ସେଠାରୁ ଘୁଞ୍ଚି ମାଧବୀର ଦେହର ଅନ୍ୟ ଅଂଶ ଆଡ଼କୁ ଚାଲିଯିବା ଆଗରୁ ମାଧବୀ ନିଜର ହାତ ଆଣି ତା ହାତ ଉପରେ ରଖି ତାକୁ ଅବରୋଧ କରୁଥିଲା। ମାଧବୀର ଦେହ ଖରାପ ଥିଲାବେଳେ ତାର ଦେହର ଉତ୍ତାପ ଦେଖିବା ପାଇଁ ଇନ୍ଦ୍ରନାଥର ହାତ କେବଳ ମାଧବୀର କପୋଳ ଓ ଗ୍ରୀବା ପର୍ଯ୍ୟନ୍ତ ହିଁ ଯିବା ପାଇଁ ସମର୍ଥ ହେଉଥିଲା ।

ବର୍ତ୍ତମାନ ଇନ୍ଦ୍ରନାଥ ମାଧବୀକୁ ଏତେ ଭଲପାଉଥିଲା ଯେ ସେ ନିଜର ଦୈହିକ ଦାବିକୁ ମାଧବୀ ଉପରେ ବାଧକରି ଲଦିଦେଇ ସେମାନଙ୍କର ସଂପର୍କକୁ କଲୁଷିତ କରିବାକୁ ଚାହୁଁ ନଥିଲା। ସେମାନେ ବର୍ତ୍ତମାନ ସବୁ ବିଷୟରେ ସ୍ୱଚ୍ଛ ଓ ନିଷ୍କପଟ ଭାବେ ଆଲୋଚନା କରୁଥିଲେ ଏବଂ ଦୈହିକ ଓ ଯୌନ ସଂପର୍କ ବିଷୟରେ କଥାବାର୍ତ୍ତା କରିବା ପାଇଁ ମାଧବୀର କୌଣସି ଲଜ୍ଜା ବା ସଂକୋଚ ନଥିଲା । ଏ ବିଷୟରେ ସେମାନେ ହାସପରିହାସ ମଧ କରୁଥିଲେ; କିନ୍ତୁ ଇନ୍ଦ୍ରନାଥ ଆଉ ମାଧବୀର ନିକଟତର ହୋଇପାରି ନଥିଲା। ଦିନେ ଇନ୍ଦ୍ରନାଥ ପରିହାସ ଛଳରେ ମାଧବୀକୁ ପଚାରିଲା, ତମେ ଫ୍ରିଜିଡ୍ ନୁହଁ ତ? ମାଧବୀ ସେଇଭଳି ହସି ହସି କହିଲା, ପରୀକ୍ଷା କରି ଦେଖ ! ସେ ଦିନ ଆଉ କିଛି କହିବାକୁ ବା କରିବାକୁ ଇନ୍ଦ୍ରନାଥର ସାହସ ହେଲାନାହିଁ। କିନ୍ତୁ ଆଉ ଦିନେ ଯେତେବେଳେ ଦୁଇବାହୁକୁ ପ୍ରସାରିତ କରି ସେ ମାଧବୀକୁ ତା ପାଖକୁ ଆସିବାକୁ ଆଖିର ନିମନ୍ତ୍ରଣ ଦେଲା, ମାଧବୀ ବ୍ୟଗ୍ରତାର ସହିତ ଆସି ତା ହାତରେ ଧରାଦେଇ ନିଜକୁ ସଂପୂର୍ଣ୍ଣ ସମର୍ପଣ କରିଦେଲା।

ମାଧବୀ ଯେ କେବଳ ଶୀତଳ ନଥିଲା ତା ନୁହେଁ, ମାଧବୀ ଥିଲା ଇନ୍ଦ୍ରନାଥର ସ୍ୱପ୍ନ ବହିର୍ଭୂତ ଏକ ଆଗ୍ନେୟ ଚମତ୍କାର । ତାର ପାଞ୍ଚ ଫୁଟ ଦୁଇଇଞ୍ଚର ଦେହ ଥିଲା ସୀମାହୀନ ବିସ୍ତାରର ବାଲୁକାସ୍ତୂପ, ମରୂଦ୍ୟାନ, ମରୀଚିକା ସମେତ ଏକ ଜଳନ୍ତା ମରୁସ୍ଥଳ ଯାହାର ଉତ୍ତାପରୁ ନିସ୍ତାର ଥିଲା ପରିତୃପ୍ତିର ନିଶାର୍ଦ୍ଧରେ। ତାର ଆଖି ଥିଲା ଅଗ୍ନିଗର୍ଭ ଉଲ୍କା, ଯାହାର ଦୃଷ୍ଟିପାତ ମନର ଶୂନ୍ୟ ବାୟୁମଣ୍ଡଳକୁ ଦଗ୍ଧ କରି ସିଧା ପହଞ୍ଚୁଥିଲା ଅନ୍ତରାମ୍ଆରେ। ତାର ଓଠ ଥିଲା କ୍ୱାଲାମୁଖୀ, ଯାହାର ପ୍ରତିଟି ଚୁମ୍ବନ ଗୋଟିଏ ଗୋଟିଏ ବିସ୍ଫୋରଣ ଥିଲା। ତାର ଆଶ୍ଲେଷ ଥିଲା ବହ୍ନିବଳୟ, ତାର ପ୍ରଶ୍ୱାସ ଥିଲା ନିଦାଘର ନିର୍ମମ ଟଂଜା, ଚୂର୍ଣ୍ଣକୁନ୍ତଳ ଥିଲା ଅଗ୍ନିଶିଖା ଏବଂ ପ୍ରତିଟି ଲୋମ ଥିଲା ଏକ ସ୍ୱତନ୍ତ୍ର ସ୍ଫୁଲିଙ୍ଗ। ତାର ଅଭ୍ୟନ୍ତର ଥିଲା ଏକ ପ୍ରଜ୍ୱଳିତ ଯଜ୍ଞକୁଣ୍ଡ, ଯାହା ଭିତରୁ ଇନ୍ଦ୍ରନାଥ ପ୍ରତିଟି ଥର ଜଳିପୋଡ଼ି ସିଝି ତରଳି ପୁଣି ଶୁଦ୍ଧପୂତ ଓ ଦୀପ୍ତିମାନ ହୋଇ ବାହାରି ଆସୁଥିଲା।

ମାଧବୀ ଯେତେବେଳେ ପୁଣି ଶାଢ଼ି ପିନ୍ଧି ତା ଆଗରେ ବସି ଅଳ୍ପ ଅଳ୍ପ ହସୁଥିଲା, ଇନ୍ଦ୍ରନାଥ ଏଇ ରୋଗା ପତଳା ଝିଅଟିକୁ ଆଦୌ ବୁଝିପାରୁନଥିଲା । ବିଛଣା ଉପରେ ମାଧବୀର ଏକ ସଂପୂର୍ଣ୍ଣ ଭିନ୍ନ ରୂପ ଥିଲା। ତା ଓଠରେ ହସ ନଥିଲା, ଆଖିରେ କୋମଳତା ନଥିଲା। ସେ ସଂପୂର୍ଣ୍ଣ ଦେହମୟ ହୋଇ ଇନ୍ଦ୍ରନାଥକୁ ଗ୍ରାସ କରି ଦେଉଥିଲା। ଶାନ୍ତଶିଷ୍ଟ ଶୀର୍ଣ୍ଣକାୟ ଝିଅଟି ହଠାତ୍ ପରିବର୍ତ୍ତିତ ହୋଇ ହାତ ଗୋଡ଼ ଓ ଛାତିରେ ରୂପାନ୍ତରିତ ଏକ ଉଚ୍ଛୃଙ୍ଖଳ ଅବୟବ ହୋଇଯାଉଥିଲା । ଇନ୍ଦ୍ରନାଥ ମାଧବୀର ଏଇ ଅବତାରଟି ପାଖରେ ନିଜକୁ ସମଗ୍ର ଭାବେ ସମର୍ପିତ କରି ସୁଖୀ ଥିଲା ।

ପୁଣି ସବୁ ହଠାତ୍ ବଦଳିଗଲା, ଯେଉଁଦିନ କୌଣସି ବିନା କାରଣରେ ମାଧବୀ ଇନ୍ଦ୍ରନାଥକୁ ତାକୁ ଛୁଇଁବାକୁ ଦେଲାନାହିଁ। ସେମାନଙ୍କର ଘନିଷ୍ଟତା ପୂର୍ବରୁ ଏକଥା ଘଟିଥିଲେ ଇନ୍ଦ୍ରନାଥ ମାଧବୀ ପାଖରୁ ଏ କଥାର ସ୍ପଷ୍ଟୀକରଣ ଚାହିଁଥାନ୍ତା । ବର୍ତ୍ତମାନ କିନ୍ତୁ ଦୁହିଁଙ୍କ ଭିତରେ ପରସ୍ପରକୁ ଜାଣିବାର ଚରମ ଅବସ୍ଥାରେ ମାଧବୀର ଏ ବ୍ୟବହାର ଇନ୍ଦ୍ରନାଥକୁ ଅସମଞ୍ଜସରେ ପକାଇଦେଲା । ସେ ଚୁପଚାପ ନିଜର

ହାତକୁ ଫେରାଇ ଆଣିଲା ଏବଂ ତା ପରଠାରୁ ମାଧବୀକୁ ଛୁଇଁବା ପାଇଁ ଆଉ କୌଣସି ଚେଷ୍ଟା କଲାନାହିଁ ।

ଏ ଘଟଣା ପରେ ଯେତେବେଳେ ପୁଣି ସେମାନଙ୍କର ଦେଖା ହେଲା, ଇନ୍ଦ୍ରନାଥକୁ ସେମାନଙ୍କର ସାକ୍ଷାତକାରଟି ନିତାନ୍ତ କୃତ୍ରିମ ଓ ଛଳନାପୂର୍ଣ୍ଣ ମନେହେଲା । ତାର ଦେହ ଓ ମନର ଗୋଟିଏ ବିଶେଷ ଅଂଶ ହୋଇଯାଇଥିବା ଝିଅଟି ବର୍ତ୍ତମାନ ତା ପାଖରୁ ଦୂରରେ ବସିଥିଲା । ଦୁହିଁଙ୍କ ଭିତରେ ସ୍ପର୍ଶମାତ୍ରର ବ୍ୟବଧାନ ଥିଲା ଏବଂ ସେମାନେ ସୌଜନ୍ୟପୂର୍ଣ୍ଣ କଥାବାର୍ତ୍ତା କରୁଥିଲେ। ମାଧବୀର ଶାଢ଼ି ଭିତରୁ ଇନ୍ଦ୍ରନାଥ ଆଉ ସେଇ ଅନ୍ୟ ମୂର୍ତ୍ତିଟିକୁ ଦେଖିପାରୁ ନଥିଲା । ଛାତି ଭିତରେ ଦୀର୍ଘଶ୍ୱାସକୁ ଚାପିଧରି ଇନ୍ଦ୍ରନାଥ ମାଧବୀ ପାଖରୁ ଉଠିଆସିଲା ।

ମାଧବୀର ବ୍ୟବହାରର କାରଣ ଖୋଜିବାକୁ ଚେଷ୍ଟାକଲା ଇନ୍ଦ୍ରନାଥ। ମାଧବୀ କଣ ଆଉ କାହାକୁ ଭଲପାଇ ବସିଛି? ମାଧବୀ ପାଇଁ କଣ ଇନ୍ଦ୍ରନାଥର ଆଉ ଶାରୀରିକ ଆକର୍ଷଣ ରହିଲା ନାହିଁ ଏବଂ ସେ ତାର ଘୃଣାର ପାତ୍ର ହୋଇଗଲା? ମାଧବୀ କଣ ନିଜର ଶାରୀରିକତା ପାଇଁ ଅନୁତାପ କରିବାକୁ ଆରମ୍ଭ କଲା ଏବଂ ତାର ନିଜକୁ ପ୍ରତ୍ୟାହାର କରିନେବା ଏଇ ଅନୁତାପର ପରିଣତି? କୌଣସି ନିଷ୍କର୍ଷରେ ପହଞ୍ଚି ପାରିଲା ନାହିଁ ଇନ୍ଦ୍ରନାଥ, କାରଣ ମାଧବୀ ଦୃଢ଼ପ୍ରତିଜ୍ଞ ପ୍ରକୃତିର ଓ ନିଜର ବିଚାର ବିଷୟରେ ଆତ୍ମବିଶ୍ୱାସୀ ଥିଲା। ନିଜର କୌଣସି ନିଷ୍ପତ୍ତି ବିଷୟରେ ମାଧବୀ କେବେହେଲେ ପଶ୍ଚାତ୍ତାପ କରୁନଥିଲା। ତାହେଲେ କାହିଁକି ନିଜକୁ ତା ପାଖରୁ ପ୍ରତ୍ୟାହାର କରିନେଲା ମାଧବୀ?

ପୁଣି ନିଜର ପ୍ରଥମ ଅବସ୍ଥାକୁ ଫେରିଗଲା ଇନ୍ଦ୍ରନାଥ। ସେତେବେଳର ଦୁଃଖ ଥିଲା ଅପ୍ରାପ୍ତିର; ଏକ ସମ୍ପୂର୍ଣ୍ଣ ଓ ଶେଷହୀନ ପ୍ରାପ୍ତି ଦେଇ ସେ ବର୍ତ୍ତମାନ ପୁଣି ତାର ପ୍ରାରମ୍ଭିକ ଅଭାବର ପର୍ଯ୍ୟାୟକୁ ଫେରି ଆସିଥିଲା। ସେ ପ୍ରତିଟି ମୁହୂର୍ତ୍ତରେ ମାଧବୀର ବ୍ୟବହାରର କାରଣ ଖୋଜିବାରେ ଲାଗିଲା । ମାଧବୀକୁ ପାଇବା ନ ପାଇବା, ସେମାନଙ୍କର ଭଲପାଇବା, ଘନିଷ୍ଟତା ସବୁର ଊର୍ଦ୍ଧ୍ୱରେ ଥିଲା ତାର ଏଇ ଉତ୍ତରହୀନ ଜିଜ୍ଞାସା । ଏଇଭଳି ମାନସିକ ଅବସ୍ଥାରେ ମାଧବୀ ସହିତ ତାର ସାକ୍ଷାତକାର ବି

ହ୍ରାସ ପାଇବାରେ ଲାଗିଲା; କାରଣ ମାଧବୀକୁ ସାମାନ୍ୟ ସୌଜନ୍ୟମୂଳକଭାବେ ଭେଟିବା ଇନ୍ଦ୍ରନାଥ ପାଇଁ ବର୍ତ୍ତମାନ ଅଧିକ ଦୁଃଖଦାୟକ ହେଲା । ସେ ଭାବିଲା ସେ ଭୁଲିଯିବ ମାଧବୀକୁ, ଭୁଲିଯିବ ସେମାନଙ୍କର ପରିଚୟର ପ୍ରଥମ ପର୍ବ ଏବଂ ବର୍ଦ୍ଧମାନ ସଂପର୍କର ଘନିଷ୍ଠ ମୁହୂର୍ତ୍ତମାନ; କିନ୍ତୁ ସେ ଉପଲବ୍ଧ କଲା, ମନେପକାଇବା ଯେତିକି ସହଜ, ଭୁଲିଯିବା ମଧ୍ୟ ସେତିକି କଷ୍ଟସାଧ୍ୟ ।

ଇନ୍ଦ୍ରନାଥ ଭାବିଥିଲା ସମୟ ହିଁ ଉପଶମ ଓ ସମାଧାନ ଆଣିଦେବ; କିନ୍ତୁ ଯେତିକି ସମୟ କଟିବାରେ ଲାଗିଲା, ଇନ୍ଦ୍ରନାଥ ମାଧବୀ ବିଷୟରେ ସେତିକି ବେଶୀ ବେଶୀ ଭାବିବାରେ ଲାଗିଲା । ମାଧବୀର ପ୍ରତିଟି ସ୍ମରଣ କ୍ରମେ ତାପାଇଁ ଅଧିକରୁ ଅଧିକ ଦୁଃଖଦାୟକ ହେଲା । ସମୟ ଅସମୟରେ ମାଧବୀ ଆସି ତାର ମନକୁ ଅଭିଭୂତ କରିବାରେ ଲାଗିଲା । ଇନ୍ଦ୍ରନାଥ ଆଉ ଶାନ୍ତିରେ ରହିପାରିଲା ନାହିଁ । ଯେତେବେଲେ ମାଧବୀର ସ୍ମରଣ ତାକୁ ବାରମ୍ବାର ବ୍ୟସ୍ତ କରିବାରେ ଲାଗିଲା, ଇନ୍ଦ୍ରନାଥ ତାକୁ ମନ ଭିତରେ କହିଲା: ମାଧବୀ, ମତେ ମୋର ବର୍ତ୍ତମାନର ଅଭିଶପ୍ତ ଜୀବନରୁ ମୁକ୍ତି ଦେଇଦିଅ । ତମେ ପୁଣି ମୋର ଅପରିଚିତ ହୋଇଯାଅ । ମୁଁ ତମକୁ ପୁଣି ପ୍ରଥମଥର ପାଇଁ ହେଟି ମୋର ନିବେଦନ ଜଣାଇବି । ତମେ ମୋର ପ୍ରେମକୁ ପ୍ରତ୍ୟାଖ୍ୟାନ କରିବ; କିନ୍ତୁ ମତେ ପ୍ରତ୍ୟାଖ୍ୟାନ କରିବ ନାହିଁ ଏବଂ ମାଧବୀ, ତମକୁ ଛୁଇଁବା ପାଇଁ ଚେଷ୍ଟା କରିବାରେ ମୁଁ ମୋର ଅବଶିଷ୍ଟ ଜୀବନକାଲ ବ୍ୟତୀତ କରିଦେବି ।

ଭାଗ୍ୟ

ସୁଖଦେବ ବିବେକୀ ଓ ବିଚାରସଂପନ୍ନ ଲୋକ ଥିଲା ଏବଂ ତାର ସବୁ କାମ ଥିଲା ବୁଦ୍ଧି ଓ ତର୍କସଂଗତ। ସେ ନିଜର ଉଦ୍ୟମ ଓ ପରିଶ୍ରମରେ ବିଶ୍ୱାସ ରଖୁଥିଲା ଏବଂ କେବେ ଭାଗ୍ୟ ଓ ପୁରୁଷକାର ବିଷୟରେ ଯୁକ୍ତିତର୍କ ହେଲେ ପୁରୁଷକାରର ପକ୍ଷ ନେଉଥିଲା। ତାର ଜ୍ଞାନ ହେବାଦିନୁ ସେ ପୂଜାପାଠ କରିନଥିଲା, ଜ୍ୟୋତିଷୀ ପଣ୍ଡିତଙ୍କ ପାଖକୁ ଯାଇନଥିଲା ଅଥବା ବିପଦରେ ପଡ଼ି ଭଗବାନଙ୍କୁ ଡାକିନଥିଲା । ଫଳତଃ ଭୂତପ୍ରେତ, ପୁନର୍ଜନ୍ମ, ଭବିଷ୍ୟଦ୍‌ବାଣୀ ଇତ୍ୟାଦି ଗୂଢ଼ ବିଷୟରେ ମଧ୍ୟ ତାର କେବେହେଲେ ଆଗ୍ରହ ବା କୌତୂହଳ ନଥିଲା।

ଯୋଉ ବର୍ଷ ସେ ତାର ଚାକିରିରେ ପ୍ରମୋଶନ ପାଇଲା ନାହିଁ ଏବଂ ତାର ଚାରିଜଣ ତଳଲୋକ ତାକୁ ଟପିଗଲେ, ସେ ହତୋସାହ ହେଲାନାହିଁ ଅଥବା ଭାଗ୍ୟକୁ ଦୋଷ ଦେଲାନାହିଁ; ବରଂ ଠିକ କଲା ଯେ ସେ ନିଜର କାମରେ ଆହୁରି ଭଲଭାବେ ମନ ଦେବ, ଉପରିସ୍ଥ ହାକିମଙ୍କୁ ଖୁସି ରଖିବ ଏବଂ ଆସନ୍ତା ବର୍ଷ ନିଶ୍ଚୟ ପଦୋନ୍ନତି ପାଇବ। ପରବର୍ଷ କିନ୍ତୁ ମିତବ୍ୟୟିତାର ଆଳରେ ଅନେକଗୁଡ଼ିଏ ପଦ ହ୍ରାସ ପାଇଗଲା ଏବଂ ତାର ପ୍ରମୋଶନ ହେଲାନାହିଁ ଏବଂ ଏ ବିଷୟରେ ଦୁଃଖୀ ହୋଇଥିବା ସ୍ୱାମୀକୁ ଆଶ୍ୱାସନା ଦେଲା ଯେ ଗୋଟିଏ ବର୍ଷପରେ ଅନେକ ଲୋକ ଅବସର ନେଲେ ଯେଉଁ ପଦମାନ ଖାଲି ହେବ, ସେଥିରୁ ଗୋଟିଏ ସେ ଯେମିତି ହେଲେ ପାଇବ ।

ପରବର୍ଷ ଯେତେବେଳେ ପୁଣି ଏଇ ଘଟଣାର ପୁନରାବୃତ୍ତି ହେଲା, ସୁଖଦେବର ସ୍ତ୍ରୀ ତାକୁ ଭଲମନ୍ଦ କଥା ଶୁଣାଇଲା, ତାର ଧାର୍ମିକତାର ଅଭାବକୁ ଭର୍ସ୍ନା କଲା ଏବଂ ପରାମର୍ଶ ଦେଲା ଯେ ସେ ଏଥରକ ପୂଜାପାଠ କରି ପ୍ରାୟଶ୍ଚିତ କରୁ । ଅନ୍ୟ ସମୟ ହୋଇଥିଲେ ସୁଖଦେବ ଏ କଥାର ପ୍ରତିବାଦ କରିଥାନ୍ତା; କିନ୍ତୁ ତିନିବର୍ଷ ନିଜର ନ୍ୟାୟ୍ୟ ଦାବିରୁ ବଞ୍ଚିତ ହୋଇ ତା ନିଜ ମନରେ ବି ସଂଶୟ ଉପୁଜିଥିଲା । ସେ ଚୁପ୍ ରହିଲା ଏବଂ ସ୍ତ୍ରୀର ଉପଦେଶକୁ ମାନିବ କି ନାହିଁ ସେ ବିଷୟରେ ଧୀର ଚିତ୍ତରେ ବିଚାର କଲା। ପୁରୁଷକାରରୁ ଭାଗ୍ୟବାଦୀ ସିଦ୍ଧାନ୍ତ ଆଡ଼କୁ ଗତି କରିବାବେଳେ ସେ ସ୍ଥିରକଲା ଯେ ସେ ପ୍ରଥମେ ଜ୍ୟୋତିଷ ବିଦ୍ୟାର ଆଶ୍ରୟ ନେବ।

କେବେହେଲେ ସାମୁଦ୍ରିକ, ଜ୍ୟୋତିଷ ବା ଗଣନାରେ ବିଶ୍ୱାସ କରୁନଥିବା ସୁଖଦେବ ଏଥରକ ଖବରକାଗଜରୁ ରାଶିଫଳ ଦେଖିବା ଆରମ୍ଭ କଲା । ସେ ନିଜେ ଯେଉଁ ରାଶିରେ ଜନ୍ମ ବୋଲି ଜାଣିଥିଲା, ଖବରକାଗଜର ଭବିଷ୍ୟଦ୍‌ବାଣୀ ସ୍ତମ୍ଭମାନଙ୍କରେ ସେ ରାଶିର ଗଣନାମାନ ମଣିଷର ବିଭିନ୍ନ ସ୍ଥିତି ଓ ସମସ୍ୟାମାନ ସଂପର୍କରେ ଚିତ୍ତାକର୍ଷକ ସମ୍ଭାବନାମାନ ଦର୍ଶାଉଥିଲେ; କିନ୍ତୁ ସେଥିରେ ପଦୋନ୍ନତି ବିଷୟରେ କୌଣସି ସୂଚନା ନ ଥିଲା। ଅନେକ ଦିନ ସେହି ସ୍ତମ୍ଭକୁ ଅନୁଧାନ କରିବା ପରେ ସୁଖଦେବ ଲକ୍ଷ୍ୟକଲା ଯେ ବରଂ ଅନ୍ୟ କେତୋଟି ରାଶିରେ ତାର ସମସ୍ୟାର ଅବିକଳ ବର୍ଣ୍ଣନା ଓ ଆଶୁ ଫଳପ୍ରାପ୍ତିର ଆଶ୍ୱାସନା ଥିଲା ଯଥା, ମିଥୁନ, ଯାହାକି ସୁଖଦେବର ରାଶି ନଥିଲା, ବିଷୟରେ ଗୋଟିଏ ସପ୍ତାହରେ ଲେଖାଥିଲା: ଭୃତ୍ୟହାନି, ଅର୍ଥଲାଭ, ହୃତସନ୍ତାନର ପୁନର୍ଲାଭ। ତିନିଦିନ ଭିତରେ ତାର ପୁରୁଣା ଭନକ୍ରିମେଣ୍ଟ ଟଙ୍କା ମିଳିଲା ଏବଂ ତାର ଚାକର ପଳାଇଗଲା; କିନ୍ତୁ ସେ ସପ୍ତାହଟି ଶେଷ ହେବା ପୂର୍ବରୁ ତାର ପ୍ରମୋଶନ ବିଷୟରେ ଆଉ କୌଣସି ଅଗ୍ରଗତି ହେଲା ନାହିଁ। ସେ ଯେ ମିଥୁନ ହୋଇଥାଇପାରେ, ଏପରି ଏକ ସୁଖଦ ସମ୍ଭାବନା ସୁଖଦେବ ମନରେ ଉପୁଜିଲା, କାରଣ ସେର ସପ୍ତାହରେ ହିଁ ସେ ସେମାନଙ୍କ ଅଫିସର ସମବାୟ ସମିତିର କାର୍ଯ୍ୟକାରୀ କମିଟିକୁ ମଧ ନିର୍ବାଚିତ ହେଲା। ଯଦିଓ ଏହା

ହୃତସଂଜ୍ଞାର୍ ପୁନରୁଦ୍ଧାର ନଥିଲା, ସୁଖଦେବ୍ ନିଷ୍ପତ୍ତି ନେଲା ଯେ ସେ ନିଜର ଗୋଟିଏ ନିର୍ଭୁଲ ଜନ୍ମପତ୍ର ତିଆରି କରାଇବ ।

ସେ ସନ୍ଧାନ ନେଇ ଜାଣିଲା ଯେ ଜାତକ ତିଆରି କରିବା ପାଇଁ ଦୁଇଟି ବିବରଣ ଦରକାର, ଜନ୍ମସ୍ଥାନ ଏବଂ ଜନ୍ମତାରିଖ ଓ ସମୟ। ଜନ୍ମସ୍ଥାନ ବିଷୟରେ କୌଣସି ସମସ୍ୟା ନ ଥିଲା, କିନ୍ତୁ ସନ୍ଦେହ ଉପୁଜିଲା ଜନ୍ମର ସଠିକ ମୁହୂର୍ତ ନେଇ । ତାର ବାପା, ମା ଉଭୟେ ମରିଯାଇଥିଲେ ଏବଂ ତା ପାଖରେ ଥିବା ଜାତକରେ ଦିଆଯାଇଥିବା ଜନ୍ମ ମୁହୂର୍ତ ବିଷୟରେ ସେ ସନ୍ଦିହାନ ଥିଲା। ନିଜର ଜନ୍ମ ସଂପର୍କୀୟ ଶୁଦ୍ଧ ତଥ୍ୟ ସଂଗ୍ରହ କରିବା ପାଇଁ ସେ ଅଫିସରୁ ଛୁଟି ନେଇ ଗାଁକୁ ଗଲା । ସେ ବହୁବର୍ଷ ଧରି ଗାଁକୁ ଯାଇ ନ ଥିଲା, ତେଣୁ ଗାଁର ଲୋକମାନେ ତାର ଏଇ ଅଭୁତ ଜିଜ୍ଞାସା ପ୍ରତି କୌଣସି ଆଗ୍ରହ ଦେଖାଇଲେ ନାହିଁ। ହତୋସାହ ହୋଇ ସୁଖଦେବ ତାର ଦୂରସଂପର୍କୀୟ ମାଉସୀ ପିଉସୀ କକା ମାମୁ ଓ ଅଜା ଇତ୍ୟାଦିଙ୍କୁ ଭେଟିଲା । ସେମାନଙ୍କୁ ପ୍ରଶ୍ନ କରି ଓ ସେମାନଙ୍କର ପରସ୍ପର ବିରୋଧୀ ବିବରଣମାନଙ୍କୁ ତଉଲି, କାଟଛାଣ୍ଟ ଓ ସମୀକ୍ଷା କରି ସେ ନିଜ ଜନ୍ମର ଏକ ଶୁଦ୍ଧ ମୁହୂର୍ତ ନିର୍ଦ୍ଧାରଣ କଲା ଯାହା ତା ପାଇଁ ସଂପୂର୍ଣ୍ଣ ସଂଶୟରହିତ ନଥିଲେ ମଧ ନିଶ୍ଚୟ ସତ୍ୟର ନିକଟତମ ଥିଲା। ଏ କଥା ମଧ ତାର ଅନେକ ଆଶ୍ୱାସନାର କାରଣ ହେଲା ଯେ ଏଇ ପରିବର୍ତିତ ଜନ୍ମ ସମୟର ଗଣନାରେ ସେ ହୋଇଥିଲା ମିଥୁନ ପରିବାରର ଜଣେ ସମ୍ମାନିତ ସଭ୍ୟ ।

ତାର ଏ ସବୁ ଚେଷ୍ଟା ପ୍ରଚେଷ୍ଟାର ବ୍ୟବଧାନ ଭିତରେ ରାଶିଫଳମାନେ କିନ୍ତୁ ନିଜର ଭବିଷ୍ୟଦ୍ବାଣୀର ମାନଚିତ୍ରକୁ ପରିବର୍ତନ କରିଦେଇଥିଲେ । କାରଣ, ଖବରକାଗଜର ସ୍ତମ୍ଭ ପଢ଼ିବାବେଳେ ସେ ଲକ୍ଷ୍ୟ କଲା ଯେ ତା ଜୀବନର ଘଟଣାସବୁ ମିଥୁନ ରାଶିକୁ ଟାଳିଦେଇ ବର୍ତ୍ତମାନ ପ୍ରତିଫଳିତ ହେଉଥିଲେ ମେଷ, କର୍କଟ, ତୁଲା ଆଦି ଅନ୍ୟ ରାଶିମାନଙ୍କରେ । ଦୈନିକ କାଗଜର ସ୍ତମ୍ଭ ଛାଡ଼ିଦେଇ ସେ ଏଥରକ ଫଳିତ ଜ୍ୟୋତିଷର ସ୍ୱତନ୍ତ ପତ୍ରିକା ପଢ଼ିବାକୁ ଆରମ୍ଭ କଲା; କିନ୍ତୁ ଏ ପତ୍ରିକାମାନଙ୍କର ଦୈବବାଣୀ ମଧ ତାର ଅବସ୍ଥାକୁ ବ୍ୟାଖ୍ୟା କରିବାରେ ସମର୍ଥ ହେଲେ ନାହିଁ । ମିଥୁନ ରାଶିରେ ସୂଚିତ ସଂପୂର୍ଣ୍ଣ ଅସମ୍ଭବ ଓ ଅସଂଗତ ବର୍ଣ୍ଣନାମାନ

ପଢ଼ି ଦିନେ ସେ ବିରକ୍ତ ହୋଇ ବସିଛି, ତାର ଜଣେ ସହକର୍ମୀ ଆସି ତା ପାଖରେ ଚଉକି ଟାଣି ବସିଲା । ସେ ସୁଖଦେବର ପଦହାନି ଓ ମାନସିକ ସନ୍ତାପ ବିଷୟ ଜାଣିଥିଲା। ବନ୍ଧୁ ତାକୁ କହିଲା, ବୁଝିଲେ ସୁଖଦେବବାବୁ, ଏଇସବୁ ଶସ୍ତା ରାଶିଫଳ ପଢ଼ି କିଛି ଲାଭ ନାହିଁ । ପୃଥିବୀର ଲୋକସଂଖ୍ୟା ଯେତେ, ତାକୁ ବାରଟି ରାଶିରେ ଭାଗ କଲେ ଗୋଟିଏ ଗୋଟିଏ ରାଶିକୁ ଲୋକ ପଡ଼ିବେ ଚାଳିଶ କୋଟିରୁ ବେଶୀ । ତା ଅର୍ଥ, ଆପଣ ମେଷ କର୍କଟରେ ଯାହାସବୁ ପଢ଼ୁଛନ୍ତି, ତାହା ଲାଗୁ ହେବ ଚାଳିଶ କୋଟି ଲୋକଙ୍କୁ । ସମସ୍ତେ କଣ ଟଙ୍କା ପାଇବେ ନା ସମସ୍ତଙ୍କ ଘରେ ଏ ସପ୍ତାହରେ ଅତିଥି ଆସି ପହଞ୍ଚିବେ? ଯଦି ଠିକ ଠିକ ଜାଣିବା କଥା ତ ଭୃଗୁ ପାଖକୁ ଯାଆନ୍ତୁ । ପ୍ରତି ଲୋକ ପାଇଁ ଅଲଗା କାଗଜ ।

ଶେଷକୁ ସେଇ ସହକର୍ମୀଙ୍କ ସୌଜନ୍ୟରେ ସୁଖଦେବ ଭୃଗୁ ପାଖକୁ ଗଲା । ନିଜକୁ ଭୃଗୁ ବୋଲାଉଥିବା ଲୋକଟିର ପ୍ରକୃତ ନାଁ ଥିଲା ସୀତାରାମ; ସେ ରେଳବାଇରେ ଚାକିରି କରୁଥିଲା ଏବଂ ସହରର ଏକ ସଂକୀର୍ଣ୍ଣ ଗଲିରେ ରହୁଥିଲା । ତାର ଛୋଟ ଘର ଭିତରେ ବିଡ଼ା ବନ୍ଧାହୋଇ କାଗଜ ଜମା ହୋଇ ରହିଥିଲା। ସୁଖଦେବ ଗଲିରେ ଖବର ନେଇ ଜାଣିଲା ଯେ ଭୃଗୁର ଭାଇ ତୋତାରାମ, ଯେ କି ପାଖ ଘରେ ରହୁଥିଲା ଏବଂ ଡାକ ବିଭାଗରେ କାମ କରୁଥିଲା, ମଧ୍ୟ ଜଣେ ଭୃଗୁ ଥିଲା ଏବଂ ତା ପାଖରେ ମଧ୍ୟ ବିଡ଼ା ବିଡ଼ା କାଗଜ ଥିଲା। ସୁଖଦେବ ସୀତାରାମ ପାଖରେ ନିଜର ଜନ୍ମ ପତ୍ରିକା ଛାଡ଼ିଦେଇ ଆସିଲା, ଯାହାକୁ ମିଲାଇ ତାର କାଗଜ ବାହାର କରାଯିବ। ଦୁଇଦିନ ପରେ ସେଠାରେ ପହଞ୍ଚି ସୁଖଦେବ ଜାଣିଲା ଯେ ତାର କାଗଜ ବାହାରିଲା ତୋତାରାମର ବିଡ଼ାରୁ। ପୁରୁଣା ଅକ୍ଷରରେ ଲେଖା ଭୂର୍ଜପତ୍ର ଭଳି ଦେଖାଯାଉଥିବା କାଗଜଟିକୁ ହାତରେ ନେଇ ସୁଖଦେବ କିଛିକ୍ଷଣ ତନ୍ମୟ ହୋଇ ଦେଖିଲା, ଯେପରିକି ତାର ପ୍ରମୋଶନ ସୁଖଶାନ୍ତି ଜୀବନ ମରଣ ମୋକ୍ଷ ସବୁ ନିହିତ ରହିଛି ଏଇ ଜୀର୍ଣ୍ଣ ଜର୍ଜର ଟୁକୁଡ଼ାଟିରେ ।

ଭୃଗୁ ତା ପାଖରୁ ଟଙ୍କା ନେଲା, କାଗଜଟିକୁ ପଢ଼ି ସୁଖଦେବର ନାଁ, ପେଶା, ତାର ସ୍ତ୍ରୀ ଓ ସହକର୍ମୀର ନାଁର ପ୍ରଥମ ଅକ୍ଷର, ତାର ବାପା ମା ମରିଯାଇଥିବା, ତାର

ପୁଅ ତାକୁ ମାନୁନଥିବା ଇତ୍ୟାଦିର ସଠିକ ବିବରଣୀ ଦେଲା। ଏହାପରେ ଭୃଗୁ ତାକୁ ତାର ପରିବାରର ସମସ୍ତଙ୍କର ଶାରୀରିକ ସ୍ୱାସ୍ଥ୍ୟର ସଂକ୍ଷିପ୍ତ ଇତିହାସ ଦେଇ ଯେତେବେଳେ ତାର ବନ୍ଧୁବାନ୍ଧବଙ୍କ କଥା କହିବାକୁ ଆରମ୍ଭ କଲା, ସୁଖଦେବର ଧୈର୍ଯ୍ୟ ଭଙ୍ଗହେଲା। ସେ ଭୃଗୁକୁ ନିଜର ପ୍ରମୋଶନ ବିଷୟରେ ସିଧାସଳଖ ପ୍ରଶ୍ନ କଲା ଏବଂ କୈଫିୟତ ମାଗିବା ଭଳି ସ୍ୱରରେ ପ୍ରମୋଶନର ତାରିଖ ଜାଣିବାକୁ ଚାହିଁଲା। ଭୃଗୁ ବିଚଳିତ ହେଲା ନାହିଁ; ଘର ଭିତରକୁ ଯାଇ ଗୋଟାଏ ଫର୍ଦ ଧଳା କାଗଜ ଆଣି ତା ଉପରେ ଅନେକ ପ୍ରକାରର ଛକ ଶୂନ ତ୍ରିଭୂଜ ରମ୍ବସ ଟ୍ରାପିଜିୟମର ଚିତ୍ର ଆଙ୍କି ଓ ତା ଭିତରେ ବିଭିନ୍ନ ଅଙ୍କ ଓ ଯୁକ୍ତାକ୍ଷର ଲେଖି ସେ ସୁଖଦେବକୁ ଓଲଟା ତାଙ୍ଚଳ୍ୟର ସହିତ ଅନାଇ କହିଲା, ସାତମାସ ସାତଦିନ ଭିତରେ।

ସ୍ୱାମୀ ପାଖରୁ ଏ ଖବରଟି ଶୁଣି, ବଜାରରେ ଲୁଗାପଟୀର ବଢ଼ନ୍ତା ଦାମ କଥା ଚିନ୍ତା ନ କରି, ସୁଖଦେବର ସ୍ତ୍ରୀ ହଠାତ୍ ନିଷ୍ପତ୍ତି କଲା ଯେ ସେ ତାର ଆରାଧ୍ୟ ଦେବୀଙ୍କୁ ଗୋଟିଏ ପାଟଶାଢ଼ି ପିନ୍ଧାଇବ। ଭୃଗୁ ପାଖରୁ ଫେରିବାର ଛ'ମାସ ପର୍ଯ୍ୟନ୍ତ ସୁଖଦେବ ଶାନ୍ତିରେ ରହିଲା। ନିର୍ଦ୍ଧାରିତ ସମୟ ପୂର୍ବର କିଛିଦିନ ପୁଣି ତା'ପାଇଁ ହୋଇଗଲା ଉତ୍କଣ୍ଠା ଓ ଉଦ୍‌ବେଗର ସମୟ। ସେ କିନ୍ତୁ ଏଥରକ ଆଉ ବିଭିନ୍ନ ସୂତ୍ରରୁ ତାର ପଦୋନ୍ନତି ସଂକ୍ରାନ୍ତୀୟ ଫାଇଲର ଗୁପ୍ତ ଗତିବିଧି ବିଷୟରେ ଖବର ସଂଗ୍ରହ କରିବା ପାଇଁ ଚେଷ୍ଟା କଲା ନାହିଁ, କାରଣ ଛିଣ୍ଡା କାଗଜଟି ଉପରେ ତାର ଆସ୍ଥା ଥିଲା ସଂପୂର୍ଣ୍ଣ ଓ ଅଟଳ। ଯଦିଓ ସେ ମନ ପ୍ରାଣ ଦେଇ କାମ କରୁଥିଲା ଓ ହାକିମଙ୍କୁ ସନ୍ତୁଷ୍ଟ ରଖିବା ପାଇଁ ସମସ୍ତ ଯତ୍ନ ନେଇଥିଲା, ତାର ଦୁର୍ଭାଗ୍ୟକୁ ଏଥରକ ମଧ ପ୍ରମୋଶନ ତାକୁ ଏଡ଼ିଦେଇ, ତାର ତଳ ଲୋକ ଉପରେ କଳସ ଢାଳିଦେଇ ଚାଲିଗଲା। ସେ ଭୃଗୁର ସପ୍ତପୁରୁଷକୁ ଉଦ୍ଧାର କଲା ଏବଂ ନିଜର ସହକର୍ମୀର ଜନ୍ମର ବୈଧତା ସଂପର୍କରେ ସନ୍ଦେହ ପ୍ରକାଶ କଲା। ତାର ସ୍ତ୍ରୀ ମଧ ଚାକର ହାତରେ ପାଟରଙ୍ଗର ବଡ଼ ରୁମାଲ ଆକାରର ଖଣ୍ଡିଏ ଶସ୍ତା କନା ମନ୍ଦିରକୁ ପଠାଇଦେଇ ନିଜକୁ ଦାୟମୁକ୍ତ କଲା।

ସୁଖଦେବ ବର୍ତ୍ତମାନ ଠିକ୍ କଲା ଯେ ଏଭଳି ଅନ୍ୟ ଲୋକମାନଙ୍କ ଉପରେ ନିର୍ଭର ନ କରି ସେ ନିଜର ଭାଗ୍ୟକୁ ନିଜ ହାତ ମୁଠାକୁ ନେଇନେବ । ଏଥିପାଇଁ ସେ ବେଶ ଅର୍ଥ ବ୍ୟୟ କରି ଜ୍ୟୋତିଷ ଓ ସାମୁଦ୍ରିକ ବିଦ୍ୟାର ସମସ୍ତ ପ୍ରକାର ବହି, ପାଞ୍ଜି ଓ ପଞ୍ଜାଙ୍ଗ ଆଣିଲା ଓ ତାକୁ ଆୟତ୍ତ କରିବାରେ ମନପ୍ରାଣ ଓ ସମୟ ଲଗାଇଲା । ଅଳ୍ପ କେତେ ମାସ ଭିତରେ ହିଁ ସେ ଏହି ନୂତନ ଶାସ୍ତ୍ରର ସୂକ୍ଷ୍ମ ତତ୍ତ୍ୱମାନ ବୁଝିବାରେ ସମର୍ଥ ହେଲା ଏବଂ ଖବରକାଗଜର ରାଶିଫଳ ସ୍ତମ୍ଭ ଓ ଭୃଗୁ ସଂହିତାର ଅସାରତା ବିଷୟରେ ତାର ଆଉ କୌଣସି ସନ୍ଦେହ ରହିଲା ନାହିଁ। ସେ ତାର ବିଭିନ୍ନ ବଂଧୁମାନଙ୍କର ଜନ୍ମପତ୍ର ଦେଖି ସେମାନଙ୍କର ଭାଗ୍ୟ ନିର୍ଦ୍ଧାରଣ କରିବା ସଙ୍ଗେ ସଙ୍ଗେ ନିଜ ଭାଗ୍ୟର ମଧ୍ୟ ବିଶ୍ଳେଷଣ କଲା। କିନ୍ତୁ ପ୍ରତିଟି ଗଣନାରେ ତାକୁ ବିଭିନ୍ନ ପ୍ରକାରର ଭାଗ୍ୟର ସୂଚନା ମିଳିଲା ଏବଂ ସେ ନିଜକୁ ଆହୁରି ଗଭୀର ଅଧ୍ୟୟନରେ ନିମଜ୍ଜିତ କରିଦେଲା। ତ'ର ଜ୍ୟୋତିଷ ଶାସ୍ତ୍ର ପାଠର ଅବସରରେ ପୁଣି ତାର ଅଫିସରେ ପଦୋନ୍ନତି ହୋଇଗଲା; କିନ୍ତୁ ସୁଖଦେବ ସେଥ୍ରୁ ବଞ୍ଚିତ ରହିଲା। ହତୋସାହ ନହୋଇ ସୁଖଦେବ ଆହୁରି ଅଧବସାୟର ସହିତ ଜ୍ୟୋତିଷ ଓ ସାମୁଦ୍ରିକରେ ନିଜକୁ ନିୟୋଜିତ କରିଦେଲା ଏବଂ ବିଭିନ୍ନ ଲୋକଙ୍କର ସଠିକ ଜାତକ ତିଆରି ଓ ସେମାନଙ୍କର ଭାଗ୍ୟ ନିରୂପଣ ଇତ୍ୟାଦିରେ ସମୟର ସଦୁପଯୋଗ କଲା। ଏସବୁ ମହତ କାମରେ ସେ ଏତେ ବ୍ୟସ୍ତ ରହିଲା ଯେ ପଦୋନ୍ନତି କଥା ଭାବିବା ପାଇଁ ତାକୁ ଆଉ ସମୟ ହେଲା ନାହିଁ।

ପ୍ରମୋଶନ କଥା ନ ଭାବି ସେ ଜ୍ୟୋତିଷ ଶାସ୍ତ୍ର ଚର୍ଚ୍ଚା କରି ସୁଖୀ ରହିପାରିଥାନ୍ତା, କିନ୍ତୁ ତାର ସ୍ତ୍ରୀ ତାର ଏଭଳି ମନୋଭାବ ସହିତ ଏକମତ ନଥିଲା। ଦ୍ୱିତୀୟରେ, ତାର ଅନ୍ୟ ଜଣେ ସହକର୍ମୀ ତା ସହିତ ଆଲୋଚନା କରି ତାକୁ ଦ୍ୱିଧାରେ ପକାଇଦେଲେ। ସେ ତାକୁ କହିଲେ, ବୁଝିଲେ ସୁଖଦେବବାବୁ, ମୁଁ ମାନୁଛି ଆପଣ ଜ୍ୟୋତିଷରେ ବହୁତ ଜ୍ଞାନ ଅର୍ଜନ କଲେଣି । ତା ଫଳରେ ଆପଣ ଜାଣିପାରିବେ ମଣିଷର କଣ ହବାକୁ ଯାଉଛି; କିନ୍ତୁ ଯଦି କିଛି ଖରାପ ଘଟିବାର ଅଛି ତାକୁ ବନ୍ଦ କରିବେ କେମିତି? ଏଥରକ ତନ୍ତ ଆଡ଼କୁ ଯାଆନ୍ତୁ।

ଏଇ ଅତି ସରଳ ଯୁକ୍ତି ସୁଖଦେବର ମନକୁ ପାଇଲା ଏବଂ ସେ ଏଥରକ ମନ୍ଦଗ୍ରହମାନଙ୍କୁ ସାଧ କରିବାର ଉପାୟ ଖୋଜିବାରେ ମନ ଦେଲା। ତାର ଏଇ ପ୍ରୟୋଜନଟି କେଜାଣି କିପରି ଅତି ଅଳ୍ପ ସମୟ ଭିତରେ ସମସ୍ତଙ୍କୁ ବିଦିତ ହୋଇଗଲା ଏବଂ ବିଭିନ୍ନ ପ୍ରକାରର ସାଧୁ ସନ୍ତ ବାବାଜି କାପାଳିକ ଆସି ତା ଘରେ ପହଞ୍ଚିଲେ। ଅଳଙ୍କାର ଦୋକାନର ଦଲାଲ ସନ୍ନ୍ୟାସୀ ଛଦ୍ମବେଶରେ ଆସି ତାକୁ ପୁଖରାଜ ପାନ୍ନା ପଦ୍ମରାଗ ଓ ଗୋମେଦ ଇତ୍ୟାଦି ପଥରର ଗ୍ରହମାନଙ୍କ ଉପରେ ପ୍ରଭାବ ବିଷୟରେ ବୁଝାଇ ତାକୁ ମୁଦି ମାଳି ବାଜୁବନ୍ଦ ଓ କବଚ ବିକ୍ରି କରି ଦେଇଗଲେ। ଅଷ୍ଟମୁଖୀ ରୁଦ୍ରାକ୍ଷ, ଦକ୍ଷିଣାବର୍ତ ଶଙ୍ଖ, ବିଭିନ୍ନ ପ୍ରକାରର ଡେଉଁରିଆ, ଅକ୍ଷାସୂତା, କଡ଼ା, ସିନ୍ଦୂର, ମନ୍ତ୍ରରା ଚାଉଳ, ତୁଳସୀ ମାଳିର ମାଧମ ଦେଇ ବ୍ରତ, ଉପବାସ, ମୌନ, ସାଷ୍ଟାଙ୍ଗ, ମାନସିକ କରି ସାରିବା ପରେ ସୁଖଦେବ କ୍ରମବଦ୍ଧ ଭାବରେ ହୋମ, ଯଜ୍ଞ, ଅଖଣ୍ଡ ପାଠ, ନାମକୀର୍ତନ, ଗ୍ରହଶାନ୍ତି, ରିଷ୍ଟ ଶୁଦ୍ଧି ପର୍ବକୁ ମଧ ସମାପନ କଲା।

ଏପରି ଭାବରେ ପ୍ରମୋଶନ ନ ପାଇଲେ ମଧ, ସୁଖଦେବ ଧାର୍ମିକ ହୋଇ ପ୍ରଭୂତ ପୁଣ୍ୟ ଅର୍ଜନ କରିବାରେ ଲାଗିଲା। ଦିନେ ସେ ଅଫିସରୁ ଘରେ ପହଞ୍ଚି ଦେଖିଲା ଯେ ତାର ବସିବା ଘରେ ଜଣେ ଜଟାଜୂଟଧାରୀ ବାବାଜି ଧାନରେ ବସିଛନ୍ତି। ସେ କଣ କହିବାକୁ ଯାଉଛି, ତାର ସ୍ତ୍ରୀ ତାକୁ ହାତ ଠାରି ଚୁପ କରାଇଲା, କହିଲା, ଏ ସିଦ୍ଧପୁରୁଷ ଜଣକ ସିଧା ହିମାଳୟରୁ ଏଠାକୁ ଆସିଛନ୍ତି। ଏଥରକ ନିଶ୍ଚୟ ଆମର ଭାଗ୍ୟ ଲେଉଟିବ।

ଭୟଙ୍କର କାପାଳିକ ଭଳି ଦିଶୁଥିବା ଲୋକଟିକୁ ଦେଖି ସୁଖଦେବ ମନରେ ମଧ ଆଶ୍ୱାସନା ଜନ୍ମିଲା। ଏଇ ସମୟରେ ମହାମ୍ୟାଙ୍କର ଆଖି ଖୋଲିଲା ଏବଂ ସେ ସଂକେତରେ ସୁଖଦେବର ସ୍ତ୍ରୀକୁ ବାହାରି ଯିବାକୁ କହିଲେ। ତାପରେ ସେ ସୁଖଦେବ ଆଗରେ ଠିଆ ହେଲେ ଏବଂ ପିନ୍ଧିଥିବା ଗେରୁଆ ବସ୍ତ୍ରଟିକୁ ଖୋଲି ଧରିଲେ। ସୁଖଦେବ ଦେଖିଲା, ତାଙ୍କର ପୁରୁଷାଙ୍ଗ ଶୀର୍ଷରେ ଛିଦ୍ର ହୋଇ ସେ ସେଥିରେ ଗୋଟିଏ ଲୁହାର ବଳା ପିନ୍ଧିଥିଲେ। ଏହା ଦେଖି ତାଙ୍କର ଶକ୍ତି ବିଷୟରେ ସୁଖଦେବ

ମନରେ ଅଗାଧ ପ୍ରତ୍ୟୟ ଜନ୍ମିଲା; କିନ୍ତୁ ସେ ଯେତେବେଳେ ପୁଣି ପଦ୍ମାସନରେ ବସି ତା ଆଡ଼କୁ ରକ୍ତବର୍ଣ ଚକ୍ଷୁରେ ଅନାଇଲେ, ସୁଖଦେବ ମନରେ ସାମାନ୍ୟ ଭୟ ଜାତ ହେଲା। ତାର ମନେହେଲା, ମହାମ୍ୟା ତାକୁ ବର୍ଗମାନ ନରବଳି ମାଗିବେ ଏବଂ ଅହେତୁକ ତା ମନ ଭିତରେ ତାଙ୍କ ଆଖପାଖରେ ରହୁଥିବା ଛୋଟ ଛୋଟ ପିଲାଙ୍କର ମୁହଁ ଦେଖାଗଲା।

ମହାମ୍ୟା କିନ୍ତୁ ତାଙ୍କ ଝୁଲାମୁଣିରୁ ବହୁତ ପ୍ରକାରର ବାଳ ନଖ ମାଟି ଗେଣ୍ଟି ଚେରମୂଳ ବାହାରକରି ସେମାନଙ୍କର ଉପକାରିତା ଓ ମୂଲ୍ୟ ବିଷୟରେ ତାକୁ କହିଲେ ।

ସୁଖଦେବ ଯେତେବେଳେ ତାଙ୍କୁ ନିଜର ସମସ୍ୟା ବିଷୟରେ କହିଲା, ମହାମ୍ୟା ତାଙ୍କ ଝୁଲାର ଏକ ଗଭୀର କୋଣରୁ କଳା ଚମଡ଼ା ଭଲି ଦେଖାଯାଉଥିବା ଗୋଟିଏ ଟୁକୁଡ଼ା ବାହାର କରି ଦେଲେ ଏବଂ କହିଲେ, ଏଇ ହିମାବର୍ଗର ରୁଟିରେ କାମ ହୋଇଯିବ ।

ରୁଟି ବୋଲି କୁହାଯାଉଥିବା ଚମଡ଼ାଟିକୁ ଏପାଖ ସେପାଖ ଓଲଟାଇ, ତାକୁ ନଖରେ ଚିପି, ନାକରେ ଶୁଘି ସୁଖଦେବ ଯେତେବେଳେ ଜିନିଷଟି ଭକ୍ଷଣ ଅଯୋଗ୍ୟ ବୋଲି ମୁଖଭଙ୍ଗୀ କଲା, ମହାମ୍ୟା କହିଲେ, ଏଇଟିକୁ ଗୋଟିଏ କଳା କୁକୁରକୁ ନିଜ ହାତରେ ଖାଇବାକୁ ଦେଇଦେବ ।

ତଥାପି ସୁଖଦେବ ଆଶ୍ୱସ୍ତ ଜଣା ନ ପଡ଼ିବାରୁ ମହାମ୍ୟା ଯୋଗ କଲେ, କୁକୁର ଖାଉ ବା ନଖାଉ। ଏତିକି କହି ତା ହାତରୁ ଟଙ୍କା ନେଇ ମହାମ୍ୟା ଉଭାନ ହୋଇଗଲେ, ଅର୍ଥାତ୍ ରିକ୍ସାରେ ବସି ସେଠାରୁ ଚାଲିଗଲେ ।

ଏଇଭଲି କିଛିଦିନ ସନ୍ତୋଷରେ ବିତିଗଲା। ପୁଣି ପ୍ରମୋଶନର ସମୟ ଆସିବାରୁ ସୁଖଦେବର ସ୍ତ୍ରୀ କହିଲା, ଏଥରକ ଆଉ ଏଇ ଠକମାନଙ୍କ ପାଖକୁ ନଯାଇ ସିଧା ଗୁଲାବୀ ବାବାଙ୍କ ପାଖକୁ ଯିବା। ଗୁଲାବୀ ବାବା ଅନେକ ଦୂରରେ ରହୁଥିଲେ, ଗୋଲାପ ରଙ୍ଗର ପୋଷାକ ପିନ୍ଧୁଥିଲେ ଏବଂ ଆଦୌ କଥା କହୁନଥିଲେ ସେ ବର୍ଷକୁ ମାତ୍ର ଚାରିଥର ଚାରିଦିନ ଲେଖାଏଁ ଭକ୍ତମାନଙ୍କୁ ସାକ୍ଷାତ ଦେଉଥିଲେ ଏବଂ ମାସକ ପରେ ଏଇଭଲି ଗୋଟିଏ ଶୁଭଦିନ ପଡ଼ୁଥିଲା। ତତ୍ପରତାର ସହିତ ସୁଖଦେବ ବାବାଙ୍କ

ପାଖକୁ ଯିବା ପାଇଁ ଟିକେଟ୍, ରହିବାର ବ୍ୟବସ୍ଥା ଇତ୍ୟାଦିର ଆୟୋଜନ କରିବାରେ ଲାଗିଗଲା।

ନିର୍ଦ୍ଦିଷ୍ଟ ଦିନ ସୁଖଦେବ ଓ ତାର ସ୍ତ୍ରୀ ଯେତେବେଳେ ବାବାଙ୍କ ଆଶ୍ରମ ପାଖରେ ପହଞ୍ଚିଲେ ସେଠାରେ ବିରାଟ ଜନସମାଗମ ହୋଇସାରିଥିଲା।

ପ୍ରଥମ ଦିନ ସୁଖଦେବ ଏ ଭିଡ଼ ଭିତରେ ପଶି ବାବାଙ୍କ ପାଖକୁ ଯାଇପାରିଲା ନାହିଁ ଏବଂ ନିରାଶ ହୋଇ ଫେରିଲା।

ସେଦିନ ରାତିରେ ସେ ଆଉ ତାର ସ୍ତ୍ରୀ ନ ଶୋଇ ରାତି ଅଧରୁ ଯାଇ ବାବା ବକ୍ତୃତା ଦେଉଥିବା ମଣ୍ଡପ ପାଖରେ ବସିରହିଲେ। ସକାଳେ ଯେତେବେଳେ ସୁଖଦେବର ନିଦ ଭାଙ୍ଗିଲା, ସେଠାରେ ଲୋକାରଣ୍ୟ ହୋଇସାରିଥିଲା।

ଗୁଲାବୀ ବାବା ଆସି ଭକ୍ତମାନଙ୍କୁ ଦର୍ଶନ ଦେଇ ବକ୍ତୃତା ଦେଲେ ଏବଂ ଯେତେବେଳେ ମଞ୍ଚ ଉପରୁ ଓହ୍ଲାଇ ଭିଡ଼ ଭିତରକୁ ଯିବାକୁ ପାଦ ବଢ଼ାଇଲେ, ସୁଖଦେବ ଦେଖିଲା ଏ ସୁଯୋଗ ଛାଡ଼ିବାର ନୁହେଁ ସେ ସିଧା ଯାଇ ବାବାଙ୍କର ଡାହାଣ ହାତକୁ ଧରିଲା। ଏଇ ଅବସରରେ ତାର ସ୍ତ୍ରୀ ମଧ୍ୟ ବାଁ ପାଖରୁ ଯାଇ ବାବାଙ୍କୁ ଆକ୍ରମଣ କଲା।

ତାର ସୌଭାଗ୍ୟକୁ ବାବା ଅଟକିଲେ, ତା ଆଡ଼କୁ ଚାହିଁ ଈଷତ୍ ହସିଲେ ଏବଂ ଶୂନ୍ୟରୁ କିଛି ବିଭୂତି ଆଣି ତା ହାତକୁ ବଢ଼ାଇଦେଲେ। ସେ ଆଶ୍ଚର୍ଯ୍ୟ ହୋଇ ତାକୁ ହାତମୁଠାରେ ଧରିଛି, ବାବା ପୁଣି ଆଗକୁ ଚାଲିଗଲେ।

ତାର ସଂବିତ୍ ଫେରିବାବେଳକୁ ତାର ସ୍ତ୍ରୀ କହିଲା, ସେମିତି ବୋକା ଭଳି ଛିଡ଼ା ହୋଇଛ କଣ, ହାତମୁଠା ଫିଟାଇ ଦେଖ ତା ଭିତରେ କଣ ଅଛି।

ସ୍ତ୍ରୀକୁ ଚାଣିଆଣି ଟିକିଏ ଭିଡ଼ ବାହାରକୁ ଯାଇ ସୁଖଦେବ ହାତମୁଠା ଖୋଲିଲା। ତା ଭିତରେ ବିଭୂତି ବଦଳରେ ଚଉଡ଼ା ହୋଇଥିବା ଛୋଟ କାଗଜ ଟୁକୁଡ଼ାଟିଏ ଥିଲା। ତାକୁ ଖୋଲି ଦେଖିଲା। ସେଥିରେ ଲେଖାଥିଲା, ମନ ଦେଇ କାମକର, ହାକିମଙ୍କୁ ଖୁସି ରଖ।

ଲୋକଗହଳିରୁ ବାହାରକୁ ଆସିବାବେଳେ ସୁଖଦେବ ଆଶ୍ୱସ୍ତ ହେଲା ଯେ ଅତତଃ ଆସନ୍ତା ପ୍ରମୋଶନ ପର୍ଯ୍ୟନ୍ତ ସମୟତକ ସେ ଶାନ୍ତି ଓ ସନ୍ତୋଷରେ ରହିବ।

ଫଟୋଗ୍ରାଫ

ଛୁଟିଦିନ ପୁରୁଣା କାଗଜପତ୍ର ଭିତରୁ କଣ ଗୋଟାଏ ଜରୁରୀ ଚିଠି ଖୋଜିବା ବେଳେ ଶ୍ରଦ୍ଧାନନ୍ଦର ଆଖି ପଡ଼ିଲା ଫଟୋଗ୍ରାଫଟି ଉପରେ। ଫଟୋରେ ଶ୍ରଦ୍ଧାନନ୍ଦ ଓ ତାର ପାଞ୍ଚଜଣ ବନ୍ଧୁ ଛିଡ଼ା ହୋଇଥିଲେ। ସମସ୍ତଙ୍କ ମୁହଁରେ ରଙ୍ଗ ବୋଲାହୋଇଥିଲା ଏବଂ ସମସ୍ତେ ହସୁଥିଲେ। ହୋଲି ଦିନ ସେମାନଙ୍କ ହଷ୍ଟେଲ ଆଗରେ କିଏ ଏଇ ଫଟୋଟି ଉଠାଇଥିଲା। ଫଟୋ ପଛରେ ଯେଉ ତାରିଖଟି ଲେଖାହୋଇଥିଲା, ସେଇଟି ଥିଲା ତିରିଶ ବର୍ଷ ତଳର ।

ଫଟୋ ଆଡ଼କୁ ଅନାଇ ଶ୍ରଦ୍ଧାନନ୍ଦ ନିଜ ମୁଣ୍ଡରେ ହାତ ବୁଲାଇଲା। ଯଦିଓ ଫଟୋରେ ସେ ସୁସ୍ଥ ସବଳ ଦେଖାଯାଉଥିଲା ଓ ତାର ମୁଣ୍ଡରେ ବାଳ ଥିଲା, ବର୍ତ୍ତମାନ ସେ ଶୁଖିଲା ଓ ରୋଗା ଏବଂ ଅନେକଦିନୁ ଚନ୍ଦା ମଧ ହୋଇଯାଇଥିଲା। ଫଟୋଟିକୁ ଦେଖି ତାର ମନ ଭିତରେ ପ୍ରଥମ ପ୍ରତିକ୍ରିୟା ହେଲା ଯେ ସେ ଏଇଟିକୁ ନେଇ ତାର ସ୍ତ୍ରୀ ଓ ପିଲାମାନଙ୍କୁ ଦେଖାଇବ। ଫଟୋ ଦେଖି ସେମାନେ ଅନ୍ତତଃ ଜାଣିବେ ଯେ ଶ୍ରଦ୍ଧାନନ୍ଦ ଦିନେ ସୌମ୍ୟଦର୍ଶନ ଥିଲା; ପାରିବାରିକ ଚକ୍ରରେ ପଡ଼ି ବର୍ତ୍ତମାନ ଚିଡ଼ିଚିଡ଼ା ଏବଂ ଚନ୍ଦା ହୋଇଯାଇଛି ।

ଫଟୋଟିକୁ ଆଉ ଥରେ ଭଲଭାବରେ ଦେଖି ତାର ବନ୍ଧୁମାନଙ୍କୁ ଚିହ୍ନିବାକୁ ଚେଷ୍ଟାକଲା ଶ୍ରଦ୍ଧାନନ୍ଦ । କେବଳ ଜଣକୁ ସେ ଚିହ୍ନିପାରିଲା । ଅଭିରାମ ମଧ ଏଇ ସହରରେ ରହୁଥିଲା ଏବଂ କେବେ କେମିତି ସେମାନଙ୍କର ସାକ୍ଷାତ ମଧ ହୋଇ ଯାଉଥିଲା, ଯଦିଓ ସେମନଙ୍କ ଭିତରେ ବିଶେଷ କୌଣସି ସୌହାର୍ଦ୍ଦ୍ୟ ନଥିଲା। ଅନ୍ୟ

ବନ୍ଧୁମାନେ ହଠାତ୍ ଚିହ୍ନାପଡ଼ିଲେ ନାହିଁ। ପାଠ ପଢ଼ିସାରିବା ପରେ ସମସ୍ତେ ଅଲଗା ହୋଇଯାଇଥିଲେ; ଆଉ ଚାରିଜଣ ବି କିଏ କୁଆଡ଼େ ଚାଲିଯିବେଣି । କଲେଜରେ ପାଠ ପଢ଼ିବାବେଳେ ଏଇ ପାଞ୍ଚଜଣ ଯେ ତାର ସବୁଠାରୁ ଘନିଷ୍ଠ ବନ୍ଧୁ ଥିଲେ, ଏ ବିଷୟରେ ମଧ୍ୟ ସନ୍ଦେହ ହେଲା ଶ୍ରଦ୍ଧାନନ୍ଦର। ଏମିତି ହୁଏତ କେହି ଫଟୋଟି ଉଠାଇ ଦେଇଥିଲା ସେମାନେ ସବୁ ହୋଲି ଖେଳି ହଷ୍ଟେଲ ଆଗରେ ସେଇ ଜାଗାରେ ଠିଆ ହୋଇ ଥିବାବେଳେ ।

ଏ କଥାରୁ ହଷ୍ଟେଲ କଥା ମନେପଡ଼ିଲା। ସ୍ତ୍ରୀ ପିଲା ବନ୍ଧୁମାନଙ୍କ ଆଗରେ ତାର କଲେଜବେଳ କଥା କହିବାବେଳେ ଶ୍ରଦ୍ଧାନନ୍ଦ କହୁଥିଲା, କି ମଜାର ଜୀବନ ଥିଲା ସେତେବେଳେ ! ମଜା ଅର୍ଥ ଏତିକି ଥିଲା ଯେ ପରୀକ୍ଷା ବ୍ୟତୀତ ଆଉ କୌଣସି ଚିନ୍ତା ନଥିଲା, ହଷ୍ଟେଲ ସୁପରିଣ୍ଟେଣ୍ଡେଣ୍ଟଙ୍କ ବ୍ୟତୀତ ଆଉ କାହାରିକି ଭୟ ନଥିଲା ଏବଂ ସିଗାରେଟ ପିଇଲେ ସିନେମା ଦେଖିଲେ ଆକଟ କରିବାକୁ କୌଣସି ଅଭିଭାବକ ନଥିଲେ ହାତପାଖରୋ। ଅପରପକ୍ଷରେ, ହଷ୍ଟେଲ ଖାଇବା ଅତ୍ୟନ୍ତ ନିକୃଷ୍ଟ ଧରଣର ଥିଲା; ପ୍ରତିଦିନ ପୂଜାରୀ ସହିତ ଝଗଡ଼ା ହେଉଥିଲା ସେମାନଙ୍କର । ଖରାଦିନେ ମେସ ବନ୍ଦ ହୋଇଯାଉଥିଲା ଏବଂ ସେମାନଙ୍କୁ ଖରାରେ ଯାଇ ବହୁତ ଦୂରରେ ଥିବା ହୋଟେଲରେ ବେଶୀ ପଇସା ଦେଇ ଖାଇବାକୁ ପଡ଼ୁଥିଲା। ଖରାଦିନେ ସକାଳ ନ'ଟାରୁ ପାଣି ବନ୍ଦ ହୋଇଯାଉଥିଲା। ବେଶୀ ବର୍ଷା ହେଲେ ପାହାଚ ପାଖରେ ପାଣି ଜମିଯାଉଥିଲା। ଗାଧୁଆ ଘରେ ପୁରୁଣା ଇଲେକ୍ଟ୍ରିକ ତାର ଯୋଗୁ ଓଦାକାନ୍ଥକୁ ଛୁଇଁଲେ ଶକ୍ ଲାଗୁଥିଲା। ରାତିରେ ଡେରିରେ ହଷ୍ଟେଲ ଫେରିଲେ ଫାଟକକୁ ଡେଇଁ ପଶିବାକୁ ହେଉଥିଲା ଏବଂ ଚୌକିଦାର ରେଜିଷ୍ଟରରେ ନାଁ ଦସ୍ତଖତ କରିବାକୁ ବାଧ୍ୟ କରୁଥିଲା ।

ତଥାପି କେମିତି କଲେଜବେଳ କଥା ମନେପକାଇଲେ ସବୁକିଛି ରୋମାନୀ ରୋମାନୀ ଜଣାପଡ଼ୁଥିଲା। ଶ୍ରଦ୍ଧାନନ୍ଦର ପ୍ରଥମେ ମନେପଡ଼ୁଥିଲେ ତାଙ୍କ କ୍ଲାସର ଝିଅମାନେ ଏବଂ ବିଶେଷକରି ସେଇ ଝିଅଟି, ଯାହାର ନାଁ ସେମାନେ ରଖିଥିଲେ ବ୍ଳସମ। (କାହିଁକି ଏମିତି ନାଁ ରଖିଥିଲେ? ସେକ୍ସପିଅରଙ୍କ ନାଟକର କୋଉ

ପଂକ୍ତିରୁ ନା ସେତେବେଳେ ଚାଲିଥିବା କୋଉ ସିନେମା ନାୟିକାର ନାଁ ନେଇ?) ଝିଅଟି ସତେଜ, ସୁନ୍ଦର ଓ ପ୍ରାଣବନ୍ତ ଥିଲା। ବର୍ତ୍ତମାନ ମିସେସ୍ ଅମୁକ ନାଁର ପିଲାଝିଲା, ନାତିନାତୁଣୀ ଥିବା ସଂସାରୀ ଗମ୍ଭୀର ବୁଢ଼ୀଟିକୁ ଦେଖିଲେ କଣ ଆଉ ଶ୍ରଦ୍ଧାନନ୍ଦର ମନେ ପଡ଼ିବ ସେଇ ତିରିଶବର୍ଷ ତଳର ଧାଡ଼ି ଧାଡ଼ି କାଠ ବେଞ୍ଚର ଇଂଲିଶ ଲିଟରେଚର କ୍ଲାସ କଥା? ସେଇ ସ୍ତ୍ରୀଲୋକଟି ସହିତ କଥା କହିଲାବେଳେ କଣ ଶ୍ରଦ୍ଧାନନ୍ଦର ଛାତି ଭିତରେ ହାତୁଡ଼ି ପିଟି ହେବ ନା ତାର ଗଲା ଶୁଖ୍ୟିବ? ତାର ନୋଟ ଖାତା ମାଗି ପଠାଇଥିବା ଛୋଟ କାଗଜ ଟୁକୁଡ଼ାଟିକୁ ଦେଖିଲେ କଣ ତାର ଆଉ ଗୋଟିଏ ଛଟପଟ ରାତି ଅନିଦ୍ରାରେ କଟିଯିବ?

ଅନେକ ଦିନ ପର୍ଯ୍ୟନ୍ତ କାଗଜ ଟୁକୁଡ଼ାଟିକୁ ଯତ୍ନରେ ପାଖରେ ରଖିଥିଲା ଶ୍ରଦ୍ଧାନନ୍ଦ। ତାର ମନେହେଲା ଏଇ ପୁରୁଣା ଫଟୋଗ୍ରାଫଟି ଭଳି ସେ ହୁଏତ କାଗଜଟିକୁ ଆବିଷ୍କାର କରିବ। ଏଇ ଆଶାରେ ସେ ଯେତେ ଯୁଆଡ଼େ ପୁରୁଣା କାଗଜ ଥିଲା, ସବୁ ବାହାର କରି ଖୋଜିଲା। କାଗଜମାନ ନିତାନ୍ତ ଶୁଷ୍କ, ନୀରସ ସାଂସାରିକ ଦଲିଲ ଦସ୍ତାବିଜ ଥିଲା। ଇନ୍ସ୍ୟୁରାନ୍ସ ପଲିସି, ନିଯୁକ୍ତି ପତ୍ର, ରସିଦ, ସାର୍ଟିଫିକେଟ, ପାସବୁକ, ଲାଇସେନ୍ସ ଇତ୍ୟାଦି ଭିତରେ 'ତମର ହ୍ୟାମଲେଟ ନୋଟଟା ମୋର ଦରକାର' ଭଳି କୌଣସି ଅପରିଣତ ହାତରେ ଲେଖା କାଗଜ ଟୁକୁଡ଼ା ନଥିଲା। ନିଜର ଜ୍ଞାତସାରରେ କେବେ ଏଇ କାଗଜଟିକୁ ଫିଙ୍ଗି ଦେଇଥିବା ମନେପଡ଼ିଲା ନାହିଁ ଶ୍ରଦ୍ଧାନନ୍ଦର। ତେବେ ଜୀବନକ୍ରମରେ ନିଜର ଅଲକ୍ଷ୍ୟରେ ଯେପରି ତାର ବାଳ, ତାର ସ୍ୱାସ୍ଥ୍ୟ ଓ ତାର ସ୍ମୃତି ସବୁ ହଜିଗଲେ, ସେଇଭଳି କୋଉଠି ହଜିଗଲା ତାର ସଯତ୍ନରେ ରଖିଥିବା ଯୌବନର କାଗଜ ଟୁକୁଡ଼ାଟି।

ଦେଖିବାକୁ ଗଲେ ତା ପାଖରେ ତାର ପୁରୁଣା ଦିନର କିଛି ବି ଜିନିଷ ନଥିଲା ତାକୁ ତାର ଚିନ୍ତାରହିତ ସବୁଜ ଶାନ୍ତ ଦିନଗୁଡ଼ିକୁ ମନେପକାଇଦେବା ପାଇଁ। ନିରପେକ୍ଷ ହୋଇ ଶ୍ରଦ୍ଧାନନ୍ଦ ଭାବିବାକୁ ଚେଷ୍ଟାକଲା ଏଇ ପୁରୁଣା ଦିନଗୁଡ଼ିକ ସତରେ କିପରି ଥିଲା। ଆଜିକାଲି ତାର ଜୀବନର ପ୍ରତିଟି ମୁହୂର୍ତ୍ତ ଥିଲା ଶୋଚନାଗ୍ରସ୍ତ; କୌଣସି ନା କୌଣସି ସମସ୍ୟା ତାକୁ ଧରି ରଖିଥିଲା ସବୁ ସମୟ।

ପାଠ ପଢ଼ିବାବେଳେ ଅବଶ୍ୟ ପରୀକ୍ଷାର ଏକ ପ୍ରଚ୍ଛନ୍ନ ଆତଙ୍କ ମୁଣ୍ଡ ଉପରେ ଝୁଲି ରହିଥିଲା ଏବଂ ଠିକ ସମୟରେ ଘରୁ ମନିଅର୍ଡର ନ ଆସିବା ଭଳି ସାମୟିକ ସମସ୍ୟା ମଧ ସାମାନ୍ୟ ଚିନ୍ତା ଆଣିଦେଉଥିଲା। କିନ୍ତୁ ଏଗୁଡ଼ିକରେ ରକ୍ତଚାପ ବଢ଼ାଇ ଦେବାର କୌଣସି ସାମର୍ଥ୍ୟ ନଥିଲା; ଏମାନେ ମନକୁ ଛୁଇଁଥିଲେ କୌଣସି ଚଳଚ୍ଚିତ୍ରରେ ଦେଖିଥିବା ଦୁଃଖଦ ଘଟଣାର ଫିକା ସ୍ମରଣ ଭଳି।

ସେତେବେଳେ ଦେହ ଓ ମନର କ୍ଷମତା ଥିଲା ସବୁ କିଛିର ସାମନା କରିବାକୁ; ସବୁକିଛି ସ୍ୱୀକାର, ସମ୍ଭରଣ, ଗ୍ରହଣ କରିନେବାକୁ। ଦେହ ବିଷୟରେ କୌଣସି ଚିନ୍ତା ନଥିଲା। ଖରାରେ ସିଝିବା ବା ବର୍ଷାରେ ଭିଜିବାରେ ଭୟ ନଥିଲା। ଚା'ରେ ଠିକ କେତେ ଚାମଚ ଚିନି ପଡ଼ିବ, ସେ ସମ୍ବନ୍ଧରେ ଠିକ କୌଣସି ବଦ୍ଧମୂଳ ବିଚାର ନଥିଲା ସେତେବେଳେ। ଦିନସବୁ ଘଣ୍ଟା ମିନିଟ ଅନୁସାରେ ଗାର କଟାହୋଇ ଭାଗବଣ୍ଟା ହୋଇ ନଥିଲା। ଇଚ୍ଛାକୁ ଆଦରି ନେବାରେ ସଂକୋଚ ନଥିଲା, ଭବିଷ୍ୟତ ପାଇଁ ଉଦ୍‌ବେଗ ନ ଥିଲା। ଜୀବନ ଥିଲା ଆଗକୁ ଯିବାର ଏକ ପ୍ରଶସ୍ତ ରାସ୍ତା, ଯେଉଁଥିରେ ତମେ ଚାଲ କୁଦ ଦଉଡ଼ ଧାଁ ବସିରହ ଶୋଇଯାଅ ସ୍ୱପ୍ନ ଦେଖ – କୌଣସି ବାଧବାଧକତା ନାହିଁ। ତା ସହିତ ତୁଳନା କଲେ ବର୍ତ୍ତମାନର ଜୀବନ ଏକ ରୋକଠୋକ ସମୟ-ନିର୍ଘଣ୍ଟରେ ବନ୍ଧା ରେଲଯାତ୍ରା, ଯେଉଁଥିରେ ସବୁ କିଛି ନିୟନ୍ତ୍ରିତ : ତମର ଗତିପଥ, ବେଗ, ବିଶ୍ରାମ ନେବାର ସ୍ଥାନ ଓ ସମୟ, ଟିକେଟରେ ଲିପିବଦ୍ଧ ଗନ୍ତବ୍ୟସ୍ଥଳ।

ଶ୍ରଦ୍ଧାନନ୍ଦ ପୁଣି ଥରେ ଫଟୋଗ୍ରାଫ ଆଡ଼କୁ ଅନାଇଲା ଏବଂ ଦୀର୍ଘଶ୍ୱାସ ନେଲା। ପୁରୁଣାଦିନର ଏକମାତ୍ର ମୂର୍ତ୍ତ ଓ ସାକାର ଏଇ ପ୍ରମାଣପତ୍ରଟିରୁ ଧୂଲି ପୋଛି ତାକୁ ଯତ୍ନରେ ହାତରେ ଧରିଲା, ଯେପରି ତାକୁ ଆଉ ହଜାଇ ନଦିଏ। ସେ ଏକଥା ମଧ ସ୍ଥିର କଲା ଯେ ସେହି ଫଟୋରେ ଥିବା ଚେହେରାମାନଙ୍କ ସହିତ ପୁନର୍ବାର ଆତ୍ମୀୟତା କରିବାକୁ ଚେଷ୍ଟା କରିବ। ଏଇ ନିର୍ଣ୍ଣୟରେ ତାର ପ୍ରଥମ ଶରବ୍ୟ ହେଲା ଅଭିରାମ। ଯଦିଓ ସେ ଜାଣିଥିଲା ଯେ ଅଭିରାମ ଏଇ ସହରରେ କୋଉ ଔଷଧ କମ୍ପାନୀରେ କାମ କରୁଛି, ତାକୁ ଖୋଜି ବାହାର କରିବା ଏକ

କଷ୍ଟସାଧ୍ୟ ବ୍ୟାପାର ହେଲା । ବିଭିନ୍ନ ଜାଗାକୁ ଟେଲିଫୋନ୍ କରି, ଅଭିଜିତ ଓ ଅଭିରୂପମାନଙ୍କ ସହିତ ଭୁଲରେ କଥାବାର୍ତ୍ତା କରି ଶେଷରେ ଅଭିରାମ ମିଳିଲା । ଟେଲିଫୋନରେ ସମ୍ଭାଷଣ ପର୍ବ ପରେ ଶ୍ରୀଧାନନ୍ଦ ବୁଝି ପାରିଲା ନାହିଁ ଅଭିରାମ ସହିତ ପୁଣି ସଂପର୍କ ଯୋଡ଼ିବାର କି କାରଣ ଦେବ । ତାକୁ କହିଲା, ମୁଁ ଭାବୁଥିଲି, ଆମେ ଆମ ପୁରୁଣା ହ୍ୟୋଷ୍ଟେଲର ଯେତେ ଲୋକ ଏଠାରେ ଅଛେ, ସମସ୍ତେ ମିଶି ଗୋଟାଏ କ୍ଲବ କରିବା ।

ଅଭିରାମ କହିଲା, କଲେଜବେଳେ ଆପଣ ଆଉ ମୁଁ ଏକା ସାଙ୍ଗରେ ପଢ଼ୁଥିଲେ ସତ; କିନ୍ତୁ ଆମର ଅଲଗା ଅଲଗା ହ୍ୟୋଷ୍ଟେଲ ଥିଲା । ଏ କଥା କହି ସେ ଶ୍ରୀଧାନନ୍ଦର ହ୍ୟୋଷ୍ଟେଲରେ ଥିବା କୋଉ କୋଉମାନେ ବର୍ତ୍ତମାନ ସେ ସହରରେ ରହୁଥିଲେ ତାର ଏକ ତ ଲିକା ଦେଲା । ଶ୍ରୀଧାନନ୍ଦ କହିଲା, ନ ହେଲେ ଆମ ଦୁହିଁଙ୍କ ହ୍ୟୋଷ୍ଟେଲକୁ ମିଶାଇ କିଛି କରାଯାଇ ପାରିବ । ଆମେ କେତେବେଳେ ଏକାଠି ହୋଇ ଏ ବିଷୟରେ କଥାବାର୍ତ୍ତା କରନ୍ତେ । ପ୍ରସ୍ତାବଟି ଶ୍ରୀଧାନନ୍ଦକୁ ନିଜକୁ ବି ଯୁକ୍ତିଯୁକ୍ତ ମନେହେଲା ନାହିଁ । ତଥାପି ସେ ଅଭିରାମ ସହିତ ସାକ୍ଷାତ କରିବାର ସମୟ ଠିକ କଲା ।

ଏଇ କଥୋପକଥନ ପରେ ଶ୍ରୀଧାନନ୍ଦ ନିଜର ସ୍ମରଣଶକ୍ତିର ସ୍ଥୂଳତାକୁ ନେଇ ଲଜ୍ଜିତ ବୋଧକଲା । ତାର ଏ ପର୍ଯ୍ୟନ୍ତ ବଦ୍ଧମୂଳ ଧାରଣା ଥିଲା ଯେ ଅଭିରାମ ତାଙ୍କରି ହ୍ୟୋଷ୍ଟେଲରେ ରହୁଥିଲା । ତା ଛଡ଼ା, ଅଭିରାମ ଯେତେଗୁଡ଼ିଏ ନାଁ ସବୁ କହିଲା, କାହାରି ହେଲେ ମୁହଁ ମନେପଡ଼ୁନଥିଲା ଶ୍ରୀଧାନନ୍ଦର । କିପରି ଏକ ନ୍ୟୂନତା ଆଘାତ କଲା ତାକୁ । ତାର ଶରୀର କଣ ସେ ତାର ମାନସିକ ଶକ୍ତି ସାମର୍ଥ୍ୟ ବି ହରାଇ ବସିଛି? ତାର ଗୋଟାଏ ବି ନାଁ ମନେପଡ଼ୁ ନଥିଲା ଅଥଚ ଅଭିରାମ ଅନର୍ଗଳ ଏତେଗୁଡ଼ାଏ ନାଁ   କହିଗଲା! ତାର କାରଣ କଣ ଅଭିରାମ ସେମାନଙ୍କ ସହିତ ସଂପର୍କ ରଖିଥିଲା ଏବଂ ଶ୍ରୀଧାନନ୍ଦ ସଂପର୍କ କାଟିଦେଇଥିଲା ବୋଲି? ସେ ଠିକ କଲା ଦିନେ ଚୁପଚାପ ଶାନ୍ତ ମନରେ ବସି ସେ ତାର ହ୍ୟୋଷ୍ଟେଲ ଦିନ କଥା

ମନେପକାଇବ ଏବଂ ଯେପରି ହେଲେ ଆଉ କିଛି ବନ୍ଧୁଙ୍କର ନାଁ ମନେପକାଇ ନିଜର ସ୍ମୃତିଶକ୍ତିର ସାବଲୀଲତାର ପ୍ରମାଣ ପାଇବା ।

କିନ୍ତୁ ଏପରିଭାବରେ ଏକାନ୍ତରେ ବସି ପୁରୁଣା କଥା ଭାବିବାର କୌଣସି ସୁଯୋଗ ପାଇଲା ନାହିଁ ଶ୍ରଦ୍ଧାନନ୍ଦ ଏବଂ ରବିବାର ଦିନ ଠିକ କରିଥିବା ସମୟରେ ଅଭିରାମ ଆସି ପହଞ୍ଚିଲା । ତାକୁ ପୂର୍ବ ଅପେକ୍ଷା ଅଧିକ ହାର୍ଦ୍ଦିକତାର ସହିତ ସ୍ୱାଗତ ଜଣାଇଲା ଶ୍ରଦ୍ଧାନନ୍ଦ ଏବଂ ତାକୁ ଚାକିରିର ଭଲମନ୍ଦ କଥା ପଚାରିଲା । ବର୍ତ୍ତମାନର ବନ୍ଧୁତ୍ୱରେ କିଏ କେତେ ଟଙ୍କା ରୋଜଗାର କରୁଚି, ସେକଥା ମଧ୍ୟ ପ୍ରାସଙ୍ଗିକ ଥିଲା । ସୌଭାଗ୍ୟକୁ ଶ୍ରଦ୍ଧାନନ୍ଦ ଓ ଅଭିରାମ ମୋଟାମୋଟି, ଏକା ରୋଜଗାରର ଚାକିରି କରୁଥିଲେ ଏବଂ ସେମାନଙ୍କ ଭିତରେ ଏକଥା ନେଇ କୌଣସି ସମସ୍ୟା ଉପୁଜିବାର କାରଣ ନଥିଲା । ଆଜିର କଥାବାର୍ତ୍ତାରେ ଶ୍ରଦ୍ଧାନନ୍ଦ ଆଉ କ୍ଲବ ଗଢ଼ିବା କଥା ଉଠାଇଲା ନାହିଁ, ଭିତରୁ ଯାଇ ଫଟୋଗ୍ରାଫଟିକୁ ଆଣି ତାକୁ ଦେଖାଇଲା ।

ଫଟୋଗ୍ରାଫଟିକୁ ଭଲ ଭାବରେ ଦେଖି ଅଭିରାମ କହିଲା, ହୋଲି ଦିନ ରବିନ୍ ଏ ଫଟୋଟା ଉଠାଇଥିଲା । ସେତେବେଳେ ତା ପାଖରେ ଗୋଟାଏ ଭଲ ଜର୍ମାନ କ୍ୟାମେରା ଥିଲା, ଯୋଉଟା ତାର ମାମୁ, ଯେ କି ବିଲାତରେ ରହୁଥିଲେ, ତା ପାଖକୁ ପଠାଇଥିଲେ । ରବିନ୍ ଆଜିକାଲି, ବମ୍ବେରେ ଏକ୍ସପୋର୍ଟ ବ୍ୟବସାୟ କରୁଛି । ମନେପକାଇବାକୁ ଅନେକ ଚେଷ୍ଟା କଲା ଶ୍ରଦ୍ଧାନନ୍ଦ; କିନ୍ତୁ ରବିନ୍ ବୋଲି କେହି ତାର ମନେପଡ଼ିଲା ନାହିଁ । ଅଭିରାମ କହିଲା, ସେତେବେଳକୁ ଦିନ ତିନିଟା ବାଜିଥିଲା । ଆମ ଦି ହଷ୍ଟେଲ ଭିତରେ ଗାଳି ଦିଆନିଆ ସରିଯାଇଥିଲା । ଶ୍ରଦ୍ଧାନନ୍ଦର ସାମାନ୍ୟ ମନେପଡ଼ିଲା ଯେ ପାଖ ପାଖ ଦୁଇ ହଷ୍ଟେଲର ପିଲାମାନେ ପରସ୍ପରକୁ ଗାଳିଦେବାର ଏକ ପରମ୍ପରା ରଖିଥିଲେ ।

ଫଟୋରେ ଶ୍ରୀକାନ୍ତକୁ ଦେଖୁଛନ୍ତି? ତାକୁ ନେଇ, ଆପଣଙ୍କ ହଷ୍ଟେଲ ପଛପଟେ ଯୋଉ ନୂଆ ବ୍ଲକ୍‌ର କାମ ଚାଲିଥିଲା, ସେଠି କାଦୁଅ ଭିତରେ ପକାଇ ଦେଇଥିଲେ ଆମେ । ତାର ଜାମାପଟାରେ ସବୁ କେମିତି କାଦୁଅ ଲାଗିଛି ଦେଖନ୍ତୁ!

ଶ୍ରୀକାନ୍ତ ବି ମନେପଡ଼ିଲା ନାହିଁ ଶ୍ରଦ୍ଧାନନ୍ଦର। ସେ କହିଲା, ଅନ୍ୟମାନଙ୍କୁ ଚିହ୍ନ ପାରୁଛନ୍ତି? ଅଭିରାମ ଅନାୟାସରେ ବାକି ତିନିଜଣଙ୍କର ନାଁ, ସେମାନେ କଣ କଣ ପଢ଼ୁଥିଲେ ଏବଂ ବର୍ତ୍ତମାନ କିଏ କୋଉଠି ଅଛନ୍ତି ସେକଥା କହିଲା। ତନ୍ମୟ ହୋଇ ତା କଥା ଶୁଣିଲା ଶ୍ରଦ୍ଧାନନ୍ଦ। ଲୋକଟା କଣ ଗୋଟାଏ ଚଳନ୍ତି ଏନ୍‌ସାଇକ୍ଲୋପିଡିଆ? ଏତେ କଥା ମନେରଖିଛି। କାହିଁ, ତାର ନିଜର ତ କିଛି ବି ମନେନାହିଁ।

ଆପଣ ଯଦି କ୍ଲବ କରିବା କଥା ଭାବୁଛନ୍ତି ତ ମାଧବବାବୁଙ୍କ ସାଙ୍ଗିରେ ଦେଖା କରନ୍ତୁ। ସେ ଏଇ ପାଖରେ ରହୁଛନ୍ତି। ଚା ପିଉ ପିଉ ପରାମର୍ଶ ଦେଲା ଅଭିରାମ।

ତାହେଲେ ଚାଲନ୍ତୁ ସାଙ୍ଗ ହୋଇ ତାଙ୍କ ପାଖକୁ ଯିବା।

ନା ନା, ଅଭିରାମ ସାଙ୍ଗେ ସାଙ୍ଗେ କହିଲା, କଲେଜ ବେଳେ ମୋର ତାଙ୍କ ସାଙ୍ଗରେ ଭଲ ପଡ଼ୁନଥିଲା।

ସେ ତ ଯାଇ କୋଉ କାଳର କଥା; କିଏ କଣ ମନେ ରଖିଥିବ?

ଦେଖନ୍ତୁ, ଆଉ କିଏ ମନେ ରଖୁ ନ ରଖୁ, ମୋର ତ ମନେଅଛି। ଆପଣ ଚାଲିଯାନ୍ତୁ ତାଙ୍କ ପାଖକୁ। ତେବେ ଟିକିଏ ଚିଡ଼ିଚିଡ଼ା ଲୋକ, ସେକଥା ମନେ ରଖିଥିବେ। ତା ଛଡ଼ା ଡାକିରିରେ ଭଲ କରି ପାରିଲେ ନାହିଁ ବୋଲି ମଧ ତାଙ୍କର ମନଦୁଃଖା।

ମାଧବବାବୁଙ୍କର ଠିକଣା ଲେଖିଦେଇ ଅଭିରାମ ବିଦାୟ ନେଲା। ଶ୍ରଦ୍ଧାନନ୍ଦ ଯେତେ କହିଲେ ବି ତା ସାଙ୍ଗରେ ମାଧବ ପାଖକୁ ଯିବା ପାଇଁ ରାଜି ହେଲା ନାହିଁ। ଶ୍ରଦ୍ଧାନନ୍ଦ ଆଶ୍ଚର୍ଯ୍ୟ ହେଲା ଯେ ପୁରୁଣା ଦିନର ସୁଖଦ ସ୍ମୃତିମାନଙ୍କ ଭଲି କିଏ ସେଇ ଅତୀତର କ୍ଷୋଭ-କ୍ରୋଧ-ଅଭିମାନ ଓ ବୈରଭାବକୁ ମଧ ଏତେ ଦିନ ନିଜ ପାଖରେ ରଖିଥାଇପାରେ। ପୁଣି ତାର ମନେହେଲା ଦୁଇଟି କଥା ହୁଏତ ପରସ୍ପରର ପରିପୂରକ। ଯାହାର ମନେଅଛି, ସବୁ କିଛି ମନେଅଛି। ନ ହେଲେ ତା ଭଲି, କେବଳ କିଛି ଖାପଛଡ଼ା କଥା ବ୍ୟତୀତ ଆଉ କିଛି ବି ମନେ ନାହିଁ ପୁରୁଣା ଦିନର କଥା।

ଯଦି ଅଭିରାମ ତା ସାଙ୍ଗରେ ଯିବାକୁ ବାହାରିଥାନ୍ତା, ଶ୍ରୀଦ୍ଧାନନ୍ଦ ସେଇ ଦିନ ହିଁ ଯାଇଥାନ୍ତା ମାଧବ ପାଖକୁ। କିନ୍ତୁ ତା ପାଖରେ ଠିକଣାଟି ଥିଲେ ମଧ ଏକା ଯାଇ ମାଧବ ସହିତ ଯୋଗାଯୋଗ କରିବା ପାଇଁ ସେ ସଙ୍କୋଚ ବୋଧକଲା ଏବଂ ମଝିରେ ମଝିରେ ଫଟୋ ଓ ଠିକଣାଟିକୁ ଅନାଇବା ବ୍ୟତୀତ ଆଉ କିଛି କଲାନାହିଁ। ଦିନେ ଛୁଟିଦିନ ସକାଳେ ସ୍ତ୍ରୀ ସହିତ ସାମାନ୍ୟ କଳି ହୋଇ ଉଦାସ ହୋଇ ବସିଥିବା ବେଳେ ଶ୍ରୀଦ୍ଧାନନ୍ଦର ଫଟୋଟି କଥା ମନେପଡ଼ିଲା ଓ ସେ ତାକୁ ବାହାର କରି ଦେଖିଲା। ସେ ଠିକ କଲା ଯେ ସେଇ ମୁହୂର୍ତ୍ତରେ ହିଁ ମାଧବ ପାଖକୁ ଯାଇ ନିଜର ଅତୀତକୁ ଫେରିଯିବ, ଯେଉଁଠାରେ ତାର ଯୌବନ, ତାର ଇଂଲିଶ ଲିଟରେଚର କ୍ଲାସ ଓ ସହପାଠିନୀ ଝିଅମାନେ ଓତପ୍ରୋତ ଭାବରେ ଜଡ଼ିତ ।

ମାଧବ ସତକୁ ସତ ରୁକ୍ଷ ପ୍ରକୃତିର ଲୋକ ଥିଲା। ଶ୍ରୀଦ୍ଧାନନ୍ଦ ତାର କବାଟରେ ଆଘାତ କରିଛି, ବୁଢ଼ାଲୋକଟି ଭିତରୁ ଆସି ପଚାରିଲା, କାହାକୁ ଖୋଜୁଛନ୍ତି? କଣ ଦରକାର? ଶ୍ରୀଦ୍ଧାନନ୍ଦ ଲୋକଟିକୁ ଆଦୌ ଚିହ୍ନି ପାରିଲା ନାହିଁ। କହିଲା, ମୁଁ ମାଧବବାବୁଙ୍କ ପାଖକୁ ଆସିଥିଲି। ସେ ଅଛନ୍ତି? ବୁଢ଼ା କହିଲା, ମୋ ନାଁ ମାଧବ। କଣ ଦରକାର?

ଆଜ୍ଞା ନମସ୍କାର। ମୋ ନାଁ ଶ୍ରୀଦ୍ଧାନନ୍ଦ। କଲେଜରେ ଆମେ ଏକାଠି ପାଠ ପଢ଼ୁଥିଲୋ

ଏ କଥାରେ ପ୍ରଭାବିତ ହେଲା ନାହିଁ ମାଧବ । ଶ୍ରୀଦ୍ଧାନନ୍ଦ ଆଡ଼କୁ ଗୋଟାଏ ମିନିଟ ଅନାଇ କହିଲା, ନା, ମୋର ମନେପଡ଼ୁନାହିଁ । ତେବେ ଆପଣଙ୍କର କଣ ଦରକାର ଥିଲା?

ଶ୍ରୀଦ୍ଧାନନ୍ଦ ଭାବିଲା ଫେରିଯିବ। କିନ୍ତୁ ସକାଳର ଅପ୍ରୀତିକର ଘଟଣାକୁ ମନେପକାଇ ନିଜକୁ ସଂଯତ କଲା। କହିଲା, ଆପଣଙ୍କର ଯଦି ସମୟ ଅଛି ଦି ମିନିଟ ଆପଣଙ୍କ ସାଙ୍ଗରେ କଥାବାର୍ତ୍ତା ଅଛି।

ଅତ୍ୟନ୍ତ ଅନିଚ୍ଛାର ସହିତ ମାଧବ କବାଟଟିକୁ ପୂରା ଖୋଲିଲା ଓ ଶ୍ରୀଦ୍ଧାନନ୍ଦକୁ ଘର ଭିତରକୁ ଡାକିଲା। ବସିସାରିବା ପରେ ଶ୍ରୀଦ୍ଧାନନ୍ଦ ମାଧବ ଆଡ଼କୁ ଭଲଭାବରେ

ଅନାଇଲା । ଯଦିଓ ତାର ଚେହେରା ବେଶୀ ବୟସ୍କ ଦେଖାଯାଉଥିଲା, ଚାଲିଚଳନ ଓ ବ୍ୟବହାରର ତୀକ୍ଷ୍ଣତା ମାଧବର ବୟସକୁ ଅନେକ ପରିମାଣରେ ହ୍ରାସ କରିଦେଉଥିଲା। କେମିତି, କି ଭାବରେ କଥା ଆରମ୍ଭ କରିବ ଭାବୁଛି, ମାଧବ କହିଲା, ହଁ, କଣ କାମ ଥିଲା କହନ୍ତୁ।

କି ଅଭଦ୍ର ଲୋକଟା, କପେ ଚା ବି ଯାଚିଲା ନାହିଁ, ଭାବିଲା ଶ୍ରଦ୍ଧାନନ୍ଦ। କହିଲା, ପାଣି ଗିଲାସେ ଦେବେ ପିଇବାକୁ? ନିଜେ ଉଠିଯାଇ ତାକୁ ଆଣି ପାଣି ଗ୍ଲାସ ଦେଇ ମାଧବ ତା ଆଡ଼କୁ ଅନାଇଲା, ଯେମିତି କହୁଚି, ତମେ ଯାହା କହିବା କଥା ଶୀଘ୍ର କହିସାରି ଏଠୁ ଯାଅ, ମୋର ଅନେକ ଜରୁରୀ କାମ କରିବାର ଅଛି । ପାଣି ପିଇସାରି ଶ୍ରଦ୍ଧାନନ୍ଦ ଦି ଥର କାଶିଲା। କହିଲା, ଆମ ସହରରେ ଆମ ପୁରୁଣା ହଷ୍ଟେଲର ଅନେକ କଲେଜ ବେଳର ସାଙ୍ଗ ଅଛନ୍ତି। ମୁଁ ଭାବୁଥିଲି ସମସ୍ତଙ୍କୁ ନେଇ ଯଦି ଆମେ ଗୋଟାଏ ସଂଘ ଗଢ଼ନ୍ତେ ତାହେଲେ ମଝିରେ ମଝିରେ ପୁରୁଣା ସାଙ୍ଗଙ୍କ ସହିତ ଦେଖା ହୋଇପାରନ୍ତା।

ମାଧବ ରୋକଠୋକ କହିଲା, ଆଃଜ୍ଞା କାହାର ସମୟ ଅଛି ଆଉ ଏ ବୟସରେ ସଂଘ ତିଆରି କରିବାକୁ? ଆମେ ହେଲୁ ଖଟିଖିଆ ଲୋକ। ଦିନମଜୁରିରୁ କାହିଁ ଫୁରୁସତ ଆମକୁ?

ଶ୍ରଦ୍ଧାନନ୍ଦ ବୁଝାଇଲା, ନା, ନା, ଆପଣଙ୍କୁ କିଛି କରିବାକୁ ହେବ ନାହିଁ। ମିଟିଂ ଡାକିବା, ଚା'ର ବନ୍ଦୋବସ୍ତ ସବୁ ଆମେ କରିବୁ । ଆପଣ ଖାଲି ମଝିରେ ମଝିରେ ମିଟିଙ୍କୁ ଆସିଲେ ହେଲା।

ନାଇଁ ଆଜ୍ଞା, ଆପଣ ଯାହା କରିବାର କରନ୍ତୁ, ମତେ ସେ ସବୁଥିରେ ପୁରାନ୍ତୁ ନାହିଁ, ମାଧବ ଏକଥା କହି ଉଠି ଠିଆହେଲା। ଶ୍ରଦ୍ଧାନନ୍ଦ ବାଧ୍ୟହୋଇ ଉଠିଲା ଏବଂ ଯଦିଓ ବର୍ତ୍ତମାନ ଆଉ ସଂଘ ତିଆରି କରିବାର କୌଣସି ଇଚ୍ଛା ତା ମନ ଭିତରେ ନଥିଲା, କହିଲା, ଆପଣଙ୍କ ଠିକଣା ତ ମୋ ପାଖରେ ଅଛି, ଆପଣଙ୍କୁ ଚିଠି ଲେଖି ଜଣାଇବୁ । ଏ କଥାରେ ବି ରାଜି ହେଲା ନାହିଁ ମାଧବ। କହିଲା, କାହିଁକି ସମୟ, ଡାକଟିକିଟ ନଷ୍ଟ କରିବେ ?

ବିରକ୍ତ ହୋଇ ଶ୍ରଦ୍ଧାନନ୍ଦ କବାଟ ପାଖକୁ ଆସିଲା ଓ ବାହାରକୁ ଯିବାକୁ ପାଦ ବଢ଼ାଇଲା । ଏତିକିବେଳେ ତାର ପକେଟ ଭିତରେ ଥିବା ଫଟୋଗ୍ରାଫଟି କଥା ମନେ ପଡ଼ିଲା। ଯଦିଓ ଲୋକଟି ତାକୁ ବର୍ତ୍ତମାନ ଆଦୌ ଭଲ ଲାଗୁ ନଥିଲା, ସେ ପକେଟରୁ ଫଟୋଟି ବାହାର କରି ସନ୍ତର୍ପଣତାର ସହିତ ମାଧବ ହାତକୁ ଦେଇ କହିଲା, ମୋ ପାଖରେ ଏଇ ପୁରୁଣା ଫଟୋଟା ପଡ଼ିଥିଲା । ଆପଣ ବି ଏଥିରେ ଅଛନ୍ତି। ଆସିବାବେଳେ ଆପଣଙ୍କୁ ଦେଖାଇବାକୁ ନେଇ ଆସିଥିଲି।

ଅତ୍ୟନ୍ତ ନିସ୍ପୃହତାର ସହିତ ମାଧବ ତା ହାତରୁ ଫଟୋଟିକୁ ନେଇ ଗୋଟାଏ ମୁହୂର୍ତ୍ତ ଆଖି ପକାଇ ଫେରାଇଦେଲା। ଶ୍ରଦ୍ଧାନନ୍ଦ ଫଟୋକୁ ପକେଟରେ ରଖିବାକୁ ଯାଉଛି, କଣ ଭାବି ମାଧବ ତା ହାତରୁ ଫଟୋଟିକୁ ଫେରାଇ ନେଇ ଏଥରକ ଭଲ କରି ଦେଖିଲା। ତା ମୁହଁର ଭାବଭଙ୍ଗୀ ଆସ୍ତେ ଆସ୍ତେ ବଦଳିବାରେ ଲାଗିଲା । ଟିକିଏ ସାହସ ସଞ୍ଚୟ କରି ଶ୍ରଦ୍ଧାନନ୍ଦ ଫଟୋ ଉପରେ ଆଙ୍ଗୁଠି ଦେଖାଇ କହିଲା, ଆପଣ ସେ କଣରେ ଠିଆ ହୋଇଛନ୍ତି। ମାଧବ ତା କଥା ଶୁଣିଲା ନାହିଁ। ତା ମୁଣ୍ଡ ଭିତରେ ଯେମିତି ବର୍ତ୍ତମାନ ଅନେକ ପ୍ରକାରର ଜଟିଳ କଳକବ୍ଜା ପୁଣି ଠିକଠାକ ସଜାଡ଼ି ହେବାକୁ ଆରମ୍ଭ କରିଥିଲେ। ସେ ଶ୍ରଦ୍ଧାନନ୍ଦକୁ ଅଶୁଣା କରିଦେଇ ନିଜକୁ ନିଜେ କହିଲା, ଶଳା ରାମରାମ ବି ଆସି ଆମ ମଝିରେ ଠିଆ ହୋଇଯାଇଛି। ଶ୍ରଦ୍ଧାନନ୍ଦ ତାକୁ ଠିକ କଲା, ଅଭିରାମ। ମାଧବ କହିଲା, ଅଭିରାମ ବୋଲି ତାକୁ କିଏ ଡାକୁଥିଲା? ସମସ୍ତେ ଥଟ୍ଟା କରି ତାକୁ ରାମରାମ କହୁଥିଲେ। ଏଥରକ ସେ ଶ୍ରଦ୍ଧାନନ୍ଦ ଆଡ଼କୁ ସିଧାସଳଖ ଅନାଇଲା। କହିଲା, ତମେ ତ ସେଇ ସେକ୍ସପିଅରବାଲା ଶ୍ରଦ୍ଧାନନ୍ଦ! ତମର ତ ବାଳସବୁ କୁଆଡ଼େ ଉଡ଼ି ଗଲାଣି । ଆସ ଆସ, ଭିତରକୁ ଆସ । ଚା ନ ପିଇ କେମିତି ଚାଲିବ?

ସାହିତ୍ୟକାର

ରାତି ବେଶୀ ହୋଇନଥିଲେ ବି ଶୀତଦିନ ଯୋଗୁ ଦୋକାନବଜାର ସବୁ ବନ୍ଦ ହୋଇଯାଇଥିଲା। ବହିଦୋକାନର ପଛପାଖ ଛୋଟ କୋଠରୀରେ ବିଷ୍ଣୁଶର୍ମା ଓ ତାଙ୍କର ପ୍ରକାଶକ ସୁରସେନ ବସି ରମ ପିଉଥିଲେ ଏବଂ ପରବର୍ତ୍ତୀ ପୁରସ୍କାରଟି କିପରି ବିଷ୍ଣୁଶର୍ମାଙ୍କୁ ମିଳିବ, ସେ ବିଷୟରେ ବିଚାରବିମର୍ଶ କରୁଥିଲେ। ପୁରସ୍କାରଟି ପାଇଁ ଏ ବର୍ଷ ଆଉ ଜଣେ ପ୍ରଭାବଶାଳୀ ପ୍ରତିଦ୍ୱନ୍ଦୀ ଥିଲେ। ବିଷ୍ଣୁଶର୍ମା ସେଦିନ ସକାଳେ ତାଙ୍କ ଘରକୁ ଯାଇ ହତାଶ ହୋଇ ଫେରିଥିବାର କାହାଣୀ ଶୁଣାଉଥିଲେ।

ଆମେ ସେ ଲୋକଟାକୁ ଯେତେ ବୋକା ବୋଲି ଭାବିଥିଲେ, ସେ ସେତିକି ଚାଲାକ। ମୁଁ ଯେମିତି କହିଲି ଯେ ବୟସ୍କ ଲୋକକୁ ପୁରସ୍କାରଟା ଆଗେ ମିଳିଯାଉ, ହଠାତ୍ ରାଜିହୋଇଗଲା। ମୁଁ କିଛି କହିବା ଆଗରୁ କହିଲା, ଆମେ ଦିଜଣ ତ ଏକାବର୍ଷ ଜନ୍ମ, ଆପଣ କୋଉ ମାସରେ ଜନ୍ମ? ମୁଁ କହିଲି, ମେ। ସେ କହିଲା, ମୁଁ ବି ମେ ମାସରେ ଜନ୍ମ; ଆପଣଙ୍କର କେତେ ତାରିଖ? ଏତିକିବେଳେ ମୋର ଟିକିଏ ଭାବିବା ଉଚିତ ଥିଲା ଏବଂ ପହିଲା ତାରିଖ କହିଥିଲେ ଯାଇଥାନ୍ତା କିନ୍ତୁ ମୁଁ ସତକଥା କହିଲି, ଚବିଶ। ସେ ହଠାତ୍ କହିଲା, ମୋର ତେଇଶ, ମାନେ ମୁଁ ଆପଣଙ୍କଠାରୁ ଗୋଟାଏ ଦିନ ବଡ଼। ମତେ ଆଉ କିଛି କହିବାକୁ ନ ଦେଇ ମୋ ସାଙ୍ଗରେ ହାତ ମିଳାଇଲା ଆଉ କହିଲା, ଆପଣ ଏଥର ଓହରିଯାନ୍ତୁ। ଆରବର୍ଷ ଆପଣଙ୍କୁ ପୁରସ୍କାର ଦିଆଇବା ଦାୟିତ୍ୱ ମୋର।

ଆପଣ ବଡ଼ ଭୁଲ କଲେ, ଗ୍ଲାସରେ ରମ ଢାଲୁ ଢାଲୁ ସୁରସେନ କହିଲା, ଆପଣଙ୍କର ତା ପାଖକୁ ଯିବା ଉଚିତ ନ ଥିଲା ।

ମୁଁ ଜାଣିଥିଲି ଆମେ ଦୁହେଁ ଏକା ବର୍ଷ ଜନ୍ମ ବୋଲି, କିନ୍ତୁ ମୁଁ ତାର ଲେଖକ ପରିଚିତିରୁ ଦେଖିଥିଲି ଯେ ସେ ଜାନୁଆରୀ ମାସରେ ଜନ୍ମ ବୋଲି। ମତେ ମିଛ କଥା କହି ଠକିଦେଲା ।

ଆପଣ ମତେ ପଠେଇଥାନ୍ତେ । ମୁଁ ସେ ଲୋକକୁ ହାଡ଼େ ହାଡ଼େ ଜାଣେ । ତାର ତିନିଟା ବହି ଛପେଇ କଣ କମ ହିନସ୍ତା ହୋଇଛି ।

ଛାଡ଼ନ୍ତୁ, ଯାହା ହେବାର ହେଲାଣି; ବର୍ତ୍ତମାନ କଣ କରିବା କହନ୍ତୁ।

ଲେଖକ ଓ ପ୍ରକାଶକ ବସି ଏଥରକ ଏକ ବିଧିବଦ୍ଧ ଯୋଜନା କରିବାରେ ଲାଗିଲେ।   ସୁରସେନ ବଡ଼ ସୁବ୍ୟବସ୍ଥିତ ପ୍ରକୃତିର ଲୋକ ଥିଲା। ଗୋଟାଏ ସାଦା କାଗଜ ଆଣି ତା ଉପରେ ଗୋଲ ଗୋଲ ଅକ୍ଷରରେ ପୁରସ୍କାରର ନାଁ ଲେଖିଲା ଏବଂ ତା ତଳେ ଲେଖିଲା; ଏ ବର୍ଷର ବିଜେତା ବିଷ୍ଣୁଶର୍ମା? ତା ତଳକୁ ସେ ପୁରସ୍କାରର ବିଚାରକ ମଣ୍ଡଳୀ ସଭ୍ୟମାନଙ୍କ ନାଁ, ଠିକଣା ଓ ଟେଲିଫୋନ ନମ୍ବର ଲେଖିଲା। ଏମାନଙ୍କ ଭିତରୁ କାହାକୁ ବିଷ୍ଣୁଶର୍ମା କହିବେ ଏବଂ କାହାକୁ ସୁରସେନ କହିବ, ସେ ବିଷୟରେ ମଧ ମୋଟାମୋଟି ନିଷ୍ପତ୍ତି ହୋଇଗଲା। କେବଳ ଜଣେ ରୁକ୍ଷ ପ୍ରକୃତିର ଲୋକ ପାଖକୁ ଦୁହିଁଙ୍କ ଭିତରୁ କେହି ହେଲେ ଯିବାକୁ ରାଜି ହେଲେ ନାହିଁ। ସୁରସେନ ସେ ଲୋକ ନାଁ ପାଖରେ ବଡ଼ ଛକ ଚିହ୍ନ ପକାଇଲା । ଆଉ ଜଣେ ବିଚାରକଙ୍କ ବିଷୟରେ ନିଷ୍ପତ୍ତି ହେଲା ଯେ ତାଙ୍କର ଯୋଉ କବିତାର ପାଣ୍ଡୁଲିପି ତିନିବର୍ଷ ଧରି ସୁରସେନ ପାଖରେ ପଡ଼ିଥିଲା, ସେଇଟିକୁ ସେ   ଛାପିଦେବା ଏହାପରେ ସୁରସେନ କହିଲା, କାଲି ସକାଳୁ ଆମକୁ କାମରେ ଲାଗିଯିବାକୁ ହବ ।

କଣ ଏଥର ପକ୍କା ମିଳିବ ତ? ଟିକିଏ ସନ୍ଦିଗ୍ଧ ହୋଇ ପଚାରିଲେ ବିଷ୍ଣୁଶର୍ମା। ସୁରସେନ କହିଲା, ସେ କଥା ମୋ ଉପରେ ଛାଡ଼ିଦିଅନ୍ତୁ। ତେବେ ଆପଣଙ୍କ ଉପରେ ଯେତିକି ଦାୟିତ୍ୱ ଅଛି, ତାକୁ ଯେମିତି ଆପଣ କାଲି ତୁଲାନ୍ତି।

ଏତିକି କହି ସେ ବିଷ୍ଣୁଶର୍ମାଙ୍କୁ ଭରସା ଦେବା ପ୍ରୟାସରେ ପୃଷ୍ଠା ଉପରେ ଲେଖାଥିବା ତାଙ୍କ ନାଁ ପାଖରୁ ପ୍ରଶ୍ନ ଚିହ୍ନଟିକୁ କାଟିଦେଲା ।

ଏହିପରି ଭାବରେ ବିଷ୍ଣୁଶର୍ମାଙ୍କ ସମସ୍ୟାର ସମାଧାନ କରିସାରିବା ପରେ ସୁରସେନ ଏଥରକ ନିଜ ସମସ୍ୟା ଉପରକୁ ଆସିଲା। କେମିତି ସେ ଛପାଇଥିବା ବହିରୁ କେତୋଟି ସ୍କୁଲ କଲେଜରେ ପାଠ୍ୟ ବହି ହୋଇ ଲାଗିବ ବର୍ତ୍ତମାନ ସେ ବିଷୟରେ ଯୋଜନା କରିବାରେ ଲାଗିଲେ ଦୁହେଁ ମିଶି। ପୁରସ୍କାର ଦିଆଇବାଠାରୁ ଏଇଟି ଅଧିକ ଶ୍ରମ ଓ ସମୟସାପେକ୍ଷ କାମ ଥିଲା ଏବଂ ଏଥିରେ ଟଙ୍କାପଇସାର କାରବାର ମଧ ଥିଲା । । କାଗଜଟିକୁ ଓଲଟାଇ ସେଥିରେ ସୁରସେନ ପାଠ୍ୟପୁସ୍ତକ ବୋଲି ଗୋଟିଏ ଶୀର୍ଷକ ଲେଖି ତା' ତଳେ ଗାର ପକାଇଲା ଓ ତା' ତଳକୁ ସଂପୃକ୍ତ ଲୋକମାନଙ୍କର ତାଲିକା ତିଆରି କଲା। ବିଷ୍ଣୁଶର୍ମା ଆଜିକାଲି ଯେଉଁଭଳି ସାହିତ୍ୟ ଲେଖୁଥିଲେ, ସେସବୁ ସ୍କୁଲ କଲେଜ ପାଠର ଊର୍ଦ୍ଧ୍ୱରେ ଥିଲା । ସେଥିପାଇଁ ପାଠ୍ୟପୁସ୍ତକ ତାଲିକାରେ ତାଙ୍କର ବିଶେଷ ବ୍ୟକ୍ତିଗତ ଆଗ୍ରହ ନଥିଲା। ତଥାପି ସେ ଏ ଯୋଜନାରେ ସୁରସେନକୁ ଯଦ୍ଯପରୋନାସ୍ତି ସାହାଯ୍ୟ କରିବାର ମିଛ ପ୍ରତିଶ୍ରୁତି ଦେଲେ।

ପୁଣି କିଛି ରମ ପିଇସାରିବା ପରେ ବିଷ୍ଣୁଶର୍ମା ସେଇ ପୁରୁଣା ପ୍ରସଙ୍ଗ ଉଠାଇଲେ, ତାଙ୍କ ନିଜ ଲେଖା ଉପରେ ଏକ ଆଲୋଚନାମୂଳକ ବହି ପ୍ରକାଶ କରିବା କଥା । ସୁରସେନ କହିଲା, ଆପଣ ଆଗରୁ ଥରେ ଏ କଥା ମତେ କହିଥିଲେ, କିନ୍ତୁ ମୁଁ ତା ଉପରେ ବିଶେଷ ଦୃଷ୍ଟି ଦେଇନଥିଲି । ଏବେ ଚାଲନ୍ତୁ ଏ କାମରେ ଲାଗିଯିବା । ମୁଁ ଗୋଟାଏ ସାଦାକାଗଜ ଆଣେ । ଆଜି ଏ ବିଷୟରେ ବି ନିଷ୍ପତ୍ତି କରିଦବା ।

ଏଥରକ କାଗଜ ଉପରେ ସୁରସେନ ଲେଖିଲା : ଯୁଗସ୍ରଷ୍ଟା ବିଷ୍ଣୁଶର୍ମା । ତା' ତଳକୁ ସେମାନେ ମିଶି ବିଷ୍ଣୁଶର୍ମାଙ୍କର କେଉଁ କେଉଁ ଦିଗ ଉପରେ ପରିଚ୍ଛେଦମାନ ଲେଖାଯିବ ତାର ସୂଚୀ ତିଆରି କଲେ। ପ୍ରତିଟି ପରିଚ୍ଛେଦ ପାଇଁ ବର୍ତ୍ତମାନ ଜଣେ ଜଣେ ଲେଖକ ନିର୍ଧାରିତ କରାଗଲା। ଏସବୁ କରାଯିବା ପରେ ସୁରସେନ ଏକ ମୌଲିକ ପ୍ରଶ୍ନ ଉତ୍ଥାପନ କଲା : ଯେଉ ଲେଖକମାନଙ୍କର ତାଲିକା ତିଆରି

ହେଲା, ସେମାନଙ୍କ ଭିତରୁ କେହି ହେଲେ ଶ୍ରମ ଓ ସମୟ ବ୍ୟୟ କରି ଲେଖାଟିମାନ ଲେଖିବେ ନାହିଁ। ଏ ସମସ୍ୟାର ସମାଧାନ ମଧ୍ୟ ସୁରସେନ ନିଜେ ଦେଲା । ସବୁଗୁଡ଼ିକ ଲେଖା ବିଷ୍ଣୁଶର୍ମା ନିଜେ ଲେଖିବେ ଏବଂ ସେଗୁଡ଼ିକୁ ବିଭିନ୍ନ ଲେଖକଙ୍କ ନାଁରେ ଚଳାଇଦେବାର ଦାୟିତ୍ୱ ନେବ ସୁରସେନ।

ବିଷ୍ଣୁଶର୍ମା ଏ ବିଷୟରେ କଣ କହିବାକୁ ଯାଉଥିଲେ, କିଏ କବାଟ ଖଟଖଟ କଲା। ଯଦିଓ ଘର ଭିତରେ ବସି ମଦ ପିଇବାରେ କୌଣସି ଆଇନଗତ କଟକଣା ନଥିଲା, ଏକ ହଠାତ୍ ପ୍ରତିକ୍ରିୟାରେ ସୁରସେନ ଓ ବିଷ୍ଣୁଶର୍ମା ରମ ବୋତଲ ଓ ଗ୍ଲାସ ଟେବୁଲ ତଳେ ଲୁଚାଇ ରଖିଦେଲେ ଏବଂ ବିଷ୍ଣୁଶର୍ମା ଚିନାବାଦାମ ପ୍ଲେଟଟି ଉଠାଇ ନେଇ ତାକୁ ମନୋଯୋଗିତାର ସହିତ ଖାଉଥିବାର ମୂକ ଅଭିନୟ କରିବାରେ ଲାଗିଲେ ।

କବାଟକୁ ସାମାନ୍ୟ ଖୋଲି ସୁରସେନ ଅନ୍ଧାର ଭିତରକୁ ଅନାଇଲା । ସାଇକେଲ ଧରି ଛିଡ଼ା ହୋଇଥିବା ଲୋକଟି କହିଲା, ମୁଁ ରସାନନ୍ଦ । ବିଷ୍ଣୁଶର୍ମାଙ୍କୁ ଖୋଜି ଖୋଜି ଆସିଛି।

ତମକୁ କିଏ କହିଲା ସେ ଏଠି ଅଛନ୍ତି ବୋଲି?

ତାଙ୍କ ଗାଡ଼ି ଦେଖିଲି ବାହାରେ ।

ଏଥରକ ସୁରସେନ ବିଷ୍ଣୁଶର୍ମା ଆଡ଼କୁ ଅନାଇ ତାଙ୍କର ସମ୍ମତି ନେଲା ଓ କବାଟକୁ ଆଉ ଟିକିଏ ଖୋଲି କହିଲା, ଆସ। ସାଇକେଲରେ ତାଲା ଦେଇ ରସାନନ୍ଦ ଭିତରକୁ ଆସିବାବେଳକୁ ବିଷ୍ଣୁଶର୍ମା ପ୍ଲେଟକୁ ରଖି ଟେବୁଲ ତଳୁ ବୋତଲ ଓ ଗ୍ଲାସ ଆଣି ଉପରେ ରଖିସାରିଥିଲେ। ରସାନନ୍ଦକୁ ଦେଖି ଥଟ୍ଟା କରି କହିଲେ, କେମିତି ଚାଲିଚି ତମ ବହିଲେଖା ବ୍ୟବସାୟ।

ଏ ବର୍ଷ ପୂଜାରେ ସରକାର ବୋନସ ଦେବାରୁ ବହି ସବୁ ଭଲ ବିକ୍ରି ହେଲା । ତା ଆଗ ବର୍ଷ ମୋର ଏଗାରଟାୟାକ ବହି ଯେତିକି ବିକ୍ରି ହୋଇଥିଲା, ଏ ବର୍ଷ ମୋତେ ପାଞ୍ଚଟା ବହି ପୂଜାରେ ସେତିକି ବିକ୍ରି ହୋଇଗଲାଣି।

ରସାନନ୍ଦ ବସିବାରୁ ସୁରସେନ ତା ଆଡ଼କୁ ଗ୍ଲାସ ଦେଖାଇ କହିଲା, କଣ ଚଲିବ ?

ନା ଆଜ୍ଞା, ଛାଡ଼ିଦେଲି । ଦେହ ଭଲ ରହିଲା ନାହିଁ।

ଗଲାବର୍ଷ ତାହେଲେ ଏଗାରଟା ବହି ଲେଖିଲ, ବିଷ୍ଣୁଶର୍ମା କହିଲେ, ମୁଁ ତିନିବର୍ଷ ହେଲା ଗୋଟାଏ ବି ଧାଡ଼ି ଲେଖିନାହିଁ ।

ଆପଣଙ୍କ କଥା ଅଲଗା, ରସାନନ୍ଦ କହିଲା, ଆପଣ ସଉକରେ ଲେଖୁଛନ୍ତି, ନାଁ କରିବା ପାଇଁ ଲେଖୁଛନ୍ତି। ମୁଁ ହେଲି ପେଶାଦାର ଲେଖକ। ନ ଲେଖିଲେ ଭାତହାଣ୍ଡି ବନ୍ଦ।

ଏତେ ବହି କୋଉଠି ବିକ୍ରି କରୁଛ? କିଏ ପଢୁଚି ତମର ବହି?

ଆପଣମାନଙ୍କ ବହି କୋଉଠି କେମିତି ପହଞ୍ଚୁଛି, କିଏ ପଢୁଛି ଜାଣିବା କଷ୍ଟ; କିନ୍ତୁ ମୁଁ ଠିକ ଜାଣେ ମୋ ବହି କେଉଁଠିକି ଯାଉଛି। ମୋ ବହି ପଢୁଛନ୍ତି ମଫସଲର ଅଧା ପାଠପଢ଼ିଥିବା ପୁଅ ଝିଅ, କାମକରୁଥିବା ଲୋକମାନେ। ମୋ ପାଖରେ ଛଅଶହ ତେଇଶଟି ପାନଦୋକାନର ଠିକଣା ଅଛି। ନୂଆ ବହି ଛପାଇଲେ କିଛି କିଛି କପି ସିଧା ସେମାନଙ୍କ ପାଖକୁ ଭି.ପି.ରେ ପଠାଇଦେଉଛି । ତା ପରେ ପୁଣି ଅର୍ଡର ଆସିଲେ ଆଉ ପଠାଉଛି।

ଏ କଥୋପକଥନ ଭିତରେ ସୁରସେନ ଚୁପ ରହିଥିଲା; କାରଣ ସେ ଆଗରୁ ରସାନନ୍ଦର ପ୍ରକାଶକ ଥିଲା। ରସାନନ୍ଦର ବହିରୁ ହିଁ ଭଲ ଲାଭ ମିଳୁଥିଲା ସୁରସେନକୁ। ଯଦିଓ ଏ ବହିସବୁକୁ ସମସ୍ତେ ଶସ୍ତା ଉପନ୍ୟାସ ବୋଲି ଅଭିହିତ କରୁଥିଲେ, ଏବଂ ସାହିତ୍ୟ ଅଧ୍ୟାପକ ଓ ସମାଲୋକମାନେ ସେଗୁଡ଼ିକୁ ସାହିତ୍ୟ ପର୍ଯ୍ୟାୟଭୁକ୍ତ କରିବାକୁ କୁଣ୍ଠିତ ହେଉଥିଲେ, ବହିଗୁଡ଼ିକ ବେଶ୍ ଭଲ ବିକ୍ରି ହେଉଥିଲା ଏବଂ ଉକୃଷ୍ଟ ସାହିତ୍ୟ ପ୍ରକାଶନରୁ ଯାହା କ୍ଷତି ହେଉଥିଲା, ରସାନନ୍ଦର ବହି ତାକୁ ପରିପୂରଣ କରିବାରେ ସହାୟକ ଥିଲା । ରସାନନ୍ଦ ଯେତେବେଳେ ତାର ଛୋଟ ସରକାରୀ ଚାକିରି ଛାଡ଼ି ପୁରା ସମୟ ଲେଖିବାରେ ଲଗାଇଲା, ତା ପରଠୁ ନିଜେ ବହି ଛପାଇ ବିକିବାର ବ୍ୟବସ୍ଥା କଲା। ଏଭଳି ସୁରସେନ ପାଖରୁ ତାର ସମ୍ପର୍କ

କଟିଗଲା। ସୁରସେନ ତାକୁ ସତର୍କ କରିଥିଲା ଯେ ନିଜେ ବହି ଛାପି ସେ ବିକ୍ରି କରିପାରିବ ନାହିଁ। କିନ୍ତୁ ନିଜର ବଜାରକୁ ଭଲଭାବେ ଜାଣିଥିବା ଲେଖକ ରସାନନ୍ଦ ପ୍ରମାଣ କରିଦେଲା ଯେ ବିନା କୌଣସି ସଂସ୍ଥା ଥାଇ ମଧ ବହି ବିକ୍ରି କରିବା ସମ୍ଭବ।

ବିଷ୍ଣୁଶର୍ମା କହିଲେ, ମୁଁ ଅବଶ୍ୟ ତମର କୌଣସି ଉପନ୍ୟାସ ପଢ଼ିନାହିଁ, ତେବେ ତମର ଯୋଉଭଳି ବହିର ନାଁ ସବୁ, ଯେମିତି 'ଫେରିବ କେବେ ପ୍ରିୟ', ସେଥିରୁ ଜଣାଯାଉଚି ତମେ ଶସ୍ତା ପ୍ରେମ କଥା ଲେଖି ବଜାରକୁ ଠିକ ହାତରେ ରଖିଚ।

ନା ନା, ମୁଁ ଆପଣଙ୍କୁ ମୋର କିଛି ବହି ଦେବି, ପଢ଼ି ଦେଖିବେ। ସବୁ ବିଷୟରେ ଲେଖିଚି ମୁଁ। ଗଲାବର୍ଷ ରାଜନୀତିକ ଗୁଣ୍ଡାମାନେ ସେଇ ଖବର କାଗଜବାଲାର ସ୍ତ୍ରୀକୁ ମାରିଦେଲେ, ମୁଁ ବହି ଲେଖିଲି 'ରେପ୍ ଏଣ୍ଡ ମର୍ଡର'। ତା ଆଗରୁ ଗୋଟି ସମସ୍ୟା ନେଇ ଲେଖିଥିଲି 'ମୁକ୍ତି କେବେ'। ଅସବର୍ଣ୍ଣ ବିବାହ ନେଇ 'ଏକା ରକ୍ତ', ମିଲ ଶ୍ରମିକଙ୍କ ସମସ୍ୟା ନେଇ 'ଦିନମଜୁରି', ଯୌତୁକ ଉପରେ 'କିଣାବିକା'। କହିବାକୁ ଗଲେ ମୋର ଏମିତି କୌଣସି ବହି ନାହିଁ ଯେଉଁଟି ଗୋଟାଏ ସାମାଜିକ ସମସ୍ୟା ଉପରେ ଲେଖା ହୋଇ ନାହିଁ।

ବିଷ୍ଣୁଶର୍ମାଙ୍କର ମନେପଡ଼ିଲା ଯେ ସେ ଅନେକ ଦିନ ତଳେ ରସାନନ୍ଦର ଗୋଟିଏ ଉପନ୍ୟାସ ପଢ଼ିଥିଲେ। ଟ୍ରେନରେ ଯିବାବେଳେ ସହଯାତ୍ରୀ ପାଖରୁ ମାଗି ସେ ବହିଟି ପଢ଼ିଥିଲେ। ପଢ଼ିଲାବେଳେ ମନ୍ଦ ମନେ ହୋଇ ନଥିଲା ଉପନ୍ୟାସଟି। ଉପନ୍ୟାସର ଗୋଟିଏ ଚରିତ୍ରକୁ ପରିଷ୍କାର ପରିଚ୍ଛନ୍ନ ଓ ପରିବର୍ତ୍ତିତ କରି କିପରି ନିଜର ବ୍ୟବହାରରେ ଆଣିବେ, ସେ କଥା ମଧ ନିର୍ଣ୍ଣିତ କରି ନେଇଥିଲେ ବିଷ୍ଣୁଶର୍ମା। ତେବେ ଏସବୁ କଥା ବର୍ତ୍ତମାନ ରସାନନ୍ଦକୁ କହିବାର ଆବଶ୍ୟକତା ମନେକଲେ ନାହିଁ ସୋ ରସାନନ୍ଦ ସାହିତ୍ୟ ସମାଜର ଜାତିଭ୍ରଷ୍ଟ ଲୋକ ଥିଲା ଏବଂ ସାହିତ୍ୟିକ ସମୀକ୍ଷା ପର୍ଯ୍ୟାଲୋଚନା ଇତ୍ୟାଦିର ପରିସର ଭିତରକୁ ତାର ନାଁ ଆସୁନଥିଲା। ତଥାପି ନିଜର ପାଠକମାନଙ୍କ ସହିତ ସିଧାସଳଖ ସମ୍ପର୍କ ରଖିଥିବା ଏବଂ ସମ୍ପୂର୍ଣ୍ଣ ଭାବେ ନିଜର ଲେଖା ଉପରେ ନିର୍ଭର କରୁଥିବା ଏଇ ଲୋକଟିକୁ ଦେଖିଲେ

ବିଷ୍ଣୁଶର୍ମାଙ୍କର ସାମାନ୍ୟ ଈର୍ଷାର ମଧ୍ୟ ଉଦ୍ରେକ ହେଉଥିଲା। ସେ ଏଥରକ ବ୍ୟସ୍ତତାର ଛଳନା କରି ନିଜର ଘଡ଼ି ଆଡ଼କୁ ଅନାଇଲେ । କହିଲେ, ମୋ ପାଖରେ କଣ କାମ ଥିଲା?

ସିଧାସଳଖ ନିଜର ସମସ୍ୟା କଥା ନକହି ରସାନନ୍ଦ ଏକ ଦୀର୍ଘ ଉପକ୍ରମଣିକା ଦେଲା। ଜରୁରୀକାଳୀନ ପରିସ୍ଥିତି ବେଳେ ସେ ଜେଲ ଯାଇଥିଲା। ତାର ଚାରିବର୍ଷ ପୂର୍ବରୁ ସେ ପୁଲିସବାଲାଙ୍କୁ ଆକ୍ଷେପ କରି 'ରକ୍ଷକ ଭକ୍ଷକ' ବୋଲି ବହି ଲେଖିଥିଲା। ଏ ବହି କଥା କାହାଟି ମନେନଥିଲା; କିନ୍ତୁ ପରିସ୍ଥିତିର ସୁଯୋଗ ନେଇ ତାର ଭଡ଼ାଘର ମାଲିକ ପୁଲିସ ହାତରେ ତାକୁ ବନ୍ଧାଇନେଲେ। ସେ ଜେଲକୁ ଯିବାପରେ ଗୁଣ୍ଠା ଲଗାଇ ତା ସ୍ତ୍ରୀ ପିଲାଙ୍କୁ ଘରୁ ବାହାର କରିଦିଆହେଲା। ତା ସ୍ତ୍ରୀ ଚାକରାଣୀ ହୋଇ କାହା ଘରେ ମୁଣ୍ଡ ଗୁଞ୍ଜି ରହି ପିଲାଙ୍କୁ ଚଳାଇଲା; କିନ୍ତୁ ପନ୍ଦର ବର୍ଷର ପୁଅ ଏଇଭଳି ଅବସ୍ଥା ଭିତରେ କୁଆଡ଼େ ଚାଲିଗଲା, ଆଉ ଫେରିଲା ନାହିଁ । ଜେଲରୁ ଫେରି ରସାନନ୍ଦ ପୁଣି ବହି ଲେଖିଲା, ପୁଣି ଭଙ୍ଗା ଜୀବନକୁ ସଜାଡ଼ିଲା ।

ରସାନନ୍ଦ ଏ କଥା କହିବାବେଳେ ତାର ମନ ଭିତରେ କୌଣସି କ୍ଷୋଭ ଥିବା ଭଳି ଜଣା ପଡ଼ୁନଥିଲା। ଏ ଯେମିତି ଗୋଟାଏ ପୁରୁଣା ଅଧ୍ୟାୟ ସରିଯାଇଛି, ଯାହା କଥା ଆଉ ଭାବି କୌଣସି ଲାଭ ନାହିଁ। ଜରୁରୀ ପରିସ୍ଥିତି ବେଳେ କୌଣସି ଲେଖକ ଅନୁଶାସନର ପ୍ରତିବାଦ କରିନଥିଲେ ଅଥବା ତା ଭଳି ଜେଲ ଯାଇନଥିଲେ। କିନ୍ତୁ ଜରୁରୀ ପରିସ୍ଥିତି ଉଠିଯିବା ପରେ ସମସ୍ତେ ଦାବି କରିବାରେ ଲାଗିଲେ ଯେ ସେମାନେ ନିଜ ନିଜ ଲେଖାରେ ପରିସ୍ଥିତିକୁ କଠୋର ସମାଲୋଚନା କରିଥିଲେ । ଏପରିକି ବିଷ୍ଣୁଶର୍ମା, ଯେ କି ସରକାରଙ୍କୁ ସମର୍ଥନ କରି ବିବୃତିମାନ ମଧ୍ୟ ଦେଇଥିଲେ, ପରବର୍ତ୍ତୀ କାଳରେ ପ୍ରଶଂସାର ପାତ୍ର ହୋଇଥିଲେ କାରଣ ଜଙ୍ଗଲର ପଶୁପକ୍ଷୀମାନଙ୍କ ବିଷୟରେ ସେ ସମୟରେ ଲେଖିଥିବା ତାଙ୍କର ଗୋଟିଏ ରୂପକ ଗଳ୍ପରେ କୁଆଡ଼େ ବ୍ୟକ୍ତି ସ୍ୱାଧୀନତାର ଦାବି ରହିଥିଲା ଏବଂ କଟକଣାମାନଙ୍କ ପ୍ରତି ପ୍ରଚ୍ଛନ୍ନ ଆକ୍ଷେପ ଥିଲା। ଯେଦେହତୁ ସାହିତ୍ୟକାର ଓ ସମାଲୋଚକମାନେ

ରସାନନ୍ଦକୁ ସାହିତ୍ୟିକ ଭିତରେ ଗଣୁନଥିଲେ, ତାର ଜେଲ ଯିବା ନଯିବା ସେମାନଙ୍କ ପାଇଁ କୌଣସି ଅର୍ଥ ରଖୁ ନଥିଲା ।

ରସାନନ୍ଦ ଏଥରକ ନିଜର ସମସ୍ୟା କଥା କହିଲା । ପୁଲିସ ତା ନାଁରେ ଅଶ୍ଳୀଳତା ନେଇ ଗୋଟିଏ କେସ ଆରମ୍ଭ କରିଥିଲେ । ଏ କେସ ହେବାର ପ୍ରଧାନ କାରଣ ଥିଲା ଯେ 'ରକ୍ଷକ ଭକ୍ଷକ' ସମୟର ଦାରୋଗା ପୁଣି ତା ଅଞ୍ଚଳର ଥାନାକୁ ବଦଲି ହୋଇ ଆସିଥିଲେ ଏବଂ ରସାନନ୍ଦ ଜେଲରୁ ବାହାରି ଆସି ସାଧାରଣ ଓ ସ୍ୱଚ୍ଛଳ ଜୀବନ ଯାପନ କରିବା ତାଙ୍କର ସହ୍ୟ ହୋଇନଥିଲା । ଏଇ କେସଟି ସମ୍ପର୍କରେ ହିଁ ରସାନନ୍ଦ ବିଷ୍ଣୁଶର୍ମାଙ୍କର ସାହାଯ୍ୟ ଚାହୁଁଥିଲା । ସେ ବିଷ୍ଣୁଶର୍ମାଙ୍କୁ କହିଲା, ଆପଣମାନେ ନିଜ ନିଜ ଲେଖାରେ ଯୋଉ ଯୌନବର୍ଣ୍ଣନା କରୁଛନ୍ତି, ତା ତୁଳନାରେ ମୋର ଲେଖାରେ କିଛି ବି ନାହିଁ । ଖାଲି ଆପଣମାନେ ଯାହା ସାଧୁଭାଷାରେ ଲେଖୁଛନ୍ତି, ମୁଁ ଲୋକ ବୁଝିପାରିବା ଭଳି ଭାଷାରେ ଲେଖୁଛି, ଏତିକି ମାତ୍ର ଫରକ ।

ବିଷ୍ଣୁଶର୍ମା ସେଦିନ ସକାଳେ କୋଉ ଗୋଟାଏ ଇଂରେଜୀ ପତ୍ରିକାରେ ଅଶ୍ଳୀଳତା ଉପରେ ଲେଖା ପଢ଼ିଥିଲେ । ଯଦିଓ ସେ ବିଷୟଟି ପ୍ରାସଙ୍ଗିକ ନଥିଲା, ତଥାପି ନିଜର ବିଦ୍ୱତା ଦର୍ଶାଇବାକୁ ବିଷ୍ଣୁଶର୍ମା କହିଲେ, ସାହିତ୍ୟରେ ଅଶ୍ଳୀଳତା ଏକ ଅତି ବିବଦମାନ ଜିନିଷ । ଉଣେଇଶ ଶହ ଛଅଷଠି ମସିହାରେ ଡେନମାର୍କ ନିଷ୍ପତ୍ତି କଲା ଯେ ଆଉ ଅଶ୍ଳୀଳ ବହି ଉପରେ କଟକଣା ରହିବ ନାହିଁ । ନୂଆ ଆଇନ ଏମିତି ହେଲା ଯେ ଷୋଳ ବର୍ଷରୁ ଊର୍ଦ୍ଧ୍ୱ ଯେ କେହି ନିଜ ଇଚ୍ଛା ମୁତାବକ ବହି, ମ୍ୟାଗାଜିନ, ଫଟୋ, ଫିଲ୍ମ, ନାଟକ କିଣି ପାରିବ, ଦେଖିପାରିବ । ସେଇ ମସିହାରୁ ଅନେକ ଅଶ୍ଳୀଳ ଜିନିଷ ବିକ୍ରିହେଲା ଏବଂ ଅଣସ୍ତରି ମସିହାରେ ପ୍ରାୟ ତିରିଶକୋଟି ଟଙ୍କାର ବହି ଇତ୍ୟାଦି ବିକ୍ରିହେଲା; କିନ୍ତୁ ତା ପରେ ଆକର୍ଷଣ କମିଗଲା ଏବଂ କିଛି ବର୍ଷ ପରେ ବିକ୍ରି ଆସି ବାରକୋଟିରେ ପହଞ୍ଚିଲା, ଯୋଉଥୁରୁ ନବେ ପ୍ରତିଶତ ଥିଲା ରପ୍ତାନି ।

ଏତିକି କହି ବିଷ୍ଣୁଶର୍ମା ଅଧାଗ୍ଲାସ ରସ ପିଇଲେ। ସୁରସେନ, ଯେ କି ସାମାନ୍ୟ ଅନ୍ୟମନସ୍କ ହୋଇ ତାଙ୍କ କଥା ଶୁଣୁଥିଲା, ତାଙ୍କୁ ଚୁପ ହୋଇଯିବାର ଦେଖି କହିଲା, ତା ପରେ?

ତା ପରେ ହେଇ ଇଂରେଜୀ ଲେଖାଟିରେ କଣ ଥିଲା ଠିକଭାବରେ ମନେନଥିଲା ବିଷ୍ଣୁଶର୍ମାଙ୍କର। ସେଥିପାଇଁ ସେ ଓଲଟା ରସାନନ୍ଦକୁ ଅନାଇ ପଚାରିଲେ, ତା ପରେ?

ରସାନନ୍ଦ କହିଲା, ମୁଁ ପ୍ରମାଣ କରିଦେଇପାରିବି ଯେ ମୋର ଯେଉଁ ବହିକୁ ଅଶ୍ଲୀଳ କୁହାଯାଉଚି ସେଇଟି ବ୍ୟବସାୟ ଦୃଷ୍ଟିରୁ ଲେଖାଯାଇନାହିଁ । ଅନ୍ୟ ବହିମାନଙ୍କ ତୁଲନାରେ ଏ ବହିଟିର ବିକ୍ରି କମ୍ ଥିଲା କେସ ହେବା ପର୍ଯ୍ୟନ୍ତ ।

ମୂଳ ପ୍ରଶ୍ନ ହଉଚି ଅଶ୍ଲୀଳତା ବିଷୟରେ; ତମ ବହିଟିରେ ଅଶ୍ଲୀଳ ବର୍ଣ୍ଣନା ଅଛି କି ନା?

ତାର ବ୍ୟାଗ ଭିତରୁ ରସାନନ୍ଦ 'ଚୈତ୍ର ଆଶ୍ୱିନ' ବହି ବାହାର କରି ବିଷ୍ଣୁଶର୍ମାଙ୍କ ହାତକୁ ଦେଲା। କହିଲା, ଏ ବହିଟି ଜଣେ ଅଳ୍ପବୟସ୍କା ସ୍ତ୍ରୀ ଓ ତାର ବୃଦ୍ଧ ସ୍ୱାମୀ ବିଷୟରେ।   ଆପଣ ଜାଣିଥିବେ ମଫସଲ ଅଞ୍ଚଲରେ ଟଙ୍କା ପାଇଁ ଏମିତି ଅନେକ ବାହାଘର ହୋଇଥାଏ । ମୋ ବହିରେ ମୁଁ ସେଇଭଲି ଗୋଟିଏ ଝିଅର ଦୁଃଖଦୁର୍ଦ୍ଦଶା ବର୍ଣ୍ଣନା କରିଛି। ସେମାନଙ୍କ ଯୌନଜୀବନର ଅସଫଲତା ବିଷୟରେ ମୁଁ ଲେଖିଚି କିପରି ଝିଅଟି ସକାଲେ ତାର ସ୍ୱାମୀ ପାଖରୁ ଅସନ୍ତୁଷ୍ଟ ହୋଇ ଫେରୁଛି ।

ବିଷ୍ଣୁଶର୍ମା ମୁହଁରେ ନିରାସକ୍ତ ଭାବଭଙ୍ଗୀ ରଖି ବହିଟିକୁ ଓଲଟାଇ ସେଥିରେ କେଉଁଠାରେ ଅଶ୍ଲୀଳ ବର୍ଣ୍ଣନା ଥାଇପାରେ ଖୋଜିବାରେ ଲାଗିଲେ। ହଠାତ୍ ତାଙ୍କ ଆଖିରେ ଖଟ ଶବ୍ଦଟି ପଡ଼ିଲା।   ଏଇ ଶବ୍ଦ ସହିତ କିଛି ମନୋରଞ୍ଜନ କଥା ଥାଇପାରେ, ଏଇ ଆଶାରେ ପୁରା ଅନୁଚ୍ଛେଦଟି ପଢ଼ିନେଲେ ବିଷ୍ଣୁଶର୍ମା । କିନ୍ତୁ ସେଥିରେ କେବଲ ବୁଢ଼ାର ଘରର ବର୍ଣ୍ଣନା ଥିଲା; ବାସକଶଯ୍ୟାର ନୁହେଁ। ପୁଣି କିଛି ପୃଷ୍ଠା ଓଲଟାଇ ମଧ ତାଙ୍କ ଆଖିରେ କୌଣସି ଅଶ୍ଲୀଳ କଥା ନପଡ଼ିବାରୁ ବିରକ୍ତ

ହୋଇ ବହିଟିକୁ ରଖିଦେଲେ ଏବଂ ରସାନନ୍ଦକୁ ପଚାରିଲେ, ଏ ବହିରେ କୋଉଠି କଣ ଅଶ୍ଳୀଳ ବର୍ଣ୍ଣନା ଅଛି?

ସେ ଆଶା କରିଥିଲେ ଯେ ରସାନନ୍ଦ ଉଦ୍ଦିଷ୍ଟ ପୃଷ୍ଠାଟି ଖୋଲି ତାଙ୍କୁ ପଢ଼ିବାକୁ ଦେବ ଏବଂ ସେ ଏକ ଯୌନୋଦ୍ଦୀପକ ବର୍ଣ୍ଣନାର ରସାସ୍ୱାଦନ କରିବେ। କିନ୍ତୁ ରସାନନ୍ଦ କହିଲା, ଏ ବହିରେ କୌଣସିଠାରେ ବି ଅଶ୍ଳୀଳ ବର୍ଣ୍ଣନା ନାହିଁ; ବରଂ ମୋର ଅନ୍ୟ ବହିରେ କେବେ କେଉଁଠି ଟାଣିଓଟାରି ଅଶ୍ଳୀଳତାର ଆରୋପ ଲଗାଯାଇପାରେ, କିନ୍ତୁ ଏ ବହିରେ ନୁହେଁ। ଆପଣ ନିଜେ ପଢ଼ି ଦେଖନ୍ତୁ।

ବିଷ୍ଣୁଶର୍ମା ଭାବିଥିଲେ ବହିଟିକୁ ନେଇ ସେଦିନ ରାତିରେ ନିରୋଳାରେ ପଢ଼ିବେ। କିନ୍ତୁ ରସାନନ୍ଦର ଏ ମନ୍ତବ୍ୟ ପରେ ବହିଟିକୁ ବନ୍ଦକରି ତା ଆଡ଼କୁ ଫେରାଇଦେଲେ। କହିଲେ, ନା, ମୋର ପଢ଼ିବାର ସମୟ ନାହିଁ ତେବେ ଏ ବିଷୟରେ ମୁଁ କଣ କରିପାରେ?

ରସାନନ୍ଦ କହିଲା, ଆପଣ ହେଲେ ଲବ୍ଧପ୍ରତିଷ୍ଠ ସାହିତ୍ୟିକ। ଦେଶବିଦେଶରେ ଆପଣଙ୍କର ନାଁ ଅଛି। ମୁଁ ଚାହୁଁଚି ଆପଣ ଏ କେସରେ ସାକ୍ଷୀ ହୋଇ ସାହିତ୍ୟରେ ଅଶ୍ଳୀଳତା ଉପରେ ଆପଣଙ୍କର ମନ୍ତବ୍ୟ ଦେବେ। ଆପଣ ଏବେ ଯୋଉ ଡେନମାର୍କ ନା କୋଉ ଦେଶ କଥା କହିଲେ, ଏ କଥା ବି ମୋ ପାଈଁ ବହୁତ ସହାୟକ ହେବ।

ତମେ ଜାଣ, ମୁଁ ଏ ସବୁ ବାଦବିବାଦରେ ପଶିବାକୁ ଚାହେଁନା। ମୋର ଲେଖା ଭଲ ତ ମୁଁ ଭଲ।

ମୁଁ ଚାହୁଁ ନାହିଁ ଆପଣ ମୋ ବହି ବିଷୟରେ କିଛି କହନ୍ତୁ। ଅଶ୍ଳୀଳତା ଅପେକ୍ଷା ଏ କେସଟିରେ ଅଧିକ ଗୁରୁତର ବିଷୟଟି ହେଲା ସାହିତ୍ୟ କ୍ଷେତ୍ରରେ ପୁଲିସର ପ୍ରବେଶ। ସବୁ ଲେଖକଙ୍କୁ ଏ କଥାର ପ୍ରତିବାଦ କରିବାକୁ ହେବ। ମନେକରନ୍ତୁ କାଲି ଯଦି ଆପଣଙ୍କର କୋଉ ବହି ବିରୁଦ୍ଧରେ କିଏ ଅଶ୍ଳୀଳତାର ଆରୋପ ଆଣେ, କଣ ହବ?

ଏ କଥା ଶୁଣି ସୁରସେନ ଟିକିଏ ଶଂକିତ ହେଲା, କିନ୍ତୁ ବିଷ୍ଣୁଶର୍ମା, ଯେ କି ନିଜର ସାମାଜିକ ପ୍ରତିଷ୍ଠା ଓ ସରକାରୀ ଲୋକଙ୍କ ସହିତ ନିଜର ସଂପର୍କ ବିଷୟରେ ଆତ୍ମବିଶ୍ୱାସ ରଖିଥିଲେ, କହିଲେ, ମୋ ନାଁରେ କେସ ହେଲେ ମୁଁ ନିଜେ ସେ କଥା ବୁଝିବି, ଆଉ କାହାରି ପାଖକୁ ସାହାଯ୍ୟ ପାଇଁ ଯିବି ନାହିଁ। ସୁରସେନ ଆଡ଼କୁ ଅନାଇ ତାକୁ ସାନ୍ତ୍ୱନା ଦେବାପାଇଁ ସେ ଯୋଗକଲେ, ଏପରିକି ପ୍ରକାଶକଙ୍କୁ ମଧ ଏ ଭିତରକୁ ଟାଣିବି ନାହିଁ।

ରସାନନ୍ଦ କହିଲା, ଆପଣ ଭୁଲ ବୁଝୁଛନ୍ତି। ଏ କେସ ଆଉ କେବଳ ମୋର ବ୍ୟକ୍ତିଗତ କଥା ନୁହେଁ। ମୁଁ ତ କେସ ଲଢ଼ିବି। ଦରକାର ପଡ଼ିଲେ ଜେଲ ବି ଯିବି। ଏଥର‌କ ମୁଁ ଜେଲ ଗଲେ ମୋ। ଘର ଆଉ ଭାଙ୍ଗିଯିବ ନାହିଁ; କାରଣ ଏ ଭିତରେ ମୋର ଆର୍ଥିକ ସ୍ୱଚ୍ଛଳତା ବି ଆସିଯାଇଛି। ମୁଁ କହୁଥିଲି ସବୁ ସାହିତ୍ୟିକଙ୍କର ସ୍ୱାର୍ଥ ଦୃଷ୍ଟିରୁ।

ବିଷ୍ଣୁଶର୍ମା କହିଲେ, ସେ ଯାହା ହଉ, ମତେ ଆଉ ଏ ଭିତରକୁ ଟାଣ ନାହିଁ।

ରସାନନ୍ଦ ଏଥର‌କ ଉଠିଲା। କହିଲା, ତାହେଲେ ମୁଁ ଯାଉଛି। ମୋ କେସ ସଂକ୍ରାନ୍ତରେ କିନ୍ତୁ ଆପଣଙ୍କ ଲେଖାରୁ କିଛି ଉଦ୍ଧାର କରିବି, କିଛି ମନେ କରିବେ ନାହିଁ।

ଏତିକି କହି ରସାନନ୍ଦ ବାହାରିଗଲା। ଟିକିଏ ବିବ୍ରତ ହୋଇ ବିଷ୍ଣୁଶର୍ମା ଆଉ କିଛି ରମ ପିଇଲେ ଏବଂ କହିଲେ, ଦେଖିଲ, ମତେ କେମିତି ଧମକାଇ ଗଲା ? ଯଦି ଏ ବିଷୟ ନେଇ କିଛି କଥା ଉଠେ, ତମେ ମୋର ସାକ୍ଷୀ ରହିଲ।

ସୁରସେନ, ଯାହାର‌ ମୁଣ୍ଡ ଭିତରେ ଏ ପର୍ଯ୍ୟନ୍ତ ବ୍ୟବସାୟ କଥା ଖେଳୁଥିଲା, କହିଲା, ଏ କେସ ଯୋଗୁ ରସାନନ୍ଦର ଭଲ ଲାଭ ହେଲା।

କେମିତି?

ଚୈତ୍ର-ଆଶ୍ୱିନର ଚାରିଟି ସଂସ୍କରଣ ସେ ଛାପିସାରିଲାଣି ଏ ଭିତରେ।

ତାହେଲେ ସେ ଏତେ ବ୍ୟସ୍ତ କାହିଁକି?

ବୁଝିଲେ ନାହିଁ, ଟଙ୍କା ପଇସା ତ ସେ ବେଶ୍‌ କମାଇଲାଣି। ଏଥରକ ଚାହୁଁଚି ସାହିତ୍ୟିକ ପ୍ରତିଷ୍ଠା। ଆପଣମାନଙ୍କର ଠିକ ଓଲଟା। ଏତେ ବଡ଼ ନାଁ କଲେଣି, କିନ୍ତୁ ବହିରୁ କେତେ ଟଙ୍କା ମିଳୁଛି ଆପଣଙ୍କୁ?

ବିଷ୍ଣୁଶର୍ମାଙ୍କୁ ଚୁପ ରହିବାର ଦେଖ଼ି ସୁରସେନ ଦିଜଣଙ୍କ ଗ୍ଲାସରେ ପୁଣି ରମ ଢାଳିଲା। କହିଲା, ଏଥର ଆପଣ ଗୋଟାଏ ଅଶ୍ଲୀଳ ବହି ଲେଖନ୍ତୁ। କେସ ହଉ ନ ହଉ, ବିକ୍ରି ବି ହବ, ନାଁ ବି ହବ।

ଗ୍ଲାସ ଉଠାଇ ବିଷ୍ଣୁଶର୍ମା ଦି ଢୋକ ପିଇଲେ। କହିଲେ, ରସାନନ୍ଦ ଯିବାପରେ ମୁଁ ବି ଠିକ ସେଇକଥା ଭାବୁଥିଲି।

ଆଉ କାଳବିଳମ୍ବ ନକରି ସୁରସେନ ଗୋଟାଏ ସାଦା କାଗଜ ଆଣି ବହିଟି କେଉଁ ଆକାରର ଓ କେତେ ପୃଷ୍ଠାର ହେବ, ତାର ହିସାବରେ ମନୋନିବେଶ କଲା।

ବୁଢ଼ିଆଣୀ ଜାଲ

ଶାଢ଼ି ବଦଲାଉ ବଦଲାଉ ରୋହିତ ଆଡ଼କୁ ଚାହିଁ ସାଧନା କହିଲା, ମୋର ବାଁ ଆଖି ଡେଉଁଛି; ଆଜି ମୋର କିଛି ନା କିଛି ଅସୁବିଧା ନିଶ୍ଚୟ ହେବ। ସାଧନାର ଶୋଇବା ଘର ଖଟ ଉପରେ ବସି ସିଗାରେଟ ଟାଣୁ ଟାଣୁ ରୋହିତ କହିଲା, ତମର ବସ୍ ତମକୁ ଆଜି ଗାଳି ଦେବେ; କାରଣ ତମର ଅଫିସ ସମୟ ଡେରି ହୋଇଗଲାଣି। ସାଧନା ଘଡ଼ି ଦେଖିଲା, କହିଲା, ଏସ ଟେବୁଲ ଉପରୁ ମୋର ମୁଣ୍ଡକଣ୍ଟାଟା ଦିଆ ଯଦି ମୁଁ ଦି ମିନିଟ ଭିତରେ ବାହାରିପାରେ, ଆଜି ପାଇଁ ମତେ ଛୁଟି ନବାକୁ ପଡ଼ିବ। ହାତରେ ମୁଣ୍ଡକଣ୍ଟାକୁ ନେଇ ରୋହିତ ଖଟ ଉପରୁ ଉଠି ତଳେ ଛିଡ଼ାହେଲା, ସାଧନା ପାଖକୁ ଯାଇ ତାକୁ ଦୁଇ ହାତରେ ଧରି କହିଲା, ତମେ ଦି ମିନିଟ ଭିତରେ ବାହାରି ପାରିବ ନାହିଁ।

ପ୍ରଥମେ ପ୍ରଥମେ ରୋହିତ ସାଧନାର ବସିବାଘରୁ କଥାବାର୍ତ୍ତା କରି ଚାଲି ଯାଉଥିଲା। ବର୍ତ୍ତମାନ କିନ୍ତୁ ଘରେ ଆଉ କେହି ନଥିଲେ ସେ ସିଧା ଆସି ସାଧନାର ଶୋଇବାଘରେ ଖଟ ଉପରେ ବସୁଥିଲା। ସାଧନା ପ୍ରଥମେ ପ୍ରଥମେ ଯାଇ ଗାଧୁଆଘରେ ଶାଢ଼ି ବଦଲାଉଥିଲା। ତାପରେ ଶୋଇବାଘରେ ରୋହିତ ବସିଥିବାବେଳେ କହୁଥିଲା, ତମେ ସେପାଖକୁ ମୁହଁ କରି ବସ। ଆଜିକାଲି କିନ୍ତୁ ତାର ରୋହିତ ଆଗରେ ଶାଢ଼ି ବଦଲାଇବାରେ କୌଣସି ସଂକୋଚ ନଥିଲା। ସାଧନା ସହିତ ପରିଚୟ, ତା ସହିତ ବନ୍ଧୁତ୍ୱ ଏବଂ ଶେଷରେ ତାର ପ୍ରେମରେ

ପଡ଼ିବା ରୋହିତର ଜୀବନର ଏକ ଦୀର୍ଘ ଯାତ୍ରାପଥ ଥିଲା। ନିଜର ବ୍ୟବସାୟରେ ସଂପୂର୍ଣ୍ଣ ସଫଳ ଓ ସମାଜରେ ସୁପ୍ରତିଷ୍ଠିତ ରୋହିତ ପାଇଁ ଏଇ ଯାତ୍ରାଟି ଥିଲା ଏକ ବିପଦସଂକୁଳ, ଉଦ୍‌ବେଗରେ ପରିପୂର୍ଣ୍ଣ ଏବଂ ଅନିଶ୍ଚିତ ଲକ୍ଷ୍ୟ ଓ ପରିଣାମର ଏକ ଭୟଙ୍କର ଅଗ୍ନିପରୀକ୍ଷା। ସାଧନା ପୃଥିବୀର ସବୁଠାରୁ ସୁନ୍ଦରୀ ଝିଅ ନଥିଲା, କିନ୍ତୁ ରୋହିତ ପାଇଁ ସାଧନା ଥିଲା ସବୁଠାରୁ ଅଧିକ କାମ୍ୟ ଏବଂ ତାର ଜୀବନଠାରୁ ମହତ୍ତ୍ୱପୂର୍ଣ୍ଣ। ସାଧନାକୁ ଜାଣିବା ପରେ ଆଉ ସବୁ କିଛି ତା ପାଖରେ ଗୌଣ ଥିଲା। ଯେଉଁଦିନ ପ୍ରଥମ ଥର ପାଇଁ ସାଧନା ତାକୁ ସ୍ୱୀକାର କଲା, ରୋହିତର ମନେହୋଇଥିଲା, ଏଇ ସ୍ୱୀକାର ସହିତ ତାର ଏଇ ମୁହୂର୍ତ୍ତରେ ମୃତ୍ୟୁ ହୋଇପାରୋ

କିନ୍ତୁ ରୋହିତ ସେତେବେଳେ ମୂର୍ଖ ଥିଲା। ସାଧନା ସହିତ ସଂପର୍କ ସ୍ଥାପନ କରିବା ପରେ ସେ ଉପଲବ୍ଧ କଲା ଜୀବନ କି ପ୍ରକାରର ମହାନ ସମ୍ଭାବନାର ଆଧାର; ଦେହ କି ପ୍ରକାରର ଚରମ ସୁଖର ଅଧିକାରୀ। କ'ଣ ଜାଣିଥିଲା ସେ ସାଧନାକୁ ଜାଣିବା ଆଗରୁ? ବ୍ୟବସାୟରେ ସଫଳତା? ସମାଜରେ ପ୍ରତିଷ୍ଠା? ଭବିଷ୍ୟତ ପାଇଁ ଅଭୟ ନିଶ୍ଚିନ୍ତତା? ଯେଉଁ ଦିନ ସାଧନାର ବସିବାଘରେ ସାଧନା ତାର ହାତ ଉପରେ ଅଙ୍ଗୀକାରର ହାତ ରଖିଲା, ରୋହିତ ଭୁଲିଗଲା ସବୁକିଛି : ସେଦିନର କାର୍ଯ୍ୟକ୍ରମ, ତାର ବ୍ୟବସାୟର ହାନିଲାଭ, ତାର ବନ୍ଧୁପରିଜନ, ଜଣାଅଜଣା ପୃଥିବୀର ସମସ୍ତ ଲୋକ, ଗ୍ରହନକ୍ଷତ୍ର, ନଭମଣ୍ଡଳ, ସ୍ୱର୍ଗ ମର୍ତ୍ତ୍ୟ, ଜନ୍ମ ମୃତ୍ୟୁ, ପୁନର୍ଜନ୍ମ ସବୁ କିଛି। ସାଧନାର ଦେହରେ ଥିଲା ବିସ୍ମରଣର ଇନ୍ଦ୍ରଜାଲ। ତାର ପ୍ରଥମ ଆଶ୍ଳେଷରେ ରୋହିତର ଶୈଶବ ଓ କୈଶୋରର ଭରପୂର ଅତୀତ କେଉଁଆଡ଼େ ନିଶ୍ଚିହ୍ନ ହୋଇଗଲା। ପ୍ରଥମ ଚୁମ୍ବନରେ ଫେରିଗଲେ ତାର ଯୌବନ ଓ କଳ୍ପନା, ଆକାଂକ୍ଷା ଓ ବର୍ତ୍ତମାନ। ସାଧନାର ଶୋଇବାଘରର ଅତଳରେ ହଜିଗଲା ତାର ସ୍ମୃତି, ଅସ୍ତିତ୍ୱ, ତାର ଜୀବନର ଅବଶିଷ୍ଟ।

ସାଧନା କହିଲା, ମତେ ଛାଡ଼, ମୋର ଡେରି ହୋଇଯାଉଚି। ରୋହିତ ଭାବିଲା ତାକୁ ଛାଡ଼ିବ ନାହିଁ। ବାହୁ ଭିତରେ ବନ୍ଦ କରି ରଖିବ, କହିବ, ତମ ଅଫିସ ନର୍କକୁ ଯାଉ, ତମ ବସ ହୃଦ୍‌ରୋଗରେ ମରିଯାଉ। ପୃଥିବୀରେ ପ୍ରଳୟ ଆସିଯାଉ,

ତୃତୀୟ ମହାଯୁଦ୍ଧ ଆରମ୍ଭ ହୋଇଯାଉ; ତମେ କିନ୍ତୁ ମୋ ପାଖରେ ରହିଥାଅ। କିନ୍ତୁ ସେ ଏ ସବୁ କିଛି କହିଲା ନାହିଁ। ସାଧନା ତା ପାଇଁ ଏକ ପ୍ରହେଲିକା ଥିଲା। ସେ କେତେବେଳେ କଣ କହିବ, ଏଙ୍କ ଭୟ ଓ ଉଦ୍‌ବେଗ ତାକୁ ସବୁବେଳେ ଘେରି ରଖୁଥିଲା। ସେ ସାଧନାକୁ ଛାଡ଼ିଦେଇ ପୁଣି ଆସି ଖଟ ଉପରେ ବସିଲା। ସାଧନା ମୁଣ୍ଡରେ କଣ୍ଢା ଲଗାଇଲା, ଶାଢ଼ିକୁ ଠିକ କଲା। କାନରେ କାନ୍‌ଫୁଲ ଲଗାଇଲା, ଆଖିରେ କଳା ଲଗାଇଲା। ପାଦରେ ଜୋତାର ଷ୍ଟ୍ରାପ୍ ବାନ୍ଧିଲା, ହାତରେ ପର୍ସକୁ ଧରିଲା। ଡ୍ରେସିଂ ଟେବୁଲ ସାମନାରେ ଠିଆହୋଇ ନିଜକୁ ଅନୁମୋଦନ କଲା । କହିଲା, ମୁଁ ଆଜି ଆଉ ଅଫିସ ଯିବି ନାହିଁ ।

ରୋହିତ ଛାତିରେ ଜୀବନ ପଶିଲା । ଦୋଦୁଲ୍ୟମାନ ଦିନଟି ପୁଣି ତା ଆଗରେ ସମନ୍ଦିତ ହୋଇଗଲା। ଖଟ ଉପରୁ ଉଠିଆସି ସେ ସାଧନାକୁ ବାହୁରେ ନେଲା ଏବଂ ତାକୁ ଚୁମ୍‌ଦେଲା । ସାଧନା ତାକୁ ହାତରେ ଠେଲିଦେଇ ଦୂର କଲା । ରୁମାଲରେ ଓଠକୁ ପୋଛି ପୁଣି ଥରେ ଓଠରେ ଲିପଷ୍ଟିକ ଲଗାଇଲା। କହିଲା, ତମେ ଚୁପଚାପ ବସ। ମୁଁ ତମକୁ ଚା ତିଆରି କରିଦଉଚି । ରୋହିତ ଖଟର ତଚ୍ଚ କୋଣକୁ ଫେରିଯାଇ ବସିଲା। କାନ୍ଥକୁ ଅନାଇ ସେ ନିଜକୁ ସମର୍ପଣ କରିଦେଲା ସାଧନାର ରହସ୍ୟମୟ ମନ ପାଖକୁର । ସାଧନାର ବର୍ତ୍ତମାନ କୌଣସି ବ୍ୟସ୍ତତା ନଥିଲା । ସେ ପ୍ରଥମେ ତାର ଜୋତା ଖୋଲିଲା। ମୁଣ୍ଡର କଣ୍ଢା ଖୋଲି ଡ୍ରେସିଂ ଟେବୁଲ ଉପରେ ସଜାଇଲା। ପର୍ସ ଭିତରୁ ଜିନିଷମାନ ବାହାରକରି ରଖିଲା । ଏଥରକ ସେ ରୋଷେଇଘରକୁ ଗଲା । ରୋହିତ ସିଗାରେଟ ଜଳାଇଲା ଓ କବାଟ ପାଖ କାନ୍ଥକୁ ଅନାଇଲା ।

ବୁଢ଼ିଆଣୀଟି ଗୋଟିଏ କାନ୍ଥରୁ ଆଉ ଗୋଟିଏ କାନ୍ଥକୁ ଡେଇଁଲା ଏବଂ ଗୋଟିଏ ନୂଆ ଜାଲ ବୁଣିବା ଆରମ୍ଭ କଲା । ପ୍ରଥମ ପର୍ବରେ ସେ ଏଇ ଜାଲର ଛଅଟି ବାହୁର ଆୟତନ ତିଆରି କଲା। ଏଇ ଛଅଟି କୋଣରୁ ସେ ପୁଣି କେନ୍ଦ୍ରବିନ୍ଦୁକୁ ତନ୍ତୁମାନ ଚାଲିଲା ଓ ସମଗ୍ର ଜାଲଟିକୁ ବର୍ତ୍ତମାନ କୁଣ୍ଡଲୀ ଦେଇ ସଂପୂର୍ଣ୍ଣ କରିବାରେ ଲାଗିଲା । ବୁଢ଼ିଆଣୀର ପ୍ରତିଟି ଗତିବିଧକୁ ଦେଖୁ ଦେଖୁ ରୋହିତ ହଜିଗଲା ଏକ

ଝଲମଲ ରହସ୍ୟର ପଟଭୂମିରେ। ହଠାତ୍ ସାଧନା କହିଲା, ତମ ଚା ନିଆ। ବୁଢ଼ିଆଣୀ ପାଖରୁ ଆଖି ଫେରାଇ ରୋହିତ ସାଧନାକୁ ଅନାଇଲା, କହିଲା, ଘରର ଉତ୍ତର-ପୂର୍ବ କୋଣରେ ବୁଢ଼ିଆଣୀ ଜାଲ ବୁଣିବା ଶୁଭ ନା ଅଶୁଭ?

ଜାଲ ଆଡ଼କୁ ଅନାଇ ସାଧନା କହିଲା, ଶୁଭ ହଉ ଅଶୁଭ ହଉ, ମୁଁ ତାକୁ ବର୍ତ୍ତମାନ ଯାଇ ଭାଙ୍ଗିଦଉଛି।

ରୋହିତ କେଜାଣି କେମିତି ଏଇ ଜାଲଟି ସହିତ ବର୍ତ୍ତମାନ ଜଡ଼ିତ ହୋଇ ଯାଇଥିଲା। କହିଲା, ନା ନା, କେତେ କଷ୍ଟରେ ବୁଢ଼ିଆଣୀଟି ଏତେ ସୁନ୍ଦର ଜାଲଟିକୁ ବୁଣିଛି। ତାକୁ ରହିବାକୁ ଦିଅ। ରୋହିତର ମନେହେଲା, ତାର ସାଧନା ସହିତ ସଂପର୍କର ଯେମିତି ଏଇ ଜାଲଟି ସହିତ କୌଠି କିପରି ଯୋଗାଯୋଗ ଅଛି। ତାକୁ ଚିନ୍ତାଶୀଳ ଦେଖି ସାଧନା ପଚାରିଲା, କଣ ଭାବୁଚ? କିଛି ନ ଭାବି ନ ଚିନ୍ତି ରୋହିତ କହିଲା, ମୁଁ ଭାବୁଥିଲି ଆମର ସଂପର୍କ ଏଇ ବୁଢ଼ିଆଣୀ ଜାଲଟି ଭଳି।

ସାଧନା ହଠାତ୍ ଗମ୍ଭୀର ହୋଇଗଲା। କହିଲା, କାହିଁକି ତମର ଏପରି ମନେହେଉଛି? ବୁଢ଼ିଆଣୀ ଜାଲ ଅତି ସହଜରେ ଛିଣ୍ଡିଯିବ ବୋଲି?

ଜାଲଟି କେତେ ସୁନ୍ଦର ଓ ସୂକ୍ଷ୍ମ! କେତେ ଅପାର୍ଥିବ!

ତା କଥାକୁ ଅଶୁଣା କରିଦେଇ ସାଧନା କହିଲା, ନା, ଜାଲଟି ଅତି ଜଟିଲ ବୋଲି? ଜାଲଟି ଗୋଟାଏ ମୃତ୍ୟୁଫାଶ ବୋଲି?

ଏ ସବୁ ପ୍ରଶ୍ନର କୌଣସି ଉତ୍ତର ନଥାଏ। ଏ କଥା ବର୍ତ୍ତମାନ ଆଲୋଚନା କଲେ ବିଷୟଟି କୁଆଡ଼େ ଯାଇ ପୁଣି ଏକ ଅଭୁତ ଉପସଂହାରରେ ପହଞ୍ଚିଯିବ। ତେଣୁ ରୋହିତ କହିଲା, ତମେ ମୋ ପାଖକୁ ଆସ, ମୁଁ କହୁଚି। ସାଧନା କୌଣସି ଜବାବ ଦେଲା ନାହିଁ। ପାଖ ଚଉକିରେ ବସି ଚା ପିଇଲା। ରୋହିତ ପାଇଁ ସାଧନାର ସମସ୍ତ କାର୍ଯ୍ୟକଳାପ ସବୁବେଳେ ଏମିତି ଅନିଶ୍ଚିତତାରେ ପରିପୂର୍ଣ୍ଣ ଥିଲା। ତାର ନିମନ୍ତ୍ରଣ ମାନି ସାଧନା ତା ପାଖକୁ ଆସିବ କି ନା, ଏ ବିଷୟରେ ସବୁବେଳେ ଏକ ଦ୍ୱନ୍ଦ ରହୁଥିଲା ରୋହିତର। ବର୍ତ୍ତମାନ କିନ୍ତୁ ଚା କପ ରଖିଦେଇ ସାଧନା ତା ପାଖକୁ ଆସିଲା ଏବଂ ତା ହାତରେ ନିଜକୁ ଧରାଦେଲା। ତା ଓଠରେ ଚୁମା ଦେଇ

ରୋହିତ କହିଲା, ତମେ ବୋଧହୁଏ ଜାଣନାହିଁ ଯେ ବୁଢ଼ିଆଣୀ ଜାଲର ପ୍ରତ୍ୟେକ ତନ୍ତୁ ସେଇ ସୂକ୍ଷ୍ମତାର ଇସ୍ପାତ ତାର ଅପେକ୍ଷା ଅଧିକ ମଜଭୁତ।

ଅସମ୍ଭବ କଥା! ତମେ କେମିତି ଜାଣିଲ?

ଅନେକ ଦିନ ତଳେ କୋଉଠି ପଢ଼ିଥିଲି।

ମିଛ କଥା। ଏ କଥା ସତ ହୋଇଥିଲେ ଲୋକମାନେ ଇସ୍ପାତ ବଦଳରେ ବୁଢ଼ିଆଣୀ ଜାଲ ବ୍ୟବହାର କରୁଥାନ୍ତ। ଆଉ ବୁଢ଼ିଆଣୀ ବିଚରାକୁ ପୋକମାଛି ଧରିବା ପାଇଁ ଆଉ କିଛି ଉପାୟ କରିବାକୁ ପଡ଼ନ୍ତା! ଆଉ କଣ ସବୁ ଜାଣିଚ ତମେ ବୁଢ଼ିଆଣୀ ବିଷୟରେ?

ଅନେକ ସମୟରେ ସ୍ତ୍ରୀ ବୁଢ଼ିଆଣୀ ପୁରୁଷ ବୁଢ଼ିଆଣୀକୁ ଖାଇ ଦେଇଥାଏ।

ଏ କଥା ସତ ହୋଇପାରେ, ଏତିକି କହିସାରି ସାଧନା ରୋହିତର ଜାମାର ବୋତାମସବୁ ଖୋଲିଲା ଓ ତାର ଜାମାକୁ ଅଲଗା ରଖିଦେଇ କହିଲା, ଦେଖିବ କେମିତି ସ୍ତ୍ରୀ ବୁଢ଼ିଆଣୀ ପୁରୁଷକୁ ଖାଏ?

ରୋହିତର ବାହୁକୁ ହଠାତ୍ ଦାନ୍ତରେ କାମୁଡ଼ି ସାଧନା କହିଲା, ଏମିତି। ଏକ ଯୁଗପତ୍ ଆନନ୍ଦ ଓ ଯନ୍ତ୍ରଣାରେ ନିମଜ୍ଜିତ ହୋଇଗଲା ରୋହିତ। ସାଧନା ଯେତେବେଳେ ପୁଣି ଦାନ୍ତର ଆହୁରି ଅଧିକ ଜୋର ଲଗାଇଲା, ରୋହିତର ଆଖିରୁ ଲୁହ ବାହାରି ଆସିଲା। ସେ ସାଧନାକୁ ବିନତି କରି କହିଲା, ମତେ ଛାଡ଼ିଦିଅ, ନ ହେଲେ ମୁଁ ବର୍ତ୍ତମାନ ଚିତ୍କାର କରିବି।

କର ଚିତ୍କାର, କହି ସାଧନା ଶେଷଥର ପାଇଁ ରୋହିତର ହାତକୁ ଥରେ କାମୁଡ଼ି ଛାଡ଼ିଦେଲା। କହିଲା, ମତେ ଆଉ କେବେହେଲେ ସେ ବୁଢ଼ିଆଣୀ କଥା କହିବ ନାହିଁ, ବୁଝିଲ? ନିଜ ହାତକୁ ଅନାଇଲା ରୋହିତ। ଦାନ୍ତର ଦାଗ ବର୍ତ୍ତମାନ ଗଭୀର ଭାବରେ ରହିଯାଇଥିଲା ଏବଂ ସେଥିରୁ ରକ୍ତ ବାହାରୁଥିଲା।

ସାଧନା କହିଲା, ସତରେ ବେଶୀ ଜୋରରେ କାମୁଡ଼ିଦେଲି। ସେ ଖଟରୁ ଉଠିଯାଇ କୋଉଠୁ ତୁଲା ବାହାରକରି ତାର ରକ୍ତକୁ ପୋଛିଦେଲା। କହିଲା, କିଛି ହବ ନାହିଁ ତ? ତମେ ଯାର କୋଉଠି କଣ ଔଷଧ ଲଗାଇଦିଅ। ରୋହିତ କହିଲା,

ଯାଉ, ଯାହା ହବାର ହଉ । କିଛି କଣ ହୋଇଯାଉ ହାତର, ଆଉ ମୁଁ ପୁରା ହାତଟା କାଟିଦିଏ । ତାହେଲେ ଅନ୍ତତଃ ଏଇ ଦିପହରର ଗୋଟାଏ ସ୍ଥାୟୀ ଚିହ୍ନ ରହିଯିବ ମୋର ଦେହରେ । ସାଧନା କହିଲା, ନା, ସେମିତି କୁହନାହିଁ । ସେ ରୋହିତ ପାଖରୁ ଘୁଞ୍ଚିଯାଇ ଦୂରରେ ବସିଲା; କହିଲା, ଦେଖ, ମୁଁ ଆଉ ଏଥରକ ତମ ଦେହରେ ହାତ ଦେବି ନାହିଁ ।

ତମେ ଯଦି ଅଫିସ ନ ଯିବ, ଯାଆ ଶାଢ଼ି ବଦଲାଇନିଅ ।

କିଛି ଲାଭ ନାହିଁ, ଶାଢ଼ିଟି ପୂରା ଖରାପ ହୋଇଗଲାଣି। ତମେ କଣ ଏବେ ଚାଲିଯିବ ନା କିଛି ସମୟ ରହିବ?

ମୁଁ ଆଜି ତମ ପାଖରେ ରହିଯିବି ।

ତମେ ଯଦି ମୋ ପାଖରେ ଆଉ କେତେ ଘଣ୍ଟା ରହିଯାଅ, ତମ ବ୍ୟବସାୟରେ କେତେ ଲାଭ କ୍ଷତି ହେବ?

ଏ ଜିନିଷର କୌଣସି ମାପ ନାହିଁ ।

ତମେ ତମ ବ୍ୟବସାୟ କଥା ମତେ କେବେହେଲେ କହୁନାହିଁ। ମୁଁ କେମିତି ମୋ ଅଫିସର ଟିକିନିଖ୍ କଥା ସବୁ ତମ ପାଖରେ କହୁଚି?

ମୋ ବ୍ୟବସାୟ ପୂରାପୂରି ନୀରସ ଗଦ୍ୟମୟ ଜିନିଷ। ତମ ଅଫିସରେ ତମର ଏତେ ସାଙ୍ଗସାଥୀ ଅଛନ୍ତି, ଏତେ ମଜା ମଜା କଥା ହଉଛି। ତମକୁ କହିବାକୁ ଭଲ ଲାଗୁଛି; ମତେ ଶୁଣିବାକୁ ଭଲ ଲାଗୁଛି। ମୋର ଲୁହା ସିମେଣ୍ଟ ହାର୍ଡୱାରର ବ୍ୟବସାୟ କଥା ତମେ କଣ ଶୁଣିବ?

ମୋର ବି ତ ଅନେକ ସମସ୍ୟା ଅଛି ଅଫିସରେ, ଘରୋ। ଏତେ ଦୂରରେ ଏକୁଟିଆ ରହୁଚି, ସେ କଣ ଗୋଟିଏ ସମସ୍ୟା ନୁହେଁ ? ତା ଛଡ଼ା ଅଫିସରେ ବି କିଛି ନା କିଛି ସମସ୍ୟା ରହିଥାଏ; ଯେମିତି ଆଜି ଅଫିସ ଗଲି ନାହିଁ, କାଲି କଣ ହେବ କିଏ ଜାଣେ? ତମେ କିନ୍ତୁ ଜାଣିଶୁଣି ତମର କିଛି ବି କଥା ମତେ କହୁନାହିଁ । ତା ମାନେ ତମେ ମତେ ବିଶ୍ୱାସ କରୁନାହିଁ ।

ଏଥିରେ ବିଶ୍ୱାସ କରିବା ନ କରିବାର କଥା କୋଉଠୁ ଉଠୁଛି? ତମେ ତ ମୋର ବ୍ୟବସାୟର ପ୍ରତିଦ୍ୱନ୍ଦୀ ନୁହଁ ।

ସେଦିନ ହୋଟେଲରେ ଖାଇବାକୁ ଗଲାବେଳେ ତମର ଯୋଉ ଲୋକଟା ସହିତ ଦେଖାହେଲା, ମୁଁ ପଚାରିଲି ସେ କିଏ ବୋଲି। ତମେ କିନ୍ତୁ ସେ କଥାର କୌଣସି ଜବାବ ଦେଲନାହିଁ ।

ଅନେକ ଚେଷ୍ଟା ସତ୍ତ୍ୱେ ବି ମନେପକାଇ ପାରିଲା ନାହିଁ ରୋହିତ କୋଉଦିନ ସାଧନା ତାକୁ ଏ କଥା ପଚାରିଥିଲା। ସେ କହିଲା, ମୋର ମନେ ନାହିଁ। ତେବେ ମୁଁ ଯଦି ତମକୁ କୌଣସି ଜବାବ ନ ଦେଲି, ତମେ ପୁଣି କାହିଁକି ସେ କଥା ମତେ ସେତିକିବେଳେ ପଚାରିଲ ନାହିଁ?

ମୁଁ କାହିଁକି ପଚାରିଥାନ୍ତି ଆଉଥରେ? ତମର ସାଙ୍ଗ, ସେ ତମର ଦାୟିତ୍ୱ । ମୋର କଣ ଅଛି, ତାର ନାଁ ଯାହା ହୋଇଥାଉ। ମୁଁ କେବଳ ତମର ମୋ ପ୍ରତି ଅବଜ୍ଞା ଆଉ ଅବହେଳା କଥା କହୁଚି ।

ଚୁପ ରହିଲା ରୋହିତ । ସାଧନାକୁ କୋଉଭଳି ଭାଷା ଓ କିପରି ଶବ୍ଦ ଦେଇ ସେ ବୁଝାଇବ ସାଧନା ତା ପାଇଁ କଣ? ଶୂନ୍ୟ ମୁହୂର୍ତ୍ତମାନଙ୍କରେ ସାଧନା ତାର ମନର ପ୍ରତିଟି ଅଂଶରେ ଭର୍ତ୍ତି ହୋଇଯାଇଥିବାର ଅନୁଭବର କି ବର୍ଣ୍ଣନା ଦେଇହେବ? କି ପରିଭାଷା ଅଛି ସାଧନା ବୋଲି ଏକ ସଂପୂର୍ଣ୍ଣ ବାୟୁମଣ୍ଡଲ ଭିତରେ ତାର ଜୀବନ ଧାରଣର?

ମୁଁ ତମକୁ କେବେ ଅବଜ୍ଞା କରିଛି?

ମୁଁ ତମକୁ ସେଦିନ କହିଲି ଦି ମିନିଟ ବସିବା ପାଇଁ ତମେ କିନ୍ତୁ ଉଠି ଚାଲିଗଲ।

ତମକୁ ତ କହିଥିଲି ମୋର ସେଦିନ ସାଢ଼େ ଛ'ଟାରେ ଜଣକୁ ଦେଖା କରିବାର ଥିଲା।

ତା ମାନେ ମୋ ଅପେକ୍ଷା ତମର ବ୍ୟବସାୟ ବେଶୀ ମୂଲ୍ୟବାନ ତମ ପାଇଁ? ମୁଁ ତ ସେଇଥିପାଇଁ କହୁଥିଲି ତମେ ଯେତେ ସମୟ ଏଠାରେ ବସୁଛ, ଅନେକ କ୍ଷତି ହେଉଥିବ ତମ ବ୍ୟବସାୟରେ । ଆଜି ତମର କାହାକୁ ଦେଖା କରିବାର ନଥିଲା ତ?

ଆଚ୍ଛା ବାବା, ଆଉ କେବେହେଲେ ମୋର ସେ ଭୁଲ ହେବ ନାହିଁ । ତମେ ଯେତେ ସମୟ କହିବ, ତମ ପାଖରେ ବସିବି ଯେତେ ପଛେ ଆଉ କାମ ଥାଉ ।

ତମର କଣ ବର୍ତ୍ତମାନ ଆଉ କୋଉଠି କାମ ଅଛି? ଦେଖ, ମୁଁ କିନ୍ତୁ ତମକୁ ବର୍ତ୍ତମାନ ବସିବାକୁ କହୁନାହିଁ । ତମ ନିଜ ଇଚ୍ଛାରେ ତମେ ବସିଛ ।

ତମେ କଣ ଚାହଁ ମୁଁ ବର୍ତ୍ତମାନ ଚାଲିଯାଏ?

ସେ ତମର ଇଚ୍ଛା। ତମ ବ୍ୟବସାୟ କଥା, ତମର ଇଚ୍ଛା କଥା ମତେ କଣ ଜଣା?

ମୁଁ କଣ ତା ହେଲେ ଚାଲିଯିବି? ମତେ ସିଧା ସିଧା କହ ।

ମୁଁ ତମକୁ ବସିବାକୁ କହୁନାହିଁ, ଚାଲିଯିବାକୁ ବି କହୁନାହିଁ। ତମର ଯେମିତି ଇଚ୍ଛା ହଉଛି, ସେମିତି କର ।

ତମର ଯଦି ଆପତ୍ତି ନ ଥାଏ, ମୋର ରହିବାକୁ ଇଚ୍ଛା ।

ତମର କୌଣସି କଥାରେ ମୋର ସମ୍ମତି ନାହିଁ କି ଆପତ୍ତି ବି ନାହିଁ। ବସିବ ଯଦି ବସ, ଚାଲିଯିବ ଯଦି ଚାଲିଯାଅ ।

ରୋହିତ ଖଟ ଉପରେ ଉଠି ବସି କାନ୍ଧ ଉପରକୁ ଅନାଇଲା। ବୁଢ଼ିଆଣୀ ଜାଲଟି ଠିକଠାକ ଥିଲା; କିନ୍ତୁ ବୁଢ଼ିଆଣୀ ଆଉ ଦେଖାଯାଉ ନଥିଲା । ସେ ଜାମା ପିନ୍ଧିଲା । ଖଟତଳୁ ଅଣ୍ଟାଳି ଜୋତା ହଳକ ବାହାର କଲା। ସାଧନା କହିଲା, ତମେ ଯାଉଛ?

ହଁ ।

ତାହେଲେ ପୁଣି କେତେବେଳେ ଦେଖାହବ?

ତମେ ଯେତେବେଳେ ଆସିବାକୁ କହିବ, ଆସିବି ।

ତମେ କଣ ଖାଲି ମୁଁ ଆସିବାକୁ କହିଲେ ମୋର ନିମନ୍ତ୍ରଣ ରଖି ଆସିବ, ନ ହେଲେ ନିଜ ମନକୁ ଆସିବ ନାହିଁ?

ରୋହିତ ଚୁପ୍ ରହିଲା । ସାଧନା କହିଲା, କଣ ମୁଁ ତମକୁ ଜୋରରେ କାମୁଡ଼ି ଦେଲି ବୋଲି ମୋ ଉପରେ ରାଗିଲ?

ରୋହିତ ଚୁପ୍ ରହିଲା । ସାଧନା ବ୍ଲାଉଜକୁ ଖୋଲି ନିଜର ଖୋଲା କାନ୍ଧକୁ ତା ମୁହଁ ପାଖେ ରଖି କହିଲା, ତା ହେଲେ ମତେ ତମେ ସେତିକି ଜୋରରେ କାମୁଡ଼ିଦିଅ, ସେ କଥା ସେତିକିରେ ଛିଣ୍ଡିଯିବ।

ରୋହିତ ଚୁପ୍ ରହିଲା । ଜୋତାର ଫାଶ ବାନ୍ଧିଲା । ଉଠି ଠିଆହେଲା । ସାଧନା କହିଲା, ତାହେଲେ କଣ ତମେ ଆମର ସମ୍ପର୍କକୁ ଏମିତି କାଟିଦବାକୁ ଚାହୁଁଚ?

ରୋହିତର ମୁଣ୍ଡ ଭିତରେ ସବୁ କିଛି ଗୋଲମାଲ ହୋଇଯାଇଥିଲା। ସେ ବୁଝିପାରୁ ନଥିଲା ସେ କଣ କହିବ, କଣ କରିବ। ତାର ମନେ ହେଉଥିଲା ସେ ଯାହା ବି କହିବ, ସବୁ ଭୁଲ କହିବ। ତାର ଯେମିତି ପାଦରେ ଠିଆ ହେବାର ବଳ ନଥିଲା, ଓଠରେ ଜବାବ ଦେବାର ଶକ୍ତି ନଥିଲା। ନିର୍ବାକ୍ ହୋଇ ସେ ବାହାର କବାଟ ଆଡ଼କୁ ପାଦ ବଢ଼ାଇଲା।

ସାଧନା କହିଲା, ତାହେଲେ ତମେ ଚାଲିଯାଉଚ?

ରୋହିତ ହଁ କହିଲା, କିନ୍ତୁ ଯାଉ ଯାଉ ଗୋଟାଏ ମୁହୂର୍ତ୍ତ ଅଟକିଗଲା । ତା ସାମନାରେ କାନ୍ଥକଣରେ ବୁଢ଼ିଆଣୀ ଜାଲଟି ଥିଲା । ରୋହିତ କେଜାଣି କାହିଁକି ସତର୍ପଣରେ ତା ଆଡ଼କୁ ହାତ ବଢ଼ାଇଲା । ତାର ଆଙ୍ଗୁଳି ଜାଲକୁ ଛୁଇଁଚି କି ନାହିଁ, ହଠାତ୍ ଗୋଟିଏ ତନ୍ତୁ ଛିଣ୍ଡିଗଲା।

ରୋହିତ ଆଉ ଆଗକୁ ଗଲାନାହିଁ। ପଛକୁ ଫେରିଆସିଲା । ପୁଣି ଖଟ ଉପରେ ବସି ପାଦରୁ ଜୋତା ଖୋଲିଲା । ଖଟକୁ ଆଉଜି ବସି କହିଲା, ନା ସାଧନା, ମୁଁ ବର୍ତ୍ତମାନ ଯିବି ନାହିଁ; ତମେ ବାହାରି ଯିବାକୁ କହିଲେ ବି ନୁହେଁ ।

ସଂପ୍ରଦାୟ

ଲୋକଟିର ଧର୍ମ ଜାତି ଗୋତ୍ର କଣ ସେ କଥା ସହରତଳିର ଲୋକ ଜାଣି ନ ଥିଲେ । ଏପରିକି ତାର ପ୍ରକୃତ ନାଁ କଣ ସେ କଥା ମଧ ସମସ୍ତଙ୍କର ଅଜଣା ଥିଲା । ଲୋକଟି ପାଗଳ ଥିଲା ଏବଂ ପରିଚିତ ଥିଲା ପାଗଳ ନାଁରେ । ତାର ଜାତି ବା ନାଁ ଥିବା ନଥିବା ତା ନିଜ ପାଇଁ ଅଥବା ଅନ୍ୟମାନଙ୍କ ପାଇଁ କୌଣସି ସମସ୍ୟା ଉପୁଜାଉ ନଥିଲା; କାରଣ ପାଗଳ କାହାରି ଭଲମନ୍ଦରେ ନଥିଲା ଏବଂ ଅନ୍ୟମାନଙ୍କ ସହିତ ତାର ସଂପର୍କ ଥିଲା ଅତି ସାମାନ୍ୟ । ସେ କଥା କହୁନଥିଲା, ତେଣୁ ସେ କେଉଁଠାର ଲୋକ ବା କେଉଁ ଭାଷାଭାଷୀ ସେ କଥା କେହି ଜାଣିନଥିଲେ ଏବଂ ସେକଥା ଜାଣିବା ପାଇଁ ବର୍ତ୍ତମାନ ଆଉ କାହାରି ଆଗ୍ରହ ନଥିଲା । ଏପରିକି ସେ ଜନ୍ମଜାତ ମୂକ ଅଥବା ଜାଣିଶୁଣି କଥା କହୁନଥିଲା, ସେ ବିଷୟରେ ମଧ ସଂଶୟ ଥିଲା । ସେ ଯାହାହେଉ, ପାଗଳ ବର୍ତ୍ତମାନ ଥିଲା ସହରତଳି ଅଂଚଳର ଏକ ଚଳପ୍ରଚଳ ଅନୁଷ୍ଠାନ ।

ପାଗଳ ରହିବାର କୌଣସି ନିର୍ଦ୍ଦିଷ୍ଟ ଜାଗା ନଥିଲା ଅଥବା ଖାଇବା ପିଇବାର କୌଣସି ନିର୍ଦ୍ଦିଷ୍ଟ ବ୍ୟବସ୍ଥା ନଥିଲା । ସେ ଯାହା ମିଳୁଥିଲା ଖାଉଥିଲା ଏବଂ ଯେଉଁଠାରେ ସମ୍ଭବ ଓ ସୁବିଧା ଶୋଇଯାଉଥିଲା । ସେ କାହାରିକି କିଛି ମାଗୁନଥିଲା ଏବଂ କିଏ କିଛି ଦେଲେ ମନା କରୁନଥିଲା । ସେ ସାରାଦିନ ଏବଂ କେବେ କେବେ ସାରାରାତି, ସହରତଳି ଅଂଚଳରେ ଚାଲବୁଲ କରୁଥିଲା ଏବଂ ଗଳିର ଲୋକମାନେ

ତାର ଜୋତାର ଶବ୍ଦ ସହିତ ପରିଚିତ ଥିଲେ। ଗଳିରେ ଦିନେ ଦୁଇଦିନ ତାର ଦେଖା ନ ମିଳିଲେ ଲୋକେ ତାଂ କଥା ମନେପକାଉଥିଲେ । ରାତିର ଶୂନଶାନ ଗଳିରେ ତାର ଭାରୀ ଜୋତାର ଶବ୍ଦ ଥିଲା ସମସ୍ତଙ୍କ ପାଇଁ ଆଶ୍ୱାସନାଜନକ ।

ପାଗଳକୁ ନେଇ ସମସ୍ୟା ଉପୁଜୁଥିଲା ସେ ଅଞ୍ଚଳରେ ସାମ୍ପ୍ରଦାୟିକ ଦଙ୍ଗା ହେବା ବେଳେ। କିଛି ବର୍ଷର ବ୍ୟବଧାନରେ ରାଜନୈତିକ ଦଳମାନେ ବିଭିନ୍ନ କାରଣରୁ ନିଷ୍ପତ୍ତି ନେଉଥିଲେ ଦଙ୍ଗା କରିବାର । ଯଦିଓ ସହର ଅଂଚଳଡର ଦଙ୍ଗା ଉଗ୍ର ରୂପ ଧାରଣ କରୁଥିଲା ଏବଂ ହତ୍ୟା, ଲୁଟତରାଜ ଓ ଶରଣାର୍ଥୀ ଶିବିରରେ ଶେଷ ହେଉଥିଲା, ସହରତଳିରେ ଦଙ୍ଗାର ସ୍ୱରୂପ ଥିଲା ସାମାନ୍ୟ ପ୍ରକାରର। ବିଭିନ୍ନ ସଂପ୍ରଦାୟଙ୍କ ଭିତରେ ଗାଳିଗୁଲଜ, ଦୋକାନର ତାଲା ଭାଙ୍ଗିଦେବା ଏବଂ କେବେ କେବେ ସାମାନ୍ୟ ହାତାହାତିରୁ ସହରତଳିର ସାମ୍ପ୍ରଦାୟିକ ଅସଦ୍ଭାବ କେବେ ଅଧିକ ଗୁରୁତର ପରିସ୍ଥିତି ଧାରଣ କରୁ ନଥିଲା ।

ପାଗଳର ଅଯତ୍ନବର୍ଦ୍ଧିତ ଦାଢ଼ି ଥିଲା ସମସ୍ୟାର କାରଣ। ଦାଢ଼ି ଯୋଗୁ ସେ ସାମାନ୍ୟତଃ ମୁସଲମାନ ଭଳି ଦେଖାଯାଉଥିଲା । କିନ୍ତୁ ତାକୁ ପୁଣି ଭଲଭାବେ ନିରୀକ୍ଷଣ କରି ଦେଖିଲେ ସେ ଅନେକ ସମୟରେ ଜଗଦ୍ଗୁରୁ ଭଳି ଧାର୍ମିକ ନିଷ୍ଠାପର ହିନ୍ଦୁର ଭ୍ରମ ଜନ୍ମାଉଥିଲା। ହିନ୍ଦୁ ମୁସଲମାନ ଗଣ୍ଡଗୋଳବେଳେ ହିନ୍ଦୁମାନେ ପାଗଳାକୁ ଏକ ସହଜ ଓ ସୁଖଲବ୍ଧ ଲକ୍ଷ୍ୟ ପାଇ ତାକୁ ମାରଧର କରୁଥିଲେ । ସେତେବେଳେ ପାଗଳ ଥିଲା ସେମାନଙ୍କ ପାଇଁ ଏକ ଧର୍ମାନ୍ଧ ମୁସଲମାନ। ଗଣ୍ଡଗୋଳର ଘଡ଼ିସନ୍ଧିବେଳେ ମୁସଲମାନମାନେ ନିଜର ସଂଖ୍ୟାଲଘୁତା ଦୃଷ୍ଟିରୁ ଚୁପ ପଡ଼ିଯାଉଥିଲେ; କିନ୍ତୁ ଅବସ୍ଥା ଟିକିଏ ଶାନ୍ତ ହୋଇ ଆସିଲେ ପ୍ରତିଶୋଧ ନେବାକୁ କାହାକୁ ନପାଇ, ବା ଆଉ କାହାକୁ ମାରଧର କରିବାର ସାହସ ଅଭାବରୁ, ଶେଷକୁ ଧରୁଥିଲେ ପାଗଳକୁ। ତାକୁ ସେମାନେ କଟର ହିନ୍ଦୁ, ସାଧୁମହାରାଜ ଇତ୍ୟାଦି କହି ପିଟାପିଟି କରୁଥିଲେ । ଏଇପରି ଭାବରେ ପାଗଳ ଦୁଇଆଡ଼ୁ ଅସୁବିଧାରେ ପଡୁଥିଲା; କିନ୍ତୁ ପ୍ରବଳ ଦଙ୍ଗା ପରିସ୍ଥିତିରେ ମଧ ଗଳି ଭିତରେ ନିଜର ପହରାଦାରୀ ଜାରି ରଖୁଥିଲା।

ଦଙ୍ଗାର ଏକ ଅଲିଖିତ ନୀତିନିୟମ ଥିଲା। ଦଙ୍ଗା ଠିକ କୋଉଦିନ ଆରମ୍ଭ ହେବ, ସହରତଳିରେ ସେ ଖବର ପହଞ୍ଚିଯାଉଥିଲା ବେଶ୍ ଆଗରୁ । ରାତିରେ ସହରରୁ ଛୋଟକାଟ ନେତାମାନେ ଆସି ସହରତଳିରେ ଥିବା ତାଙ୍କର ରାଜନୈତିକ ଚେଲାମାନଙ୍କ ସହିତ ଘଣ୍ଟା ଘଣ୍ଟା, କପ୍ ପରେ କପ୍ ଚା ପିଇ, ଗୁପ୍ତ ମନ୍ତ୍ରଣା କରୁଥିଲେ ଏବଂ ସକାଳ ହେବା ଆଗରୁ ଚାଲିଯାଉଥିଲେ । ତା ଆରଦିନ ସକାଳୁ ବିଧିବଦ୍ଧ ଭାବରେ ଗଣ୍ଡଗୋଳ ଆରମ୍ଭ ହେଉଥିଲା ବରଗଛତଳ ଚା ଦୋକାନରୁ ।

ଗଛ ତଳେ ପାଖାପାଖି ଦୁଇଟି ଦୋକାନ ଥିଲା ଯେଉଁଥିରୁ ଗୋଟିକର ନାଁ ଥିଲା ହିନ୍ଦୁ ଚା ଦୋକାନ। ଅନ୍ୟ ଦୋକାନଟି ଗାନ୍ଧିଜୀଙ୍କ ନାଁରେ ନାମିତ ହୋଇଥିଲା; କିନ୍ତୁ ସମସ୍ତେ ତାକୁ ମୁସଲମାନ ଚା ଦୋକାନ ବୋଲି କହୁଥିଲେ ଏବଂ ବୁଢ଼ା ମୁସଲମାନ ଦୋକାନୀକୁ ପରିହାସ କରି ମହାମ୍ୟା ବୋଲି ଡାକୁଥିଲେ। ଯଦିଓ ପୁଲିସ ଓ ଅନ୍ୟ ସରକାରୀ ଲୋକ ଦଙ୍ଗା ବିଷୟରେ ଶେଷପର୍ଯ୍ୟନ୍ତ ସମ୍ପୂର୍ଣ୍ଣ ଅନ୍ଧ ରହୁଥିଲେ ଏବଂ ଗଣ୍ଡଗୋଳ ଶେଷ ହେବା ବେଳକୁ ଦଳବଳ ନେଇ ସେଠାରେ ଆସି ପହଞ୍ଚୁଥିଲେ, ଆସନ୍ନ ଗୋଲମାଲର ଖବର ଅନ୍ୟ ସମସ୍ତେ ଆଗରୁ ଜାଣିପାରୁଥିଲେ । ଦଙ୍ଗା ହେବା ଦିନ ମହାମ୍ୟା ବୁଢ଼ା ଖୁବ ସକାଳୁ ଯାଇ ଚୁପଚାପ ତାର ଦୋକାନକୁ ଖୋଲି ଦରକାରୀ ଓ ଭଙ୍ଗୁର ଜିନିଷସବୁକୁ ଅଲଗା କରି ଲୁଚାଇ ରଖି ଦୋକାନରେ ପୁଣି ତାଲା ବନ୍ଦ କରି ଘରକୁ ଚାଲିଯାଉଥିଲା। ତା ପରବର୍ତ୍ତୀ ଘଟଣାସବୁର ଦୃଶ୍ୟଲେଖ ମୋଟାମୋଟି ଭାବରେ ଥିଲା ନିମ୍ନପ୍ରକାରର ।

ଗଲିମାନଙ୍କରେ ପଦଚାରଣା କରିସାରି ପାଗଳ ଆସି ସକାଳ ନ'ଟାରେ ବରଗଛ ତଳେ ବସିଲା। ସେ ଜାଣିଥିଲା ଯେ ହିନ୍ଦୁ ହେଉ ବା ମୁସଲମାନ ହେଉ, କୋଉ ନା କୋଉ ଚା ଦୋକାନରୁ ତାକୁ ଡାକରା ଆସିବ, ନହେଲେ ଚା ପିଇବାକୁ ଆସିଥିବା ଗ୍ରାହକମାନଙ୍କ ଭିତରୁ କେହି ଆସି ତାକୁ ଚା ପିଇବାକୁ ଡାକିବ। ଏଇ ଅପେକ୍ଷାରେ ସେ ସମ୍ପୂର୍ଣ୍ଣ ନିଃସ୍ପୃହ ଭାବରେ ବା ନିଃସ୍ପୃହ ହେବାର ଭାବଭଙ୍ଗୀ କରି ବସିରହିଲା । ଆଜି କିନ୍ତୁ ସାଂପ୍ରଦାୟିକ ଦଙ୍ଗା ଦିନ କେହି ତା ଆଡ଼କୁ ଅନାଇଲେ ନାହିଁ ଏବଂ ପାଗଳକୁ ବିନା ଚା'ରେ ରହିବାକୁ ପଡ଼ିଲା। କିଛି ସମୟ ପରେ ଦଳ ଦଳ

ଯୁବକ ଯାଇ ବରଗଛ ତଳେ ଜମାହେଲେ। ହଠାତ୍ ସେମାନେ ମହାମ୍ୟ ଗାନ୍ଧୀ, ହିନ୍ଦୁ ଏକତା, ଭାରତମାତା ଇତ୍ୟାଦିଙ୍କର ଜୟଜୟକାର କରି ସ୍ଲୋଗାନ ଦେବା ଆରମ୍ଭ କଲେ। ଯେତେବେଳେ ଆଉ ଟିକିଏ ଖରା ହେଲା ଏବଂ ଭିଡ଼ ବଢ଼ିଗଲା, ସ୍ଲୋଗାନମାନ ବଦଳିଗଲା, ଯଥା ମୁସଲମାନ ମୁର୍ଦାବାଦ, ରକ୍ତ ବଦଳରେ ରକ୍ତ, ଦେଶଦ୍ରୋହୀ ଦେଶ ଛାଡ଼ ଇତ୍ୟାଦି।

ପାଗଳ ବିଚରା ଚା ନପାଇ ଆସି ଭିଡ଼ ପାଖରେ ଠିଆହେଲା ଏବଂ ଏଭଳି ମୁଖଭଙ୍ଗୀ କଲା ଯେପରିକି ସେ କଥା କହିପାରୁଥିଲେ ଅନ୍ୟମାନଙ୍କ ସହିତ ସ୍ଵର ମିଳାଇ ସ୍ଲୋଗାନ ଦେଇଥାନ୍ତ! ଏଥରକ ଦଳଟି ମୁସଲମାନ ଚା ଦୋକାନ ଆଡ଼କୁ ଆଗେଇଲେ। ମହାମ୍ୟ, ଯେ କି ଦଳର ସମସ୍ତ ଟୋକାଙ୍କୁ ଚିହ୍ନିଥିଲା ଏବଂ ଏଇ କ୍ରମ ସହିତ ପରିଚିତ ଥିଲା, ବୁଲି ଉପରୁ ଚା କେଟଲି ଉଠାଇ ରଖିଦେଇ ବାହାରେ ଆସି ଠିଆ ହେଲା। ଟୋକାସବୁ ଯାଇ ପ୍ରଥମେ ଦୋକାନର ସାଇନବୋର୍ଡକୁ ଚାଣି ବାହାର କରିଦେଲେ। ତାକୁ ତଳେ ପକାଇ ଦିଜଣ ଟୋକା ତା ଉପରେ ନାଚକୁଦ କରିବାକୁ ଆରମ୍ଭ କଲେ । ଏଥରକ ଟୋକାମାନେ ଆଲମାରିର କାଚ ଭାଙ୍ଗି ତା ଭିତରୁ ବିସ୍କୁଟ ଇତ୍ୟାଦି ଆଣି ନିଜ ଭିତରେ ବାଣ୍ଟିଲେ । ହିନ୍ଦୁ ଚା ଦୋକାନୀ ବି ଏଇ ଖୁସିରେ ତା ନିଜ ଦୋକାନରୁ ଖାଇବା ଜିନିଷ ଆଣି ବାଣ୍ଟିବାରେ ଲାଗିଲା ଏବଂ ତାର ପଇସା ବାକ୍ସରେ ଚାବି ପକାଇ ଆସି ଦନ ସାଙ୍ଗରେ ମିଶି ସ୍ଲୋଗାନ ଦେବାତେ ଲାଗିଲା । ଶେଷରେ ହିନ୍ଦୁ ଚା ଦୋକାନର ଚାକରଟୋକା ମୁସଲମାନ ଦୋକାନର ଚୁଲି ଲଗାଇ ସେଥିରେ ଚା କରି ସମସ୍ତଙ୍କୁ ପିଇବାକୁ ଦେଲା। ଏଇପରି ଭାବରେ ଖରା ଟାଣ ହୋଇଯିବାରୁ ସ୍ଲୋଗାନର ତୀବ୍ରତା ଓ ଟୋକାଙ୍କର ଉସ୍ସାହ ଧୀମାପଡ଼ିଗଲା ଏବଂ ସମସ୍ତେ ଘରକୁ ଯିବାକୁ ବାହାରିଲେ। ଦଙ୍ଗା କ୍ରମରେ ଯେ ମୁସଲମାନଙ୍କୁ ଶାରୀରିକ ଆଘାତ କରିବା ଅଂଶଟି ଏପର୍ଯ୍ୟନ୍ତ କାର୍ଯ୍ୟକାରୀ ହୋଇନଥିଲା, ସେ କଥା କିଏ ମନେପକାଇଦେଲା । ଏଥରକ ସମସ୍ତଙ୍କ ଆଖି ପଡ଼ିଲା ପାଗଳ ଉପରେ । ଚାରିଜଣ ଟୋକା 'ଶଲା ପଠାଣ' ବୋଲି କହି ତା ଆଡ଼କୁ ମାଡ଼ିଗଲେ। ତାଙ୍କ ଭିତରୁ ଜଣେ ଧକ୍କାମାରି ପାଗଳକୁ ତଳେ ପକାଇଦେଲା । ଆଉ ଦିଜଣ ତାକୁ ଗୋଇଠା

ମାରିଲେ । ତାପରେ ପୁଣି ମହାମ୍ମା ଗାନ୍ଧୀ ଇତ୍ୟାଦି ସ୍ଲୋଗାନ ଦେଇ ଜନତା ସେଠାରୁ ବାହାରିଗଲା ।

ହିନ୍ଦୁ ଚା ଦୋକାନୀ ଓ ତାର ଟୋକା ନିଜ ଦୋକାନକୁ ଫେରିଗଲେ । ମହାମ୍ମା କୋଉଠି ଥିଲା ପୁଣି ଆସି ନିଜ ଦୋକାନର ଜିନିଷପତ୍ର ସଜାଡ଼ିଲା । ପାଗଳ ଉଠି ଦେହରୁ ଧୂଳି ଝାଡ଼ି ଠିଆହୋଇ ଚାରିଆଡ଼କୁ ଅନାଇଲା, ଯେମିତି କୁଆଡ଼େ କିଛି ହୋଇନାହିଁ। ମହାମ୍ମା ତାକୁ ଡାକି ଚା ପିଇବାକୁ ଦେଲା । କାଲେ ମହାମ୍ମା ନିଜର ଉଦାରତା ଦେଖାଇବାରେ ତାକୁ ବଲିଯିବ ସେଇ ଭୟରେ ହିନ୍ଦୁ ଦୋକାନୀ ବି ଜବରଦସ୍ତ ପାଗଳକୁ ଖାଇବାକୁ ଦେଲା ଓ ଚା ପିଆଇଲା । ଘଣ୍ଟାକ ପରେ ଯେତେବେଲେ ପୁଲିସ ଆସି ପହଞ୍ଚିଲା, ମହାମ୍ମା ତାର ସାଇନବୋର୍ଡ ପିଟାପିଟି କରି, ସିଧାସଲଖ କରି ଦୋକାନରେ ଟାଙ୍ଗି ସାରିଥିଲା । ସଂଧ୍ୟାବେଲକୁ ବରଗଛ ତଲେ ପୁଣି ଭିଡ଼ ଜମିଲା ଏବଂ ସମସ୍ତେ ଭୁଲିଗଲେ ଯେ ସକାଲେ ଭୟଙ୍କର କିଛି ଘଟିଯାଇଛି।

ସତ କହିବାକୁ ଗଲେ ସହରତଲି ସାମ୍ପ୍ରଦାୟିକ ଗଣ୍ଡଗୋଲରେ ଭୟଙ୍କର କିଛି ନ ଥିଲା, କାରଣ ଏଇ ଗୋଲମାଲର ଅନେକ କଠୋର ନୀତିନିୟମ ଥିଲା । ଗୋଲମାଲର ଆରମ୍ଭ ଓ ଶେଷ ହେଉଥିଲା ବରଗଛ ତଲେ, ବସତି ବାହାରେ ଏକ ସର୍ବସାଧାରଣ ଜାଗାରେ । ଗୋଲମାଲରେ କେତେ କ୍ଷୟକ୍ଷତି କରାଯିବ ତାର ଏକ ସୀମା ଧାର୍ଯ୍ୟ ଥିଲା ।   ଏଇ ନିୟମାବଲୀର ସବୁଠାରୁ କଠୋର ସର୍ତ ଥିଲା ଯେ ମହାମ୍ମା ଉପରକୁ ହାତ ଉଠାଇବା ତ ଦୁରର କଥା, ତାକୁ କେହି ଆଙ୍ଗୁଠି ଦେଖାଇ ଅସମ୍ମାନଜନକ କିଛି କହିବ ନାହିଁ । (ଏ କଥାର କେବଲ ଥରେ ମାତ୍ର ବ୍ୟତିକ୍ରମ ହୋଇଥିଲା। ଜଣେ ଅପରିଣତ ଦାୟିତ୍ୱଶୂନ୍ୟ ଟୋକା ମହାମ୍ମାକୁ ମୁସଲମାନ ବୋଲି କହିଲା। ଏ ଘଟଣା ପରେ ଟୋକାକୁ ଧକ୍କା ଦେଇ ଅନ୍ୟମାନେ ଦଲରୁ ବାହାର କରିଦେଇଥିଲେ ଏବଂ ଟୋକା କାନ୍ଦି କାନ୍ଦି ଘରକୁ ଫେରିଯାଇଥିଲା।)

ସମୟକ୍ରମେ କିନ୍ତୁ ଏଇ ନୀତିନିୟମ ସବୁ ଆସ୍ତେ ଆସ୍ତେ ବଦଲିବାରେ ଲାଗିଲା। ଯୁବକମାନେ ବୁଢ଼ାମାନଙ୍କ ହାତରୁ ନିଜ ହାତକୁ କ୍ଷମତା ନେଇଗଲେ

ସହରତଳିରେ ନେତୃତ୍ୱ କରୁଥିବା ନୂଆ ଟୋକାମାନେ ଦୋକାନମାନଙ୍କରୁ ଯାଇ ଟଙ୍କା ଆଦାୟ କରିବାଡର ଲାଗିଲେ। ଏଥରକ ଯେତେବେଲେ ଦଙ୍ଗାର ମସୁଧା କରିବା ପାଇଁ   ରାତିରେ ସହରର ନୂଆ ନେତାମାନେ ସହରତଳିକୁ ଆସିଲେ, ଚେଲାମାନଙ୍କ ସହିତ ସେମାନଙ୍କର କଥୋପକଥନ ଭିନ୍ନ ଧରଣର ଓ ନିମ୍ନୋକ୍ତ ପ୍ରକାରର ଥିଲା।

ଗଲାଥର ଦଙ୍ଗାରେ ଏଠାରେ କଣ ସବୁ ହୋଇଥିଲା? ପଚାରିଲା ନେତା।

ଏ ପ୍ରଶ୍ନର ଉତ୍ତର ଦେବାକୁ ଯାଇ ଚେଲାମାନେ ଟିକିଏ ଦ୍ୱିଧାଗ୍ରସ୍ତ ହେଲେ ଏବଂ ଏ ଅଞ୍ଚଳରେ ସାଂଘାତିକ କିଛି ଘଟି ନ ଥିବାରୁ ଅସମଞ୍ଜସରେ ପଡ଼ିଲେ। ତଥାପି ସବୁଠାରୁ ଚାଲାକ ଚେଲା ପରିସ୍ଥିତିକୁ ସମ୍ଭାଳିନେଲା ଏବଂ ଘଟଣାଟିକୁ ଅତିରଞ୍ଜିତ କରି କହିଲା, ଏଠାରେ ସବୁ ମୁସଲମାନଙ୍କ ଦୋକାନକୁ ଭାଙ୍ଗି ଦିଆଯାଇଥିଲା।

କେତେ ଲୋକ ମରିଥିଲେ?

ଏ ପ୍ରଶ୍ନଟି ବର୍ତ୍ତମାନ ସମସ୍ତଙ୍କୁ ଅତ୍ୟନ୍ତ ଲଜ୍ଜାରେ ପକାଇଦେଲା। ସହରରେ ଯଦିଓ ବେଶ୍ କିଛି ଲୋକଙ୍କୁ ହତ୍ୟା କରାଯାଇଥିଲା, ଏଇ ସହରତଳିରେ କେବଲ ପାଗଲକୁ ଧକ୍କା ମାରି ତଲେ ପକାଇଦେବା ବ୍ୟତୀତ ଆଉ କୌଣସି ଗୁରୁତର ଘଟଣା ଘଟି ନ ଥିଲା। ଏଇ ପାଗଲଜନିତ ଘଟଣାର ଅତିଶୟୋକ୍ତି କରି ଚାଲାକ ଚେଲା କହିଲା, ଜଣେ ମୁସଲମାନର ହାତଗୋଡ଼ ଭାଙ୍ଗି ଦିଆହେଇଥିଲା।

ନେତା ଏଥିରେ ସନ୍ତୁଷ୍ଟ ହେଲା ନାହିଁ। କହିଲା, ତମେମାନେ ସବୁ ମାଇଚିଆ ଜଣାପଡୁଚ। ଦଙ୍ଗା ବଡ଼ ଗଭୀର ଜିନିଷ, ତମେ ତାକୁ ଖେଳଘର ବୋଲି ଭାବୁଚ। ଆମେ ଭାବିଥିଲୁ ପନ୍ଦର ମିନିଟ ତମକୁ ସବୁ କଥା ବୁଝେଇ ଦେଇ ପୁଣି ଅନ୍ୟ ଅଞ୍ଚଳକୁ ଯିବୁ। କିନ୍ତୁ ଦେଖାଯାଉଚି ଏଠି ଆମକୁ ବେଶି ସମୟ ରହିବାକୁ ପଡ଼ିବ। କଣ ମଦ ମିଲିବ ତ ରାତି ପାଇଁ, ନା ଆମକୁ କହିଦେବ ଯେ ଦୋକାନ ବନ୍ଦ ହୋଇଗଲାଣି।

ରାତିରେ ଅନେକ ସମୟ ବସି, ତା ପରଦିନର ଦଙ୍ଗା ପାଇଁ ବିଧିବଦ୍ଧ ଯୋଜନା କରି ନେତାମାନେ ଚାଲିଗଲେ । ଖୁବ ସକାଳୁ ସଂଖ୍ୟାଲଘୁ ଲୋକଙ୍କୁ ଖବର କରି ଦିଆଗଲା ଯେ ସେମାନେ ଘରଛାଡ଼ି ଚାଲିଯାଆନ୍ତୁ ଏବଂ ଭୟରେ ସମସ୍ତେ ଘର ଛାଡ଼ି ଚାଲିଗଲେ । କେବଳ ମହାମ୍ୟା କହିଲା, ଯଦି ବିପଦ ଆସିବ, ମୁଁ ଘର ଛାଡ଼ି ବାହାରକୁ ଯିବି କାହିଁକି?

ସେଥର ଦଙ୍ଗାରେ କିନ୍ତୁ ଟୋକାମାନେ ମହାମ୍ୟା ଦୋକାନରେ ପ୍ରଥମଥର ପାଇଁ ନିଆଁ ଲଗାଇଦେଲେ ଏବଂ ସତକୁ ସତ ପାଗଳର ଗୋଡ଼ ଭାଙ୍ଗିଦେଲେ । ତେବେ ସେଥରକ ବି ମହାମ୍ୟା ଦେହରେ କେହି ହାତ ଲଗାଇଲେ ନାହିଁ । ଦଙ୍ଗାପରେ ପାଗଳ ହସପିଟାଲରୁ ଛୋଟାଇ ଛୋଟାଇ ଫେରିଲା ଏବଂ ମହାମ୍ୟା ବି ଦୋକାନକୁ ଠିକଠାକ କରି ପୁଣି ସଜାଡ଼ିନେଲା । ଏଇ ସମୟରେ ନିର୍ବାଚନ ଆସିବାରୁ ନେତାମାନେ ଆସି ଧର୍ମ ଧର୍ମ ଭିତରେ ସଦ୍ଭାବ ବିଷୟରେ ବକ୍ତୃତାମାନ ବେଲେ । ମହାମ୍ୟା କହିଲା, ମୁଁ କହୁନଥିଲି ପୁଣି ସବୁ ଠିକ ହୋଇଯିବ ।

କିଛିଦିନ ପରେ ପୁଣି ସବୁକିଛି ପୂର୍ବ ଅବସ୍ଥାକୁ ଫେରିଗଲା । ଏଥରକ କେବଳ ହିନ୍ଦୁ ମୁସଲମାନ ନୁହେଁ, ହିନ୍ଦୁ ଶିଖ ଦଙ୍ଗାର ମଧ ସୂତ୍ରପାତ ହେଲା ଏବଂ ହିନ୍ଦୁ ଶିଖ ଭାଇ ଭାଇ ବଦଳରେ ହିନ୍ଦୁ ମୁସଲମାନ ଭାଇ ଭାଇ ସ୍ଲୋଗାନ ଚାଲିଲା । ପାଗଳର ଦୁର୍ଭାଗ୍ୟକୁ ଏଥରକ ଟୋକାମାନେ ତାକୁ ଅକାଳୀ କରିଦେଲେ ଏବଂ ଲଙ୍ଗଡ଼ା ସର୍ଦ୍ଦାର ବୋଲି କହି ମାରିବାକୁ ଧାଇଁଲେ ।

ନିକଟ ଭବିଷ୍ୟତରେ ଯେଉଁ ସାଂପ୍ରଦାୟିକ ଦଙ୍ଗା ହେବାକୁ ଯାଉଥିଲା, କେବଳ ପୁଲିସବାଲାଙ୍କ ବ୍ୟତୀତ ସମସ୍ତେ ଜାଣିଥିଲେ ଯେ ସେଇଟି ଅତି ମାରାମ୍ୟକ ଧରଣର ହେବ । ସହର ଓ ସହରତଳିରୁ ସଂଖ୍ୟାଲଘୁ ସଂପ୍ରଦାୟର ସବୁ ଲୋକ ନିରାପଦ ଜାଗାକୁ ଚାଲିଯାଇଥିଲେ । ଏପରିକି ହିନ୍ଦୁ ଚା ଦୋକାନୀ ମଧ ନିଜ ଦୋକାନରେ ତାଲା ବନ୍ଦ କରି ଗାଁକୁ ପଳାଇ ଯାଇଥିଲା । ସହରତଳିର ମୁରବି ସ୍ଥାନର ଲୋକମାନେ ମହାମ୍ୟାକୁ ଯାଇ କହିଲେ, ତମେ ଏଇ ଦି ଚାରି ଦିନ କୁଆଡ଼େ

ପଳାଇଯାଅ । ମହାମ୍ୟା କହିଲା, କିଛି ବି ହେବ ନାହିଁ । ଆରଥର ବି ମତେ ସମସ୍ତେ ଡରାଉଥିଲେ, କଣ ହେଲା ମୋର?

ଆରଦିନ ସକାଳେ ଯେତେବେଳେ ଟୋକାମାନେ ପାଗଳକୁ ମାରିବା ପାଇଁ ଦୌଡ଼ିଲେ, ସେମାନଙ୍କ ହାତରେ ଛୁରୀ ଥିଲା । ଏଥରକ ମହାମ୍ୟା ଆଉ ସେମାନଙ୍କୁ ଚିହ୍ନିପାରିଲା ନାହିଁ; କାରଣ ସେମାନଙ୍କ ମୁହଁର ଭାବଭଙ୍ଗୀ ସବୁ ତାର ଅପରିଚିତ ଥିଲା। ପାଗଳ ଯେତେବେଳେ ଚା ଦୋକାନ ଆଡ଼କୁ ଛୋଟାଇ ଛୋଟାଇ ଧାଇଁ ଆସିଲା, ମହାମ୍ୟା ଦୋକାନ ଭିତରୁ ବାହାରି ଆସି ପାଟିକରି ସିଧା ଗହଣି ଭିତରକୁ ପଶିଗଲା। ଶଳା ମୁସଲମାନକୁ ମାର ବୋଲି ଚିତ୍କାର ହେଲା ଏବଂ କାହାର ଛୁରୀ ଯାଇ ମହାମ୍ୟାର ଛାତିରେ ଲାଗିଲା ଏବଂ ସେ ତଳେ ପଡ଼ିଗଲା। ହଠାତ୍ ସମସ୍ତେ ଦଉଡ଼ିବାରେ ଲାଗିଲେ ଏବଂ ମୁହୂର୍ତ୍ତକରେ ସେ ଜାଗାଟି ଶୂନ୍ଶାନ ହୋଇଗଲା । ପାଗଳ ଯାଇ ମହାମ୍ୟାକୁ ଉଠାଇବାକୁ ଚେଷ୍ଟା କଲା। ସେତେବେଳକୁ ମହାମ୍ୟା ଦେହରେ ଜୀବନ ନଥିଲା । କିନ୍ତୁ ସେ କଥା ନବୁଝି ପାଗଳ ତା ପାଖରେ ବସି ରହିଲା।

ଏତିକିବେଳେ ସେଠାରେ ଗୋଟିଏ ଜିପ ଆସି ଅଟକିଲା। ପାଗଳ ମୁହଁରୁ ପ୍ରଥମ ଥର ପାଇଁ କଥା ବାହାରିଲା, ପୁଲିସ ପୁଲିସ। ଜିପରୁ କିନ୍ତୁ ଯେଉଁମାନେ ବାହାରିଲେ ସେମାନେ ପୁଲିସ ନଥିଲେ। ସେମାନେ ଥିଲେ ସହରର ଦାୟିତ୍ୱସଂପନ୍ନ ନେତୃବୃନ୍ଦ। ସହରଗଲିର ଟୋକାମାନଙ୍କ ଭଳି ସେମାନେ ଦୁର୍ବଳଚିତ୍ତ ଓ ପୌରୁଷହୀନ ନଥିଲେ ଏବଂ ମୁଦ୍ଁାରକୁ ଦେଖି ଭୟରେ ପଳାଇବାର ଲୋକ ନଥିଲେ। ମହାମ୍ୟାକୁ ଦେଖାଇ ପାଗଳ ଏଥରକ ଡାକ୍ତର ଡାକ୍ତର ଚିତ୍କାରକଲା । ଏଥରକ ଜିପର ସମର୍ଥ ଯୁବକମାନେ ସମବେତ କଣ୍ଠରେ ହସିଲେ। ସେମାନଙ୍କ ଭିତରୁ ଦୁଇଜଣ ଯାଇ ପାଗଳକୁ ଧରିଲେ ଏବଂ ଆଉଜଣେ ଜିପରୁ ପେଟ୍ରୋଲ ବାହାର କରି ଟିଣରେ ଭର୍ତ୍ତି କଲା। ଏଥରକ ସେମାନେ ପାଗଳକୁ ବାନ୍ଧି ଦେଇ ତା ଉପରେ ସବୁ ପେଟ୍ରୋଲ ଢାଲିଦେଲେ ।

ଏଇ ସମୟରେ ସେମାନଙ୍କ ଭିତରୁ ଜଣେ କହିଲା, ଏ ଲୋକଟା ପାଗଳ ଭଳି ଜଣାପଡୁଛି। ହିନ୍ଦୁ କି ମୁସଲମାନ କେଜାଣି ! ଦଳର ନେତା ପାଗଳକୁ ପଚାରିଲା, ତୁ କୋଉ ସଂପ୍ରଦାୟର? ପାଗଳର ମୁହଁ ଯେମିତି ହଠାତ୍ ଖୋଲିଥିଲା ସେମିତି ହଠାତ୍ ବନ୍ଦ ହୋଇଗଲା। ସେ କିଛି ନ କହି ଚୁପ୍ ରହିଲା ।

ଯୁବକମାନେ ପୁଣି ଉଚ୍ଚ ରୋଲରେ ହସିଲେ। ନେତା ଧୀରେ ସୁସ୍ଥେ ପକେଟରୁ ସିଗାରେଟ ବାହାର କରି ତାକୁ ଜଳାଇ ଧୂଆଁ ଟାଣିଲା । ସିଗାରେଟ ସରିଯିବାରୁ ସେ ତାର ବଳକା ଚୁକୁଡ଼ାକୁ ଦୂରକୁ ଫିଙ୍ଗିଦେଲା ଓ ଡିଆସିଲିଟିକୁ ନିଜର ସହକର୍ମୀ ହାତକୁ ବଢ଼ାଇଦେଲା।

BLACK EAGLE BOOKS

www.blackeaglebooks.org
info@blackeaglebooks.org

Black Eagle Books, an independent publisher, was founded as
a nonprofit organization in April, 2019. It is our mission to
connect and engage the Indian diaspora and the world at large
with the best of works of world literature published on a
collaborative platform, with special emphasis on
foregrounding Contemporary Classics and New Writing.